台語小說史及作品總評

林央敏

目次

第三章　台語小說的萌芽期

第六章　台語小說的成熟期（二）

第七章　回顧後的補充

造史的筆舉步維艱

——《台語小說史及作品總評》自序

一九九六年，筆者曾出版一本關於台語文學的書叫《台語文學運動史論》，該書的初稿在出版的前一年（1995）曾在美國休士頓的一次文學會議上發表，事後不久，長居加拿大的小說家東方白先生特地越洋來電，說他從來沒想到會有人肯為台灣文學裡的冷門作品——台語文學寫歷史，話中流露讚佩之意。然而，筆者自揣淺陋，尚未盡讀三百多年來產生於台灣的所有台語文學作品，而且該書重點放在文學運動及理論，對作家或作品的介紹比較少，大多僅條列書目，因此出版時不敢誑稱「文學史」，雖然有人看了內容後，將她視為「第一本台語文學史」，而當次年（1997）出版社要再版時，我又補充了部分內容，仍自覺不及「文學史體制」的要求，便繼續以「運動史論」名之。此後該書被幾所大學的文學系所採用為教材或參考用書之一，包括一九九九年日本文教大學樋口靖教授突然來信表示已將該書譯為日文，做為大學研究所的教材，並徵求筆者及原出版社同意授權在該校的學報連載，及在日本發行日譯版。接著我又陸續看到幾篇國內，外學者關於台灣文學，特別是關於台語文學的學術論文，大多會引用筆者在該書裡的敘述。於是，一時間覺得台語文學似乎也很「烘」（夯），其中有人甚至以為台語和台語文學在一九九〇年代中期之後成了台灣的「顯學」，這話固然誇大了些，但至少說明台語文學不再那麼冷門了。

此後我常為台語文學尚無一本詳實而完整的史書感到遺憾，總想有一天要改寫《台語文學運動史論》，增補其中不足與闕如之處，讓她成為一本具備完整內容的文學史，然而光是台灣，台語文學的長度已近四百年，但看書目就有千冊以上，加上作品較少在市面流通，搜集不易，又無前人的此類著作可供參考，而我覺得做為第一個文學史的寫作者最好應該盡量閱讀全部作品才是負責任的做法，也才能避免不該有的遺漏和缺失。可是要做到這地步，光靠一己之力絕難在幾年間完成，因此在二〇〇九年的一次以「台灣母語文學史建構」[1]為主題的學術研討會上，我曾建議學界先以分工的方式，比如按個別學者的研究專長，依分類（類別史）或分期（斷代史）的方式來進行。本書《台語小說史及作品總評》便是為實踐這個建議及實現個人對台語文學的志業所踏出的一步，這一步舉了十五年，終於一足跨過二年而完成，雖是舉步維艱，應該也可以算是一大步。

在台語文學的各類作品中，我原本最熟悉也涉獵最多的是詩，

林央敏所著的《台語文學運動史論》對文學運動及理論著墨甚多，可將她視為「第一本台語文學史」。

但我選擇先寫小說史，主要原因有三：

第一、也許因為小說的字數特別多，所以往年作家、學者在評介台語作品時絕大部分都在談詩，很少以小說為對象，這樣的文學評論生態是不健全的，至少是不完整的。我認為對一種語言的文字化及其文學發展來說，「敘事文」居關鍵作用，而小說正是最重要的「敘事文學」，無論創作、欣賞與評介都不該受到國人及文壇所偏廢，一國文學或一種語言的文學，如果只有詩歌蓬勃發展，該國或該語言的文學絕對是畸形且欠缺生機。在台語文學中，小說的篇數雖然遠少於詩，但論字數早已遠多於詩，如果包含其他不屬小說類的敘事文學，則台語敘事文的書冊也絕不少於台語詩集，但是台灣文學界對台語小說卻比台語詩生疏許多，我覺得關心台語文學的學者應致力改善這個現象。

第二、小說作品的篇幅既然最多，要全盤探索它自是最費力費時，那麼能把台語小說的發展及作品梳理完竣，以後不管是我或有人願意寫其他台語文類的史冊，乃至擴充成完整的台語文學史就簡單多了。

第三、台語的敘事文學從民間口傳時代到現在已累積不少作品，即使單就二十世紀初的「台灣新文學」來看，出自台灣文人創作的白話作品，台語小說也比中文小說和日文小說更早問世，後來雖遭日本當局的皇民化及國民黨當局的中國化等兩次「國語化政策」所阻而沉寂委靡，但經一九八〇年代的台語文學運動而再度興起後，很快地，台語小說大約在二〇〇

1. 指二〇〇九年十月十七—十八日在台南科技大學舉行的「二〇〇九台語文學國際學術研討會」。這次研討會，筆者應邀擔任大會主題的專題演講及一篇論文的評論人。

〇年開始進入成熟階段，出現佳作的密度比以前高了很多，而且各種類型一應俱全，從不滿千字的極短篇到三十萬字的大長篇都有，很值得我們正視且為它「立史」了。

既決定要為台語小說寫史，那麼搜集及閱讀作品是必要的過程之外，「怎樣寫?及如何取捨？」將影響本書的架構和內容，這是筆者必須深度思考的課題。關於這些問題，在前述所謂「台灣母語文學史建構」的研討會中，我強調寫正式的文學史也要本著「史家五長」來寫，這「五長」便是古人所指「史德、史識、史學、史才」的「史家四長」再加上今人常談的「史觀」。其中我說明「史家五長」與寫作台語文學史的關係時特別強調幾點：

1. 寫史的人要有公正、客觀的態度，不能鄉愿，也不可因個人喜惡或私人交情或考慮利害關係而故意扭曲、故意顛倒輕重和故意忽略重要史料，特別是不可當「白賊七仔」（說謊）。寫文學史不能避開對作家或作品的評價，雖然文藝批評有見仁見智的地方，但總要憑自己的文學認知與學術良心用一致的審美標準來看作品，特別是同期的作品應以同一標準衡量其優劣，即手持「鑑別明鏡」者便應六親不認，即使觀照自己作品也一樣。我想史家對審美標準容或各有「偏見」，但絕不能「偏私」，偏私的評價終會被「掠包」（拆穿）。這個態度針對台語的作家、作品，另需特別注意一點，即不能被書寫系統左右態度、影響標準和看法，因為書寫系統與作品的良莠美醜無關。

2. 要將台語文學當做一個獨立的整體，即要以台語文學主體性的史觀來寫。雖然各時代的作者對台語文學的定位未必相同，但史家應本於主體性立場來寫，如此為台語文學做史才有意義，作品也才有一定的觀察範圍。

3.寫作第一本文學史應盡可能閱讀所有作品，尤其對重要作家，最好連他（她）的非台語寫作的作品也要有所涉獵和介紹。這一點就寫作本書來說，重要作家的台語小說固然要全部讀，他的其他作品也應盡可能涉獵一些。

4.文學的思潮（思想理論）、運動或活動等歷史事件，乃至作品本身，會與文學發展多少產生關連，縱使個別事件、個別作家與個別作品，它們對社會、對文學的影響也是有大有小；而作品，在美學品質上有高有低、在文學分量上有重有輕、在寫作難度上有難有易。這些該如何取捨並給予適當評價和書寫篇幅，都需史家具有歷史的觀察力與對作品的鑑賞力才能準確敘述。單就作品來說，負責任的史家除了膽識之外，也該有文評家的眼識，要盡量做到不讓劣作繼續魚目混珠，也莫讓佳品老是沉埋河底。

接著我考慮這部台語小說史的骨架及血肉，骨架即架構是縱軸，血肉即內容是橫軸。縱軸將一如大部分的文學史是按時間順序由前而後寫下來，不過本書較特別的地方是她的時序並不完全依照政治朝代劃分，而是按文學的發展軌跡及作品特質來分期分代，職是視之，台語小說的發展由十七世紀初開始有民間口傳故事到本書執筆前的二〇一〇年止[2]，可大略而明顯的劃分為四期七個階段。至於橫軸，一般文學史會有的內容，諸如文學發展的時代背景、作家生平及作品評介等項目，本書也會照顧到，但在作家生平及作品評介的比重上，本

2.本書在二〇一一年三月間開始正式寫作，因此將實質觀察的時間止於二〇一〇年。

書比較忽略生平而著重作品，理由是：(1)作品才是文學史與品賞文學的主體，古代不少佳作雖作者已佚，但並不影響其重要性，如《詩經》的「國風」、〈孔雀東南飛〉、《荔鏡記》……，相對的，一篇劣作即使出自名家仍不足以傳世。(2)文壇對台語小說的評介很少，目前少量關於台語小說的論述，大多僅在說明主題及台語研究的層次，殊少做美學上的文學批評，即使有些談到作品藝術性的文字，也都像「印象式批評」那樣說得很抽象，我個人希望本書除了具有述史（小說史）的功能外，更具有分析寫作技巧、引導讀者欣賞與鑑別作品優缺點的文評功能。(3)關於作者生平，幾乎每本別集、總集和選集都有「作者介紹」，不需本書多費篇幅抄錄一次，何況作者的學、經歷如何，對已創作完成而獨立存在的作品來說並無意義。

本書內容就是由前述縱、橫兩支主軸所構成，全書本文約十六萬字，因內容特別著重作品評論，所以書名叫做《台語小說史及作品總評》，既稱「總評」即表示評述對象是所有台語小說。

以前看到內容具有先見意味的文章，作者常會謙虛的用「拋磚引玉」來形容他的寫作動機，筆者寫這本書自然也含有這個期待，不過筆者更希望此「拋」即是「玉」，足供以後的學者有個可靠的參考，甚至視如典論而循用，果不其然，本書部分章節從去年六月到今年六月間陸續發表後，已有學者加以引述，特別是方耀乾教授新出版（2012.6）的一本概要型的台語文學史，裡頭簡略談到小說作品的部分，當中幾段比較具體的情節概述、以及對作品的技巧分析與評論就是襲用本書的說法，因為該書是以幾乎整段節錄的方式沿用，表示作者不但認同本書對那些作品的說法，並且視本書的文字是最準確的敘述。但到底本書是否真有

「拋玉」效用，還需各方高明參酌，如有遺漏，更需專業飽學們不吝指正。

本書在寫作途中，曾得數位友人出借藏書以補筆者所缺，出借時他們也提出私人觀感供筆者參考，在此致上謝意。

二〇一二年七月四日作

第一章

序說

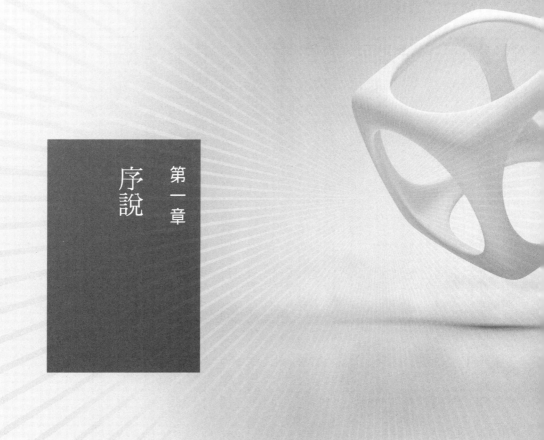

第一節　話頭

於二〇〇〇年之前，台語小說是台語文學的三大類型中發展最弱的一類，筆者除了在《台語文學運動史論》[1]書中稍做簡史式的介紹之外，也曾於一九九七年應賴和紀念館之邀以「台語小說創作及其發展」為題在彰化文化中心做了一次演講[2]，在這次演講中，也只能把重點放在台語小說的小史與書寫文體，再舉幾篇作品介紹其內容和主題，最後談到台語寫作對台灣人的重要，兩次都未詳細評論作家和作品，此後就不曾再公開針對台語小說發表任何意見，之所以如此，主要原因是台語小說數量很少，好作品尤屬鳳毛麟角，在二〇〇〇年之前出土的作品中，筆者以為只有九篇是寫得好或較好的小說，其中五篇都已被選到宋澤萊主編的《台語小說精選卷》[3]中，分別是賴和(1)、宋澤萊(1)、陳雷(2)[4]、王貞文(1)等人的作品，另外四篇是連橫〈書陳三姊〉、賴仁聲的〈協力奉獻〉、吳國安的〈玉蘭花〉[5]及陳雷的〈痣〉，都是短篇小說[6]，其他自一九二〇年台灣新文學運動以來到二〇〇〇年所發表的為數不算多的短、中、長篇小說，都屬「台語不少，文學不多」的作品。基於愛護並鼓吹台語文學的想法，筆者通常都著眼於保存和發揚民族母語的立場來看待這些台語小說，認為它們頗具歷史和語言的價值，

台語小說在二〇〇〇年之前出土的作品中，只有九篇是寫得好或較好的小說，其中五篇都已被選到宋澤萊主編、一九九八年出版的《台語小說精選卷》中。

而不以文學審美的角度做評論，如此便不需涉及作品的好壞問題，何況這些較早期的、具有初學者試作性質的作品，多數並非出自文學作家之手，作者寫作的動機也未必是為文學而創作，吾人自不能像鑑賞文學作品那樣要求其藝術性。

可是二〇〇〇年後，突然增加多位新人執筆小說創作，使台語小說的質量與數量突飛猛進，到二〇一〇年僅短短十一年，就使台語小說的成熟度達到台語詩的水平，新人當中特別是胡長松、清文和崔根源的短篇作品。此時筆者覺得可以用文學的角度來看台語小說了，因此將筆者所能收集到的百年來已出版的文本，不管是否曾經看過都重新讀一次，希望能為台語小說做個審美的批評，同時可以看出台語小說的發展脈絡，而既然要做文學的鑑賞，便不管作品的年代、作者的寫作目的，也不論作品的書寫文字是漢文、羅馬文或漢羅夾雜的書寫方式，一律以同樣的鑑賞標準檢視，再以該作品所處的階段標準加以評分級等，也就是說作品的良莠是不分時代，皆以筆者現在的觀點一致看待，但作品的級等略有時代性和階段性，

---

1. 本書初版在一九九六年三月由前衛出版社出版，次年再版，增修部分內容。
2. 本次演講的錄音整理文字收入《種子落地——台灣小說專集》，陳萬益、李昂、林雙不、林央敏、陳錦玉合著，編者施惠敏，一九九八年四月，賴和文教基金會出版。
3. 《台語小說精選卷》，宋澤萊主編，一九九八年十月，前衛出版社出版。
4. 陳雷(2)：指〈美麗e樟腦林〉、〈圖書館e秘密〉二篇。
5. 收入同名書《玉蘭花》的散文・小說合集，吳國安著，一九九八年七月，作者出版。
6. 小說作品以字數分別長短的標準時有分歧，筆者在本書一律將四萬字以下的歸入短篇、中篇指四至七萬多字、八萬字以上的才歸屬長篇小說。其中五千字以下的短篇或稱微型小說、或稱小小說或極短篇；三萬字以上的短篇或稱大短篇。

某篇萌芽期的甲級作品是相對於萌芽期的分級標準，若和某篇成熟期的甲級作品相較，也許還有明顯的好壞之別，因此自然不能拿文人作家的分級標準做為口傳時代民間故事的評賞基準。當然這些鑑賞標準是筆者個人的，結果也是筆者個人的主、客觀評價，別人或同意或不同意都可以。

這次所有被鑑賞的作品，即筆者所能看到的文本將做成書目、篇目條列於本書附錄。

第二節　台語小說的定義與文本

何謂小說？最簡單、最基本，也是最廣義的說法就是「說故事」，凡是具有情節的故事無論長短都是小說，通常是指散文體的「說故事」[7]，說故事就是敘事，不過較狹義的說法必需是這篇故事具有人物、事件（或情節）、對話、場景描寫、敘事觀點，乃至講究表現方式的故事才叫做小說[8]，或稱現代小說。本書同時採納這兩種小說的定義，但偏向後者，兩者統稱「敘事文」，如需分別時以「說故事」和「現代小說」加以區分，不過欠缺完整小說要素的敘事文，即所謂「小說式散文」，筆者基本上將它視為散文，不列入評論。

林央敏的史詩作品《胭脂淚》，這部台語的現代史詩比現存大多數的台語小說更具現代小說的要素，但是因為我們在這裡限定散文體或以散文體為主結構寫作的敘事作品，因此只能將《胭脂淚》暫時排除在小說之列。

那麼何謂台語小說，簡單講就是以台語寫成的散文體小說（或故事）都屬台語小說。這個定義排除了以詩體、格律體寫成的敘事作品，其實若按小說的構成要素來看，史詩、敘事詩和許多台語的「七字仔古」（或稱「七字仔故事歌」）也都可以視為小說，西方文評家就有人將荷馬的史詩當做是長篇小說的鼻祖，俄羅斯文學中也有一種叫做「詩體小說」的作品，是指不具史詩之歷史內涵的長篇敘事詩，比如普希金（Pouchkine, 1799-1837）的大長詩《奧尼堅》（*Eugene Onieguine*）、法國米斯卓爾（Mistral, 1830-1914）的《米累兒》（*Mireille*）……。所以我們要縱橫總論台語小說，按理不能排除眾多以簡易格律體敘述故事的民間歌仔冊，更不能排除林央敏的史詩作品《胭脂淚》，因為這部台語的現代史詩比現存大多數的台語小說更具現代小說的要素，但是因為我們在這裡僅採一般說法，限定散文體或以散文體為主結構寫作的敘事作品，因此只能將《胭脂淚》及七字仔古暫時排除在小說之列，留待將來如果有興總論台語詩時再來看。

此外，戲劇是在演故事，劇本是否該算小說？有史以來，除極少數的劇本是以詩或散文

7.《小說面面觀》（*Aspects of the Novel*）的作者佛斯特（E. M. Forster, 1879-1970）在定義「小說」時，即稱「小說是說故事」，他也引述法國批評家謝活利（M. Abel Chavalley）的說法：「小說是用散文寫成的某種長度的虛構故事」，並認同之。

8. 佛斯特在《小說面面觀》中指故事是小說的基本面，故事之外，他還談到小說又有人物（角色）、情節、幻想（fantasy）、預言（prophecy）、模式（pattern）、節奏（rhythem）等共七個面，以及結構、佈局、懸宕、時間推移、因果關係等等內容與技巧的問題。而小說評論家陸伯克（Percy Lubbuck）的《小說技巧》（*The Craft of Fiction*）一書，將敘事觀點放在小說技巧的首要地位。

詩寫成的之外，其餘絕大多數的劇本，其對話、獨白、旁白及作者的描寫、指述，都是用散文寫的，在台灣，台語文的劇本也是如此，目前所有敘說故事的台語劇本中，林央敏的部分劇本是以詩的語言形式寫的自然已排除在小說之外，但林央敏的其他劇本以及簡國賢、陳明仁、陳雷、周定邦等人的劇本都是以散文的語言或散文體寫的，按前述定義，台語小說就該包含此類劇本了，但本書所謂的小說仍不擬包括散文寫的劇本，因為戲劇已自成一類，腳本本身已自成一種文學體式概稱「戲劇體」，雖然其語言是散文的，各長短段落讀起來也是散文，但整篇有特殊的格式，與一般的散文和散文體小說明顯不同，因此台語劇本也排除在台語小說之林。

含有國民文學觀點的定義

現在只剩「以台語寫成的散文體故事或小說」才是我們討論範圍，可是這個看起來順理成章的定義用在今天的台灣還不夠周延，至少還有兩個問題必需再嚴格規範：

其一、什麼語言是台語和什麼人寫的是台語文學？關於這個問題，吾人不需庸人自擾把「台語」等同「台灣的語言」而鄉愿的稱好幾種台灣人所使用的語言都是台語，本書所謂的台語只有一種，那就是國民黨官方所謂的「閩南語」或客家人所稱的「福佬話」，也就是古來台灣社會一般習稱的「台灣話」，不過這裡我們要加上國民文學或民族文學的觀點，所謂「國民文學」是著眼各國文學的獨立性和主體性，一國的文學，從各別作品來看，雖有或多或少的差異，但相對於其他國家的文學來說，則又具有獨自統一且異於他國文學的特質，這就是國民文學的概念，而當一國的國民在共有的政治、社會、文化、經濟等環境中生活，久而久之將發展出一種命運共同體的意識，這樣的意識使他們形成一個現代民族觀念下的民族，所以國民文學就是民族文學。尤其當我們以語言來分別文學、界定文學時，更需要加上含有地理範圍的國民文學的觀點，將台語文學僅指台灣人以台灣話寫的文學作品，而不包括自古至今福建人以漳泉廈潮等閩南語寫的作品如十六世紀的《荔鏡記》（1566）戲文、二十一世紀的白話小說《白木耳》（2011，作者：痟婆仔）；也不包括任何不是出自台語思考所寫的漢語文言文作品，雖然它們都可以用台語直接且順利的閱讀，但它們不是台灣的文學就不在台語文學之列。這一點排除了不屬於台灣文學的閩南語作品，也排除了中國傳統文學的作品如漢魏小說與唐代傳奇，同理四百年來產生於閩南的閩南語白話文學，以及自一八一五年[9]或一八五二年[10]起，由西洋傳教士、南洋華人和唐山福建人用廈門話（在南洋稱為福建話）所寫的羅馬字白話文學，這些作品既已不屬台灣文學和台語文學，當然就不是台語小說了。

於是，**台語小說的定義就變成「台灣人以台語寫成的散文體小說或故事」**。這個定義自

9. 西洋傳教士馬禮遜（Robert Morrison, 1782-1834）於一八一五年在麻六甲的英華學院為漢語擬定教會羅馬字方案，是最早用於漢語拼音的羅馬字，馬禮遜用這套羅馬字教導當地的華僑移民。

10. 傳教士麥華斯陀（Walter Henry Medhurst, 1823-1885）於一八五二年，參用馬禮遜擬定的中國漢語羅馬字編《福建方言字典》（*A dictionary of Hok-kien dialect of the Chinese language*）在澳門刊行。此後五十年間又有多本以教會羅馬字編寫或翻譯的漢語字典、書籍問世，流傳於福建、廣東的教會。另有一說指羅馬字是一八五三年由打馬字（John Van Nest Talmage, 1819-1892）、羅啻（Elihu Doty, 1809-1864）、楊（W. Yang）三個牧師共同發明的，他們以這套字母翻譯聖經、宣傳福音，後來又用於廈門話字典、《四書》和關於天文、地理、衛生……等書籍文章的編寫或註解。

然包括古今台灣人以台語直接思考、直接寫作的文言文小說，即使是以羅馬字母寫成的文言文台語小說都屬之，不過目前只發現有用「羅馬文言字[11]」與漢字對照的文言文，尚未發現有羅馬字文言文的小說文本。這裡「台灣人」是廣義的指所有在台灣生長的具台灣地籍的人，這類文言作品較難釐清的是作者創作時是否以台語直接思考，所以凡屬文言文寫的故事，本書將非常小心，如不能確知該作品是以台語思考寫的，寧可排除在台語文學之列。

其二、作品的敘述部分必需是台語才屬台語小說，所謂「作品的敘述部分」是指真實作者與隱藏作者[12]的敘述和描述，通常是指角色對白以外的部分，因為這部分才能真正反應作者的思考語言，至於人物之間的對白或獨白（比如日記或書信）可能只是作者在反應角色的語言，屬寫實與存真的飛白修辭，不能代表作者本身的寫作語言，因之，一九二〇年以來，一些只在對話中使用許多台語詞的小說，乃至所有對話都是台語的小說都不能算是台語小說，像賴和的〈富戶人的歷史〉，雖然約佔八成文字的對話都是台語，但僅佔二成的作者敘述是中文，就不能稱為台語小說，其他如賴和的〈鬥鬧熱〉、楊守愚的〈顛倒死〉、〈斷水之後〉……或蔡秋桐的〈保正伯〉、〈放屎百姓〉、〈無錢拍和尚〉、〈理想鄉〉……或賴賢穎（賴和之弟）的〈女鬼〉、〈稻熱病〉等作品同理也不是台語小說，這種可當做「半個台語小說」的作品，語言的純度其實已大大超越一九七〇年代鄉土文學論戰以後的台灣作家，因為黃春明、王禎和他們只能做到在對話中摻雜一些台語詞而已。

至於有一些標榜母語或台語小說的作品如王泰澤的《母語踏腳行》和黃連（黃福成）的《愛恨一線牽》，情況也類似，都構不成台語小說，至於東方白的《浪淘沙》之不是台語小說應更明確，作者也沒認為是。這情景就好比二十年前李昂曾以張文環小說〈閹雞〉改寫的

〈閹雞〉劇本，雖然佔大部分文字的對白是台語，但動作敘述是中文，因此這劇本就不能算是台語劇本，不過這齣戲若演出的話倒可以稱為台語劇，去年（2010）有一位新秀作家陳建成也寫了一齣布袋戲劇本叫〈決戰西拉雅〉，它也屬台語劇（演出時），但不算台語劇本，情形一如〈閹雞〉。

《白水湖春夢》與《小封神》是嗎？

又有一種可能也被視為台語小說的作品，其語言介乎中文與台文之間，說它是中文，可是又有許多台語詞和台語的語法；說它是台文，可是又極度不純粹，像蕭麗紅的《白水湖春夢》，類似所謂「半精白仔」的台語，這本書的對話和敘述都是這種情況，對話部分比敘述部分台語化，反之敘述部分比對話部分中文化，這本書我在一九九六年及稍後幾年間，一直以為作者可能有意寫台語小說，但恐讀者閱讀困難，不敢使用較純的台語寫作，因此才將台語中文化，蕭麗紅也許期待熟悉台語的讀者，只要在閱讀時將其中的中文詞和中文語法加以訓讀，便是較純的台語小說了，當年筆者就是這麼讀的，所以將《白水湖春夢》列為台語小

---

11. 羅馬文言字，指用羅馬字母拼寫漢語文言文的拼音字，這種羅馬字漢語唸起來也是文言文漢語。相對的，當羅馬字母用於拼寫漢語白話文時，稱為羅馬白話字。簡稱「羅馬字」時包含文言字與白話字兩種含意，有人將羅馬字等同白話字視之不夠準確，因為羅馬字可書寫白話，也可書寫文言，漢字也一樣，用於文言便成文言文，用於白話便成白話文。

12. 隱藏作者，指某個不現身的敘事者或做為角色之一的故事敘說者。其中不現身的敘事者，無論採「他敘」或「我敘」都可以等同真實作者。

說，將她視為以前所見最好的台語長篇小說，不過近來，筆者以為要是作者的敘述語言都要靠讀者大量訓讀和翻譯才顯現純台語的樣子，這就不能叫台語原作，何況《白水湖春夢》的語言，用華語讀要比用台語讀更順暢些，於是就將她排除在台語小說之列了。許丙丁的《小封神》也類似，不過這本章回小說比較文言些，用語屬「半文白」而偏白話，台語界很多人都將她歸入台語小說之林，但筆者認為要將她看做台語小說比較牽強，因為原著在一九三一年於《三六九小報》連載時，筆者看該報所登的《小封神》文字，覺得用華語白話讀比用台語白話讀流暢，不過是和當年（日治時代）的漢字作家的作品一樣，寫中文時還脫離不了台語思考習慣的影響，在華語主文中會參入許多台語詞彙，乃至台語語法而已，所以筆者以為這本小說，除非確知作者當年就是直接以台語思考寫作，否則這篇也不能算是台語小說，若以一九五一年經作者許丙丁本人加以結集出版且內文附上華語注音的新版本為準更不像台語小說，就是因為不像台語小說，才有後人將《小封神》譯成台語重新出版[13]。

凡是碰到這種不中不台或半中半白的敘述，筆者都分別用兩種語言試讀看看，要是台語比華語通順流暢，就用台語讀下去，反之亦然，該作品要歸為台語或華語也如是觀。當然這純粹只是為了該作品之語別的分門歸類，不是指它的文學價值。

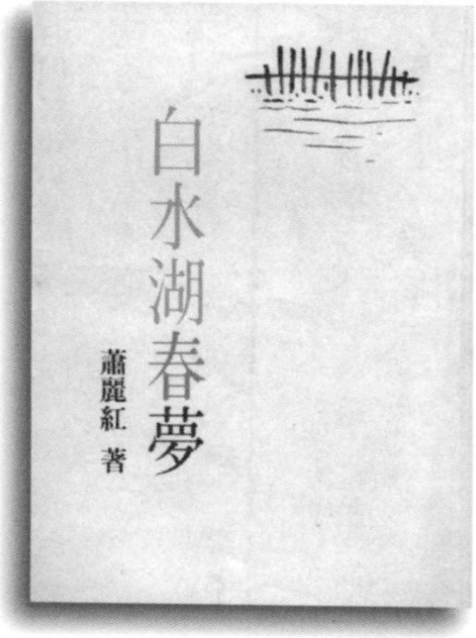

蕭麗紅的《白水湖春夢》（一九九六年出版），類似所謂「半精白仔」的台語。其語言介乎中文與台文之間，不過，此書用華語讀要比用台語讀更順暢些了。

第三節　本書觀察的範圍

台語小說有了較嚴格清楚的定義後，它的文本也就有一定的範圍了，不過由於本書的寫作時程上的限制，還需加上時間的範圍，即概稱四百年來到二〇一〇年所發表且已結集的台語小說都是本書所觀察的範圍，至於已發表但未結集的作品，因比較不易收集，可能有些散篇筆者沒能看到，因此暫時排除在觀察範圍，不過當中如有筆者已看到的好作品也會稍微談到，但不予評價。

筆者把台語小說的發展分成四個階段：

第一個階段是台語民間口傳期（即十七世紀—一九二〇）；

第二個階段是開始有文人的台語作品到台語被官方嚴禁之前（約一七二一或一八七〇—一九六〇），屬台語小說的萌芽期；

第三個階段是終戰後，文壇再生台語寫作的意識或文人又開始以台語寫小說起，到二〇〇〇年之前（即一九六〇—二〇〇〇），屬台語小說的復育期；

第四個階段是二〇〇〇年之後，屬台語小說的成熟期（二〇〇一—）。

口傳期的作品沒有固定的文本，到了有文本時都已不是創作，因此只予簡單概述，所以本書的重點在於其後由作家以文字寫作的三個階段，但成熟期只討論到二〇一〇年已結集或已被收入選集並出版的作品。

13.《小封神》於一九五一年才出版。一九九六年邱文錫、陳憲國的樟樹出版社將她譯成台語重新出版。

第二章 台語口傳故事及其書面化

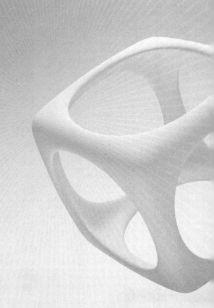

第一節　台語口傳故事的起源

台語口傳故事的時期約略從十七世紀初到一九二〇年。這不是說一九二〇年之後，就沒有民間故事產生，也不是指口傳的民間故事在一九二〇年之後就不再靠口耳相傳，而是指原本只有靠口述的通俗文學，到了一九二〇年左右開始被人們用文字記錄下來，而且從一九二〇年起，台灣開始新文學運動，白話書寫逐漸成為文人的書寫方式，於是要記寫民間故事變得更簡單，往後民間故事的傳播就不再只有口耳相傳一途。

至於為何將台語口傳故事的起始年代定在十七世紀初？主要理由是大約這個時期台灣島上才有講台語的人以群聚的方式定居下來。舉凡人類聚處的社會必有文學產生，而最早產生的文學作品當然是口傳的民間通俗文學，如歌謠、俗諺、笑談（笑話）、神話與傳說故事等，台灣自不例外，其中的笑談、神話、傳說等故事就是最早期的小說。不過台語的口傳文學並不是台灣最早出現的文學，因為在漢人來台之前，台灣島已有原住民定居了。

現在要說台灣島上的口傳民間故事起於何時已不可考，依語言的不同，最早的應有千年乃至數千年以上，如平埔族原住民與高山族原住民的神話；較晚的也有約三、四百年之久，如較早來台的台

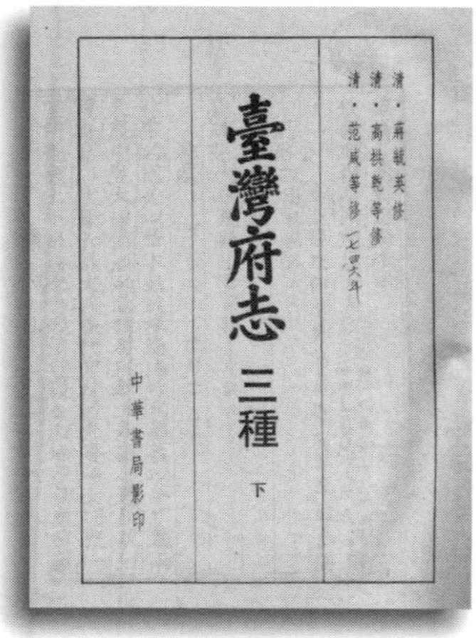

台灣最早的漢文官方史書——蔣毓英、季麒光、楊芳聲三人共同修纂的《台灣府志》（1685）中就記載了幾則漢人的民間傳說。

語族與稍後來台的客語族的民間故事。流傳至今，其中數量最多的是台語族的民間傳說及通俗故事，台灣最早的漢文官方史書——蔣毓英[1]、季麒光、楊芳聲三人共同修纂的《台灣府志》（1685）中就記載了幾則漢人的民間傳說，如沙馬磯頭山（按：鵝鑾鼻）的仙人傳說、半崩山（按：半屏山）傳說等，而成書於一甲子後的《重脩台灣府志》（1746，范咸[2]、六十七合撰）內容更豐富，搜集了更多漢人的傳說故事，如卜解鄭成功的騎鯨傳說、預兆朱一貴的古碑寓言、龍碽礮的靈異傳奇、竦立安平海邊的飛怪、莊秀才解說番咒故事、紅夷留字一年一晝夜的恐怖桃花源、諸羅兩座山相戰……。這些民間漢人傳說的原始面目應是更完整、更具故事的結構，而且絕大部分是用台語述說和流傳的，因為自荷據時期以降，台灣大部分的漢人誠如《台海使槎錄》（1724）的作者黃叔璥描寫的都說台語：「郡中鴃舌鳥語，全不可曉，如劉呼澇、陳呼淡、莊呼曾、張呼丟。余與吳侍御兩姓，吳呼作襖，黃則無音，厄影切，

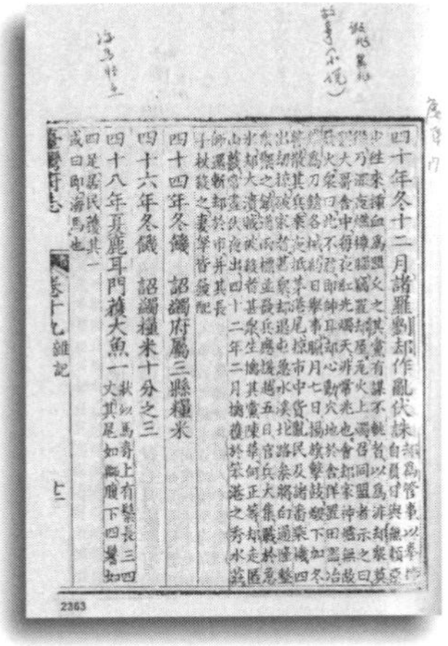
四十年冬十二月諸羅劉却作亂伏誅
四十四年冬饑　詔蠲府屬三縣糧米
四十六年冬饑　詔蠲糧米十分之三
四十八年五鹿耳門獲大魚一
臺灣府志　卷十九　雜記

《台灣府志》一七四六年版內頁。

1. 清國統治台灣後設立台灣府，一六八四年，蔣毓英受命來台任首任台灣知府。同年，季麒光任首任諸羅知縣、楊芳聲任鳳山知縣。
2. 范咸，乾隆十年（1745）任巡視台灣監察御史，與時任巡視台灣戶科給事中「六十七」合修台灣府志。

更為難省！」[3]，接著又說：「大武郡數處平地涌泉，浸溢數里，土人謂之坌水。坌，土音濫，字典中無此字；亦猶大浪泵之泵，字典音聘，土音蚌。又所生少子名曰屘，土音滿，皆以己意謅撰。」[4]書中不少名詞都直接採用台語的語彙，這一點在其他清代的台灣古籍也出現很多，比如年代更早的《裨海紀遊》（1697，郁永河著）就有許多台語，像「四過」（四處）、「黑水溝」、「紅水溝」、「打狗仔港」、「啞猴」、「番檨（土音讀做蒜）」、「地動」……等，至於年代更晚的古籍之使用台語詞的情形就更多了，甚至連摹寫原住民語彙的漢字也常以台語的發音來音譯，像「麻答」、「麻虱目」、「打貓」、「踏枋」（按：今華語音譯作「達邦」）……，這種情形，並非這些從唐山來台遊宦的讀書人都會講台語，而是他們從福建帶來的僕役或在台灣本地雇用的通譯「教」他們的，這是民間「馬祖宮前鑼鼓鬧，侏羅唱出下南腔」[5]，戲子都唱漳泉語，一般百姓當然也是普遍講台語。相同情形，在清據時期來台工作和遊歷的歐美洋人的著作中也可以看到，甚至到清據末期，洋人所接觸的客家人及平埔族原住民中，很多人都會講台語了，尤其當時較年輕的一輩[6]。

凡古籍記載的台灣民間故事中，尤其場景在安平的，都可確定她的原始語言是台語，那怕是荷據時期就產生的故事，因為荷蘭人從福建引進的漢人勞工和當時移民台灣的漢人大多聚居在安平，「大員島（按：指安平）為東南、西北向，長度有2.5里格，寬度為1/4里格。全為沙地，只能生長鳳梨和野樹，但這裡漢人超過一萬人……」[7]、「至於那些漢人，因國內戰爭逃亡至此，在大員和福島（按：指全台灣）的人數愈來愈多，現在已形成一個除婦女與小孩外大約有二萬五千戰士的社群。」[8]這是在台的荷蘭第一任牧師干治士（Rev. George Candidius）寫的報告，是指荷據初期幾年間的漢人人口數，這一群人所「口述創作」的故事應該就是台灣最早的台語口傳故事，也就是台灣最早的台語小說。往後漢人愈來愈多，經過東寧到滿清後期，加上漢化的平埔族原住民及所謂「福佬客」，台灣西部平原及丘陵台地的大部分地方，民間百姓大概都口說台灣話了，所以我們有充分的現實基礎相信，包括民間傳說故事的台灣口傳文學，大部分是以台語「集體創作」和流傳的。較可惜的是這些屬廣義的台語小說，有的因為沒有文字記錄而逐漸散佚，有的被小品化、片段化，簡要的記載於漢語文言文的書籍中，直到日治時代的一九一五年才有人用漢字的台語白話將尚存的口傳詼諧小品寫成文字記錄，樣子很像白話本的台語筆記小說。之所以這麼晚才有完整面目的文字記錄，應是日本領台之前的民間百姓普遍不識字，而有讀書、會寫作的漢人士大夫們又鄙視街談巷議的野史傳說，以致最初三百年的民間故事都欠缺完整的文字記錄。就以著名的吳鳳故

---

3. 見范咸撰《重脩台灣府志》卷十三，風俗一。此處引語錄自古本影印版《台灣府志三種》，北京中華書局，一九八五，第二〇七六頁。古本無標點，引語中的標點是筆者所加。讀者也可直接參看下一個注解所注書籍的第四十三頁。
4. 見黃叔璥著《台海使槎錄》卷二，〈赤崁筆談〉習俗篇，台灣銀行發行，一九五七，第四十三頁。
5. 引郁永河作〈台灣竹枝詞〉第十一首，見《裨海紀遊》，台灣銀行發行，一九五九，第十五頁。
6. 清代僑居台灣的洋人所留下關於台灣的著作，讀者可參閱必麒麟（William A. Pickering, 1840-1907）的《歷險福爾摩沙》（*Pioneering in Formosa*）、史蒂瑞（Joseph Beal Steere, 1842-1940）的《福爾摩沙及其住民》（*Formosa and Its Inhabitants*）或傳教士甘為霖、馬偕等人所寫的台灣紀事作品，都可看出台灣人講台語已經很普遍。
7. 見《荷據下的福爾摩莎》（*Formosa Under the Dutch*），甘為霖英譯，李雄揮中譯，台北前衛出版社，第十三頁。
8. 同前注，第五十二頁。

事為例，主角已是史有其人，又有公務員身分，算是有歷史價值的民間故事了，可是最快也要等到吳鳳入土八十六年後才有文人記寫他的事蹟，而且正文只有一首詠史詩寥寥二十八個字：「紛紛番割總殃民，誰似吳郎澤及人。拚卻頭顱飛不返，社寮俎豆自千秋。」（劉家謀〈海音詩〉，一八五五作品），反而「附文」才小記一下本事：

> 沿山一帶有學習番語、貿易番地者，名曰「番割」；生番以女妻之，常誘番出為民害。吳鳳，嘉義番仔潭人，為蒲羌林大社通事。十八社番，每欲殺阿豹厝兩鄉人，鳳為請緩期，密令兩鄉逃避。久而番知鳳所為，將殺鳳。鳳告家人曰：「吾寧一死以安兩鄉之人。」既死，社番每於薄暮見鳳披髮帶劍騎馬而呼，社中人多疫死者，因致祝焉，誓不敢於中路殺人。南則於傀儡社，北則於王字頭，而中路無敢犯者。鳳墳在羌林社，社人春秋祀之。

這則「附文」有可能是以漳泉語古漢文寫的——因為作者劉家謀是閩南人，性質上屬歷史人物的列傳，頂多只能歸列「台語古文的類小說」[9]。試想，連這種歷史人物的紀事本末都寫得這麼簡略，惶論純粹的民間傳說故事，會有古代文人願將她們完整筆記！

第二節　民間故事的類別

載於《台灣府志》和台灣古代文人著作中的傳說故事都屬殘缺不全的敘事小品，反而流通於庶民社會的民間故事較長、較完整，像〈邱罔舍〉、〈好鼻獅〉、〈林投姊〉、〈白賊七仔〉、〈雷公佮閃電〉、〈丁蘭孝母〉、〈水鬼做城隍〉、〈郭光侯抗租〉、〈林大乾兄妹〉……等等，這些是台語民間敘事文學的最大宗，全台灣到底曾經存在多少這類口傳故事已無從查考，其中想必有流傳範圍的廣狹之別，廣者可能傳佈全台灣，幾乎眾人皆知，像〈邱罔舍〉、〈好鼻獅〉、〈林投姊〉、〈白賊七仔〉……；狹者可能只在一鄉一地，很早就已失佚，筆者故鄉嘉義縣太保市的水牛厝（南、北新里及麻魚寮里），光這個村落就產生過好幾則神話、傳說，有的可能已口傳三百多年，到筆者小時候，鄉親父老還津津樂道[10]。到目前（2011）為止，已被搜集的台語民間口傳故事，不分長短，單就筆者看得到的文本統計大約在一千則左右，其中流傳範圍較廣、較為人知的作品有二百多個，扣除形式最簡短的笑話，比較具有情節的神話、傳說與民間故事還有一百五十個左右，她們在過去之所以能夠傳佈台灣各地，最可能的原因是在一九一〇年到一九七〇年間被文人用文字記錄下來並出版，再透過講古先仔（說書人）或台語廣播劇團經由電台播送。這些故事，按內容或主題可概分成八類，但有些故事似乎可以跨類：

1. 神話類：包含神話及鬼神傳說，如〈古早的天〉、〈日頭追月娘〉、〈日頭佮豬母

---

9. 詳見本書第三章第二節。

10. 筆者故鄉的傳說故事，比較完整的面貌已寫在筆者的著作裡。二十年後，官方編印的書籍《太保市誌》、《太保市閩南語故事集》也記錄了小部分。

奶〉、〈雷公佮閃電〉、〈天書燒去〉、〈灶神佮井神〉、〈張果老〉……。

2. 歷史類：包含歷史人物、事蹟及古蹟的傳說故事，如〈紅毛井〉、〈石龜〉、〈嘉慶君遊台灣〉、〈王得祿一日定山海〉、〈郭光侯抗租〉、〈吳沙〉、〈義賊廖添丁〉……。

3. 地理類：包含地名由來與敘說地理典故的故事，如〈半屏山傳奇〉、〈斗六〉、〈鹽水製糖〉、〈劍潭〉、〈鐵砧山國姓井〉、〈鶯歌石〉、〈大屯佮觀音〉、〈加走庄十三門樓〉……。

4. 機巧類：包含一些內容有趣，角色發揮機智表現正面情節，或巧計詐欺表現反面意義的故事，如〈虎姑婆〉、〈好鼻獅〉、〈戇子婿〉、〈三人五目〉、〈縣老爺辨真假老母案〉、〈知府飛瓦〉、〈近視目比賽目睭金〉、〈三件難事〉、〈凍酸的員外〉、〈誰偷食雞蛋〉……。

5. 詼諧類：包含詼諧有趣、捉狹耍弄的故事，雖然有些故事略帶諷刺，但比較無傷大雅，如〈邱罔舍〉、〈戇子婿〉、〈三個戇子〉、〈近視目比賽目睭金〉、〈陳大戇〉、〈土民豬朝〉……。

6. 諷刺類：包含某種諷刺、批判及反諷主題的故事，如〈李門

台語民間口傳故事在過去之所以能夠傳佈台灣各地，最可能的原因是在一九一〇年到一九七〇年間被文人用文字記錄下來並出版，再透過講古先仔或台語廣播劇團經由電台播送。《虎姑婆》即為其一。

環〉、〈奇怪的石臼〉、〈驕傲的半屏山〉、〈背恩的子婿〉、〈進財〉、〈無某無猴〉、〈無錢拍和尚〉……。

7. 教育類：包含勵志、勸戒、教孝、友愛、獎善懲惡的因果報應等等，富於道德倫理教育性質的故事，如〈白賊七仔〉、〈好鼻獅〉、〈雷公佮閃電〉、〈丁蘭孝母〉、〈子是翁某的蟣絲釘〉、〈水鬼做城隍〉、〈蛇郎君〉、〈賣芳屁〉、〈臭頭娶婧某〉、〈火金姑揣小妹〉……。

8. 其他類：按主題、內容比較不易歸納在前述七類的故事，如〈日頭偏佮枝無葉〉、〈乞食命〉、〈呂蒙正〉、〈林投姊〉、〈賣鹽順也〉、〈田螺報恩〉、〈愛玉〉……。不過這一類，有些故事如按她們所隱含的、次要的題旨，則可歸到教育類中。

由於這些民間故事最初只靠口耳相傳，因此有些故事的版本稍有差異，即同一故事，但角色、地點有所不同或情節略有簡繁，這是全世界所有民間口傳文學在她們被文字化之前所共有的現象。

第三節　口傳故事的書面化

在台灣新、舊文學開始交替的年代（一九二〇及一九三〇年代），有多位新文學的作家開始將這些民間故事寫下來，有的純記錄，有的加以改寫，純記錄者只是說故事，意在寫下內容，不注重表現技巧，如片崗嚴編的《台灣風俗誌》（一九二一，台灣日日新報社）。加以改寫者以此做材料，將這些台語故事重新賦予更多文學質素，寫成現代小說的樣子，讀來好像創作，收錄在李獻章所編輯的那本《台灣民間文學集》（昭和十一，一九三六，台灣新文學社）「故事篇」中的作品便屬這類以民間故事為底的創作小說。可惜這些記錄者或改寫者用的都不是台語，最接近的頂多只是摻雜些許台語詞彙的北京話漢語，她們儼然是翻譯而已，這些創作型的改寫者大約都是當時文壇的台灣作家如賴和、黃石輝、蔡秋桐、朱點人、朱鋒（莊松林）、廖漢臣、李獻璋、王詩琅、楊守愚等人，其中由賴和改寫的〈善訟的人的故事〉由於對白多，所以也最接近台語，至於作者的敘述文字就屬華語了：

「啊！」林先生嘆一下氣，說：「無法度！好，我寫張字你提去給管山的看，等候頭家醒來，我替你講看，不過這是不一定，錢——你也著去設法。」

林先生是被雇在志舍家裡，替他管賬目，和辨（按：辦）理一切事務；聽說是番社庄人，是不是生番的後裔，現在沒人曉得，但是他的性質却很率直果敢；當他遣走了來央求他的隣人之後，心裡甚是不安，總在門前厝內，行來走去。

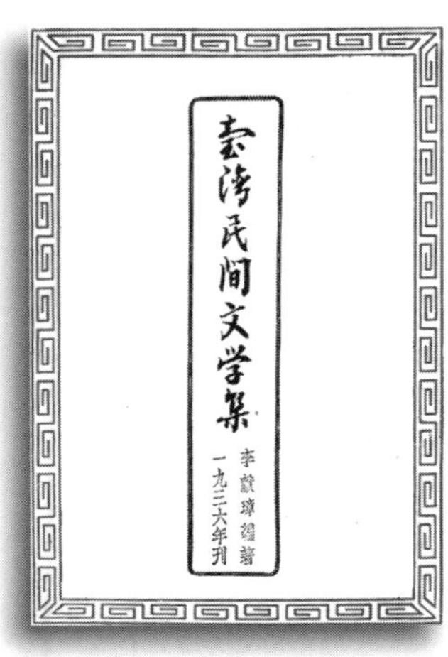

在台灣新、舊文學開始交替的一九二〇、三〇年代，有多位新文學的作家開始將一些民間故事寫下來，有的純記錄只是說故事，有的加以改寫。李獻章所編輯的《台灣民間文學集》「故事篇」中的作品便屬這類以民間故事為底的創作小說。

這些改寫版的民間故事（小說）已經不是台語小說，而是中文小說。到了戰後，約在一九七〇年代，陳定國、吳瀛濤等人對這些民間故事做了比較大規模的收集、記錄和出版，此時原為台語口傳的故事凡是被書面化的，都已變成純粹的中文書寫了，既是中文，本書就不需要評賞，如要給予審美批評，頂多只能就作品的主題及情節佈局做簡單的評介，她們的主題已如前分類所述，至於情節內容的敘述方式，最簡單的只是概述故事，較複雜一點的也僅加些對話，很少有其他描寫，短則數百字、多則一千多到二千字就交待完故事，這是典型的傳統說故事的方式。不過也有極少數作品，可看出敘事者（講古者）做了一點點巧妙的情節安排，具有這種技巧的少數幾篇大多屬於機巧類型的民間故事，像〈戇子婿〉，從文章開始，一路耍弄戇子婿的笨，讀來詼諧可笑，最後竟也安排妻子因此見羞，覺得自己嫁個天下第一傻的男人而想跳河自殺，卻在河邊發現別人的丈夫還比自家的戇子婿更笨，用飯籬淘找掉到河裡的細針，因此悟得「比上不足，比下有餘」的人生道理就不想自殺了，如此安排不但維持喜劇形態，還使內容由詼諧滲入嚴肅的教化主題，要是說故事的人讓妻子真的自殺了，內容將顯得很不協調。又如〈近視目比賽目睭金〉這篇，三個重度近視者為了面子，也為了要贏得眼明的比賽，都暗中做弊，費了一番苦心準備好「答案」，以便證明自己的眼力勝過對方，結果當他們各自說出寺廟落成時，掛在廟門上的匾額顏色、匾上題字及題款人名字，顯示一個比一個強後，三人仍不甘示弱，繼續談論顏色漂亮、字跡靈秀等觀感時，上匾的吉時才到，此時廟方才將匾額從廟裡抬出來。顯然，三人方才其實什麼也沒看到就把作弊所得的答案亂說一通。這是作者的機智手法，安排一個驚奇結尾的「發現」，諷刺意味更強。如果〈近視目比賽目睭金〉這篇在她仍舊是台語樣貌時的原始情節也是這樣安排情節，應可算是台語民間故事的甲級作品。

笑話除外，台語原汁的民間故事，需到二次戰後的台語文學運動時才有，一九八六年底到一九八七年間洪惟仁（當時也用筆名「阿土伯」、「洪鯤」發表文章）用完整的台灣話記寫〈蛇郎君〉、〈子是翁某的蠓絲釘〉、〈虎姑婆也〉等故事陸續發表於《台灣新文化》，應是台灣人以台語記寫台灣民間故事的發端，這些故事在洪惟仁筆下並非單純的記錄，而是在保留原始情節的情況下加以改寫，賦予現代小說的樣貌，類似前述一九三〇年代的作家以中文記寫的方式，這絕對是一種進步的做法。其中，〈子是翁某的蠓絲釘〉寫得非常好，故事曲折佈局，把主題隱藏在情節中，到最後才表現出小孩是拴住夫妻感情與關係的螺絲釘，她的情節、對話充分反映人物的個性及感情，在看似詼諧好笑的字裡行間，隱含深刻的親情。如果我們也想為這類作品下個評價的話，這篇〈子是翁某的蠓絲釘〉絕對是民間故事的甲級佳作。不過，因為筆者無法知道這類被後世文人記述下來的口傳民間故事的原貌如何？到底有多少成份已被改寫和添加，因此無法給予適切的評價。總言之，口傳文學通常都經過一段「集體創作」的過程才被後世文人加以書面化，如要對她做評價，也屬「作者」集體。

洪惟仁之後，陸續有人這麼做，只是數量很少，到一九九三年後，才有更多民間學者與官方學者如董育儒、黃哲永、胡萬川、江寶釵、陳益源……等人大量採集地方傳說加以編纂成冊，用的也是純台語，又十年後（2009）黃勁連選擇前述以中文記寫的民間通俗故事中較具故事性或傳奇性者四十篇[11]，將「原譯作」微微修改，又重新翻譯回台語面腔，至此台語的民間通俗小說算是一次小集成，這些作品原始產生的年代，應該都比台灣人直接以台語文寫作的台灣小說還要早許多，但這些台語文寫的民間通俗小說，本書也不擬納入評論，因為她們並非文字翻譯者或記寫者的創作。

以上是故事類的情形，依筆者所知，笑話類作品比故事類作品更早有台語原汁的文字記錄，最早形之文字的民間笑話（也是口傳敘事的一種）是日本人川合真永所編的《台灣笑話集》（大正四年，一九一五年八月台灣日日新報印刷），本書收錄的笑話以台語白話漢字記寫，編者同時譯成日文對照，可說是台灣最早以台語文記錄的白話小說，都只有一、二個情節的小故事，短則近百字，長則三百多字，寫法與篇幅都像中國魏晉時代的筆記小說，有些故事情節頗富趣味性、諷刺性，不輸《世說新語》、《冥祥記》、《述異記》之類的記事小品，在博君一笑之餘也反映了部分人性，如〈趁錢的法度〉諷刺愚昧加貪心而遭詐騙、〈戇亦著有一個款〉諷刺奸巧者欺詐戇直者的人間現實等等。

這本笑話集與八十年後地方政府所採集的台語民間故事集，都屬情節簡單的「片段式小故事」，主題明顯，平鋪直述，是可做為文學創作的素材，本身文學美質的成份低。至於那些後來被改寫或記錄成中文樣貌的較完整的民間故事，特別是某些像現代小說的作品，技巧自然豐富得多，只可惜她們有了書面文字時已屬翻譯，而

11. 黃勁連編撰《台灣鄉土傳奇》，二〇〇九年十二月，台南縣政府編印。

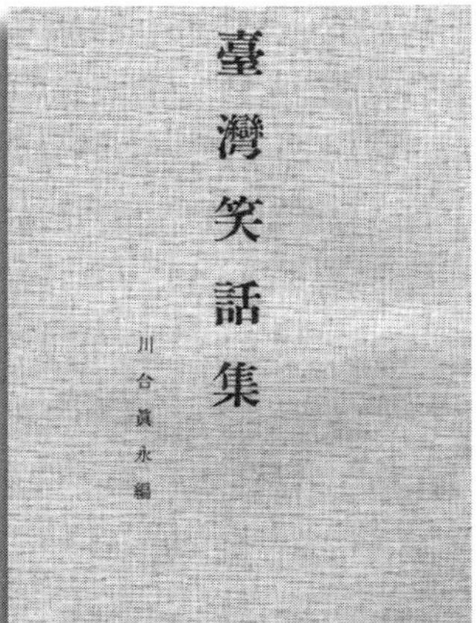

笑話類作品比故事類作品更早有台語原汁的文字記錄，最早形之文字的民間笑話，是日本人川合真永所編的《臺灣笑話集》，一九一五年八月由台灣日日新報印刷，收錄的笑話以台語白話漢字記寫，編者同時譯成日文對照，可說是台灣最早以台語文記錄的白話小說。

非台語原作，因此不屬本書評賞的範疇，不過筆者認為台語作家或台灣的華語作家倒是可以從中取材，將之視為一種台灣文學的原型或素材加以運用，或將之典故化，使台灣的文學更具台灣性。

第三章

台語小說的萌芽期

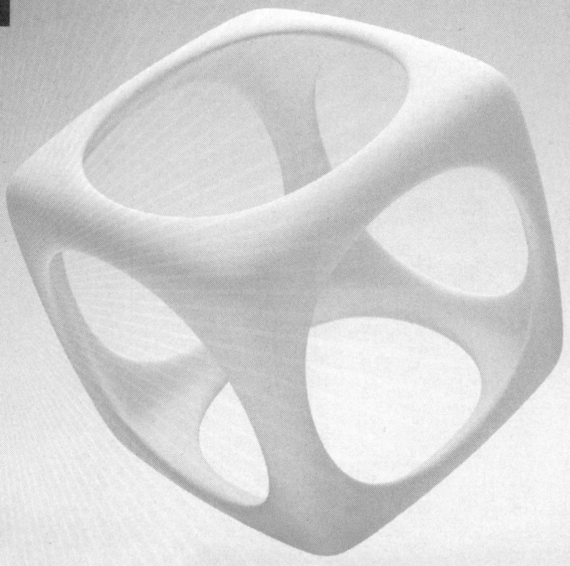

台語的民間口傳故事大要已如前述，接下來才是本書的重點，因為要觀察的作品都是作者以台語文字創作的書面文學。台語書面文學的起始年代最早應不會早於一七二一年，最晚大概在一八七〇年，台語小說開始萌芽，先有漢字的台語文言寫作，緊接著是羅馬字的台語白話書寫，繼而有作家操漢字寫的台語白話文學，其中包括小說創作，三者好像輪番接棒演出，又像漢字寫作浮游在台灣文壇漂泊，羅馬字伏流在民間教會傳播。一當外來殖民統治者「禁止通行」的政令[1]頒下，浮在枱面的漢字寫作隨即早夭，伏在角落的羅馬字小說仍暗中靜靜沉潛一陣，再遇新的外來殖民統治者的封口鐵槌[2]，殘喘到一九六〇年才完全沉寂。於是筆者把一八七〇年到一九六〇年這段期間稱為「台語小說的萌芽期」。

第一節　台灣最早的文字書寫：一六二四～一六九七

本節標題所附的年段「一六二四～一六九七」是取台灣島上開始有讀書人以文字書寫台灣事物的最初七十四年，前者是荷蘭人佔領台灣的第一年，後者是郁永河寫作《稗海紀遊》的年個。讀者可以只取第一年（1624）或第一個十年，或者也可以把後一個年份往前移到蔣毓英主修《台灣府志》的一六八五年，乃至更早的東寧（明鄭）初期，比如沈光文流台寓居後，開始書寫台灣風物的一六六一年到一六八五年[3]間的任一個年份。筆者設立的年段，不過是為了含蓋台灣早期的三種語文書寫，並且含蓋時間長一些，讓被含蓋在內的文本確定有文學作品而已，會拿《稗海紀遊》來押尾，是因為這本書不但是台灣古籍的重要經典，而且是含有像小說的敘事作品的頭一本。

如果我們以二十世紀末期（1980-2000），台灣官方與主流文學界界定台灣文學的寬鬆標準來看——所有書寫台灣或產生於台灣的書面作品，不論書寫語言及文字都屬台灣文學的話，那麼荷蘭人以荷語羅馬字寫的作品應是台灣文學最早的文字作品，十七世紀，在台灣的荷蘭人牧師和派駐大員（安平）的行政長官和職員，他們寫的工作報告或行事記錄都很詳實具體，文筆又善於描述，讀起來好像一篇報導文學或一篇歷史文學的作品，下引一段關於台灣民間信仰中以為人死後，靈魂將行經奈何橋的宗教性說法，其實源自平埔族的文化觀念：

> 怹嘛知影靈魂置人死了後會得著賞罰。老人特別知影這个觀念，怹講一个人在生為惡，死後會跍一條骯髒污穢的溪流裡受盡折磨；在世為善者，誠簡單叨會通過彼條河到另外一岸享樂。怹相信彼條河有一座阨精精的竹橋，人死後攏愛行彼條竹橋才會當到怹號做Campum Eliseum的極樂世界。惡人欲過橋的時，橋會洶洶轉斡，毋是進入極樂世界，是淪落骯髒河受苦。[4]

---

1. 筆者按：此句指日本當局的皇民化政策，開始禁止台灣人以漢語寫作。
2. 筆者按：此句指國民黨當局的中國化政策，更嚴厲禁止台灣人寫台語、禁止學生講「方言」。
3. 沈光文入台的年份，有人說是一六四九年，也有人說是一六五九年，一六六一年是筆者依據沈光文作〈東吟社序〉的自述所算定。又一六八五年是沈光文寫〈東吟社序〉的年份。
4. 引自干治士一六二八年寫給大員長官努易茲（Peiter Nuytes）的備忘錄，見《荷據下的福爾摩莎》（*Formosa Under the Dutch*），甘為霖英譯，李雄揮中譯，二〇〇六，台北前衛出版社，第三十四頁。原譯英文，筆者據李雄揮的中譯文再譯為台文。

由大員評議會掛名草擬的關於福爾摩莎第三任長官努易茲（Peiter Nuytes）蒙難的〈長官被囚記〉，這份記述史稱「濱田彌兵衛事件」的第一手文獻也寫得有聲有色有情節：

> 六月二十九日此地發生一件極為大膽的事件。日本人來請求出境並道別，但長官婉拒。他們不願接受，堅持離開。長官說，依據評議會決，他們不能離境。所以他們像一隻獅子衝向他，執其頭，以一長布綁其手、腳、腰，威脅他如果大叫，必砍其頭。[5]

類似前面引述的文獻很多，筆者認為她們可以視為台灣最早的寫實文學，雖然其中有的好像結構粗糙的散文式小說，但她們的原作不是台語寫的，自然不能屬於台語敘事文。可能屬台語小說的敘事文類，需等到清據台灣的末期乃至日治時代才有，她們有漢字的古文作品、白話作品及羅馬字的白話作品。

台灣傳統文學的書面文作品大多是詩體和散文體兩類，其中散文體的記敘片段及書寫人物事蹟的傳記類作品比較有小說的樣子，古代「府志」、「縣志」之類的方志史書及部分個別作者的文集都有這種作品，有時撰記者為一小段「史話」所寫的「附注」比正文還要具體詳細，簡直就是一則歷史小故事，比如一七〇一年發生於嘉義的「劉却之亂」，周鍾瑄主修、陳夢林編纂的《諸羅縣志》（1717）及范本《台灣府志》（1746）正文都僅有短短的一句話：（康熙）「四十年冬十二月諸羅劉却作亂伏誅」，但附於正文下方的注解就寫了將近三百字來講述劉却作亂的經過：

> 却，臭祐莊管事，拳棒自負；日往來無賴惡少，歃血為盟。久之，其黨有欲謀不軌者，以為非却眾莫從。嘗深夜燃樟腦，竊置却屋瓦，火上燭；召同盟者示之，曰：「劉大哥舍中每夜紅光燭天，非常兆也！」會却家神爐無故發火，眾曰：「此不君，即帥耳！」却心動。
>
> 穴地於舍，佯置田器……（省略戰事）……却走匿山藪，常晝伏夜出。
>
> 四十二年春二月，擒獲於笨港之秀才莊。師還，斬却於市；並其長子杖殺之，妻孥皆發配。[6]

至於文人別集中的寫人記事作品，往往寫得比方志、記史更有完整的敘事結構，像郁永河的〈水仙王〉一文，記敘他乘船赴雞籠淡水，途中遭遇「大風折舵，舶復中裂」，同伴王雲森料想必死之際，聽舟師吩咐，大家一起「划水仙」才免於難。上岸後，作者（敘事者）不信神力之助，認為只是「偶然耳！豈有徒手虛櫂而能抗海浪、逆颶風者乎？」同伴顧敷回答：「有是哉！」並說起自己「仕偽鄭」時某次從澎湖回台灣的海上驚魂，也是划水仙才獲救。後來，又有陳君領眾人乘船「自省中來，半渡遭風」，正當「死亡之勢，不可頃刻待」時，也是划水仙才安抵白沙墩，「眾皆登岸，得飯一盂」，再叩首沙岸，感謝神明。敘事者

---

5. 同前注《荷據下的福爾摩莎》一書，第六十一頁。
6. 詳見《諸羅縣志》第十二卷雜記志，災祥篇。台灣銀行發行，一九六二，第二八〇頁。范咸《台灣府志》的記載應是全文抄錄自《諸羅縣志》。

（郁永河）最後感嘆：「鬼神之靈，亦奇已哉！」全文約六百字，有人物、有情節、有對白、有場景與情感的描述，這樣的記敘文已有小說的雛形了。茲因文章較長，這裡不擬引錄，而且十九世紀之前的漢字古文作品，恐怕也沒有一篇是以台語思考寫成的，雖然有些文章裡頭會用到台語詞彙。這是筆者依據這些遊宦作者的籍貫判斷的，因為當時來台當官任事的，除非本是閩南人，否則「三年官，兩年滿」的短期居留，返鄉心切的外省文人不大可能學會台灣的語言。

第二節　台語古文的類小說：一八七〇～一九三〇

所謂「類小說」，它的命名法猶如古人所謂的「如夫人」，是可算是夫人，但還不是真正的夫人或不具夫人的完整地位，因此「類小說」可當做「類似小說」的簡稱，意指這類作品本質上是小說式的散文，很接近我們所定位的小說，有些作品將她看成小說也無妨。古代司馬遷《史記》中的「本紀」、「世家」、「列傳」大多屬「類小說」，前文提到的郁永河的〈水仙王〉也是。**台語古文的類小說大約出現在一八七〇年到一九三〇年之間。**

台灣古代文人比較有可能以台語思考寫作的起頭時間，最快也要到十八世紀才有，藍廷珍、藍鼎元兄弟是閩南人（福建漳浦人），母語是漳州話，他們寫文章時很可能是以相當於台語的漳州話在思想，因此他們在台灣時，以台灣為題材、背景寫的作品不僅是台灣文學的一部分，甚至也屬台語文學，其中一七二一年藍鼎元所寫的幾篇和平定朱一貴革命有關的露布和書檄彷彿在說故事，將她們連結起來閱讀，有如在讀一篇「勦朱攻防戰」的報告體小說，這些文章收錄在作者著作《東征集》（1722）及范咸《重修台灣府志》的〈藝文誌〉中，鴨母王事後，藍鼎元與宗族百餘人落腳屏東阿里港定居墾殖，可惜一七二八年藍氏被清廷調回唐山當官，沒做成台灣人，否則他的作品，即使按我們給台語文學的狹義定義來說，也許就是最早的台語書面文學，甚至可以稱為寫實主義的台語歷史文學。

台語的書面文學比較可確定的起頭年代大約在十八世紀中期，諸羅縣籍的王克捷幼年時即隨父從晉江（泉州）來台定居，一七五三年鄉試中舉，一七五七年考上殿試成為台灣第一個進士，他的作品很可能直接用台語（即當時王克捷的母語泉州話）思考寫作的，如果因王克捷是唐山過台灣的移民不算的話，一七六六年成為台灣第二個進士的鳳山縣人莊文進就是土生土長的台灣人了，想必他寫文章也是直接用台語思考並下筆，不過他們都只有詩作和散文。

具有較複雜情節的文言文作品，《天妃顯聖錄》及《天上聖母源流因果》這兩本台灣古籍也可能是用台語思考記寫的。前者最晚輯錄於一八七〇年間，裡頭關於林默的每一則記事，按發生年代排列，有些寫得較有故事性，全書內容可以稱為「林默一生傳及顯聖傳奇」；後者出版於大正六年（一九一七，台北保安堂石印本），

《天妃顯聖錄》是具有較複雜情節的文言文作品，也可能是用台語思考記寫的。裡頭關於林默的每一則記事，按發生年代排列，有些寫得較有故事性，全書內容可以稱為「林默一生傳及顯聖傳奇」。

大約是根據前書的散記且標題模仿章回小說的方式，更簡要的將林默從宋太祖元年（960）出生到仙逝後的清道光二一年（1841）間的歷史與傳說分成五十一章寫成一本也屬散記式的傳記，兩書作者都不可考，因此無法確知兩書是否以台語的古文寫成，即使將它們歸入台語的傳統文學，這兩本的內容也都是片段式小故事，只能算是故事的材料或者是天妃林默的事蹟簡錄，算不上兩篇完整的故事或小說，書中的每一則（章）「事件」幾乎都寫得比中國古代的筆記小說還要簡略。後者（源流因果）的目次看來好像章回小說，但實際內文卻比前者（顯聖錄）更缺乏小說的血肉，幾乎只剩事件，不具情節鋪排，比如《源流因果》將《顯聖錄》中的「機上救親」分寫成「第五章運神機停梭救父」及「第六章聞疾呼失柁哭兄」，反而失去事件的完整性。這兩本「天妃故事集」既已稱不上故事或小說，文學的藝術價值當然就很低了。

連橫〈書陳三姊〉

台灣的古文作家中把傳記寫得最像小說的人應屬連橫（一八七八—一九三六，字雅堂，台南人），之所以如此，也許得力於他熟讀中國的古史如《左傳》、《戰國策》、《史記》等史書，他費十年（1908-1918）工夫才完稿的《台灣通史》（一九二〇年出版）便是仿效《史記》的體例，其中的六十篇列傳更是模仿司馬遷的「小說式散文」筆法，有人物、有對話、有情節、有描述，又有敘述觀點，在敘述觀點方面，作者是挑明的講，「自負」手執春秋之筆，於文前先來一段評讚性質的引言，如〈吳鳳傳〉之「士有殺身成仁，大則為一國，次為一鄉，又次則為友而死。……頂禮而祝之，範金而祀之，而後可以報我先民之德也。」

中間各段才是人物傳記，然後於文末再就文中所記的人事來一段結語式的「連橫曰」，如「連橫曰：鳳之死也，……然鳳之威稜，至今猶在阿里山也。君子疾歿世而名不稱，如鳳者豈有死哉？」這句「連橫曰」如同《史記》裡的「太史公曰」，傳前評讚語與傳後的連橫曰都是作者現身說法，對所寫史事或主角的褒貶，幸好作者不是在寫小說，否則這兩段話會對作品的藝術性造成大傷害，不過沒有收錄在《台灣通史》中的傳記式作品就不一樣了。

故事整一性與有機結構體

筆者認為《雅堂文集》中的〈書陳三姊〉這篇應可以稱得上台灣古文學中最接近小說的散文，應該可以算是小說，而且是好小說，大約寫於一九二〇年。將近千字的〈書陳三姊〉完全符合亞里士多德對作品的整一性要求，其情節佈局且符合亞里士多德和霍雷斯（Horace, 65-8 B.C.）所認為的史詩（epic）、也就是敘事作品的完整結構與最佳寫法，即「有頭有尾有中腰，從中間開始」，全篇分六段，首段先寫故事的時代背景，描述戴潮春起義時，「嚴辦以數萬之眾攻嘉義」，圍城三個月後，市民餓到「食草根，啖豆粕，不足，搗龍眼核為粉，煮粥充飢」，然後引出故事的第一主角是個人稱「查某三頭（第三頭家）」的女子，其中被作者客觀敘述到的「嚴辦」其實是使查某三頭能在整座城市「糧盡援絕」時保持「若無事」的關鍵人物。這段起頭描述可以看成是小說情節的現在式破題之始，也可以看成是從故事中間開始的切入點。接著第二段說明「查某三頭」的台語意義和簡述陳三姊的個性、打扮、為人、交友等。第三段與第四段都以場面呈現，將第二段所稱的「（三姊）性倜儻，任俠……善酬酢，能得客歡……顧視金錢如無物」的形容以及陳三姊「善度曲，工琵琶」的興趣、才華表現得活靈活現，讀者至此可以發現女主角交友廣闊，門下食客眾多，陳三姊猶如現代的女孟嘗君，豪放直接的性格像杜光庭小說〈虬髯客傳〉中的紅拂女。以小說敘事學來看，第三段是插敘一件往事，寫三姊看戲遭到賊仔尾隨，三姊反而送賊金釵，接著該賊被三姊門下的「群無賴」抓回來，三姊反而以不知者無罪赦免賊，這賊「遂居門下」又成了三姊養士的一員，這段屬純粹的倒敘，作者藉此暗藏一個亞里士多德所指悲劇之突轉（逆轉）情節的伏筆；第四段寫陳三姊的音樂才華與婚嫁，若首段是現在進行式情節的起頭，則本段是另一件較近時間的回敘；若首段是現在進行式情節的中間，則本段是全篇故事的真正開頭，這一段除了反映三姊的興趣與婚嫁之外，最主要目的是要引出另一個人物——男主角，即隨「北港豪商」到嘉義陳家做賓客的泉州樸素少年張成勳，張成勳不久便因陳三姊的主動求婚而成為陳家快婿，婚後，三姊為他「納資武營，補千總」，於軍中買了一個職位當頭路做。第五段重新接續首段的事件敘述，解開陳三姊在戴潮春之役中可以「若無事」的原因，原來是得到「劇盜」嚴辨的接濟，而嚴辨之所以肯暗中救助她，是因三姊曾經於嚴辨早年犯法被捕時救過嚴辨，此處屬遠距的因果關係構成情節安排的一個「發現」，接下來第六段是第三段之伏筆的顯現，當三個月後嘉義城受困的危機解除，張成勳隨軍往彰化途中，駐紮斗六反遭「潮春圍之，援絕」時，故事中從逆境突轉的情節出現，成勳在「無計可去爾」的危急情境下被一個陌生人救了，這個人是誰？「問其名不答，視之，則三姊所免之賊也」，故事發展至此，完整的解開了所有懸宕與伏筆。末段的最後幾句是故事的結尾可以自成一段，即當官兵因「屯番內變（平埔番兵反叛）」，總兵（部隊長）及士卒皆沒時，成勳反而得以平安返鄉（嘉義），「與三姊遂偕老焉。」。

這篇是筆者所讀過台灣傳統文學中最好的敘事作品，文長僅千字不到，可謂麻雀雖小，五臟俱全，全篇高潮迭起，沒有隻字片語是廢話，情節多以場面呈現，且結構嚴謹，達到英國詩人考爾律之（Coleridge, 1772-1834）所說每一篇成功的文學作品的「外表，都是其內涵本質的體現」，亦即作品要成為一個文字的「有機結構體」才是成功的文學作品。

〈書陳三姊〉的作者連横雖是一個舊式文人，晚年的部分行止有虧於台灣人的骨氣及做為一個知識分子的氣節，但以二十世紀文學「新批評」的態度將作品獨立來看，仍不失為佳作，這篇〈書陳三姊〉可以稱得上甲級中等或甲級下等的小說。

筆者將〈書陳三姊〉列為本書觀察範圍是根據當時傳統文人的語言習慣及其他種種跡象判斷這篇是以台語思考寫的，比如一九三〇年代台灣話文運動時，連横也呼應台灣本土派的觀點，做《雅言》證言台灣語「高尚優雅」，並認為我台人士提倡鄉土文學，必先整理鄉土語言，然後力行台語寫作才能振興「台灣文學」，他大約把台語文學等同台灣文學看待，因此一九三三年完成《台灣語典》，可是沒來得及出版，更未留下任何純白話體的台語作品就病沒了，不過他倒有用純白話的台語翻譯部分四書五經的古文，比如他把《孟子》「離婁篇」的〈齊人〉用台語翻譯後，這篇古文讀來就更像筆記小說：

齊人有一妻一妾而處室者，其良人出，則必饜酒肉而後返。其妻問所與飲食者，則盡富貴也……，而良人未之知也，施施從外來，驕其妻妾。」（孟子的〈齊人〉原文）

齊國兮（的）人，有一兮（个）大某一兮（个）細姨，帶（滯）置厝內，恁（怹in）查甫人出去著斟（啉lim）真醉，食真飽，藉（才ziah）倒（轉dng）來，恁大某問有參甚（啥）人做伙（夥）斟？攏是有錢人、做官人……，恁查甫人要（猶iau）未知影，搖搖擺擺置外面入來，見著大某細姨要的（猶佇iau-de）爽（聳sang）勢。」（連橫的「孟子台譯」〈齊人〉）[7]

由上面這段節錄，可知連橫絕對有心、也有能力使用台語白話寫文章。如果有人可以證明〈書陳三姊〉不是出於台語思考，自然應剔除於台語作品之列。

前述文學有機體的內、外在結構是後來許多以台語白話寫的小說所缺乏的，筆者特別在此提出，一來是〈書陳三姊〉這篇文短，分析她不必費太多篇幅，二來是馬上就要觀察文人以白話體的台語寫的小說了，台語小說的最大宗與成就也是表現於後來的白話本小說，特別是作家以漢字寫的白話小說。

第三節　台語白話文小說：一九二〇～一九六〇

前述是台語古文創作，接著來看白話文的小說創作，期間大約在一九二〇年到一九六〇年，可分為兩類三段，以下分別來看：

如果我們不把荷蘭人以荷蘭文寫台灣事物的作品當作台灣文學的話，則台灣人直接以白話書寫，最早的年代是十七世紀荷據時期的「新港文書」，當時荷蘭人曾以拉丁（羅馬）字母學習西拉雅語，若干年後再教導新港社土著書寫自己的語言，這套文字一度成為當地原住民的書寫工具，主要用於和荷蘭官方、和民間漢人訂立契約，因此又稱「新港文契」。荷蘭官方對民間百姓發佈通告也是用這套新港語羅馬字，這些新港文書寫的契約條文，有時還有漢文對照。荷蘭人離台後，還有西拉雅族人繼續使用新港文達一百多年，因此這套書寫系統在台灣曾被實際用了大約一百五十年之久[8]。新港文書是目前可見的最早書寫台灣語言的白話體文獻，可惜她們只是契約條文，不是文學作品。而據荷蘭人的文獻記載，當

Het H. Euangelium
na [de beschrijvinge]
MATTHEI.
Het eerste Capittel.

1 HET Boeck des Geslachtes Jesu Christi, des soons Davids / des soons Abrahams.
2 Abraham gewan Isaac. ende Isaac gewan Jacob. ende Jacob ghewan Judam / ende sijne broeders.
3 Ende Judas ghewan Phares ende Zara by Thamar. ende Phares ghewan Esrom. ende Esrom gewan Aram.
4 Ende Aram gewan Aminadab. ende Aminadab gewan Naasson. ende Naasson gewan Salmon.
5 Ende Salmon ghewan Boaz by Rachab. ende Boaz gewan Obed by Ruth. ende Obed ghewan Jesse.
6 Ende Jesse ghewan David den Koningh. ende David de Koningh gewan Salomon by de ghene die Urias

Hagnau ka D'lligh
Matiktik ka na sasoulat ti
MATTHEUS.
Naunamou ki lbegh ki soulat.

1 SOulat ki kavouytan ti Jesus Christus, ka na alak ti David, ka na alak ti Abraham.
2 Ti Abraham ta ni-pou-alak ti Isaac-an. ti Isaac ta ni-pou-alak ti Jakob-an. ti Jacob ta ni-pou-alak ti Juda-an, ki tæ'i-a-papar'appa tyn-da.
3 Ti Judas ta ni-pou-alak na Fares-an na Zara-an-appa p'ouh-koua ti Thamar-an. Ti Fares ta ni-pou-alak ti Efrom-an. Ti Efrom ta ni-pou-alak ti Aram-an.
4 Ti Aram ta ni-pou-alak ti Aminadab-an. Ti Aminadab ta ni-pou-alak ti Naasson-an. Ti Naasson ta ni-pou-alak ti Salmon-an.
5 Ti Salmon ta ni-pou-alak na Boos-an p'ouh-koua ti Rachab-an. Ti Boos ta ni-pou-alak na Obed-an p'ouh-koua ti Ruth-an. Ti Obed ta ni-pou-alak ti Jesse-an.
6 Ti Jesse ta ni-pou-alak ti David-an ka na Mei-fafou ka Sibarau. Ti David ka na Mei-fatou ta ni-pou-alak ti Salomon-an p'ouh-
A koua

CHAP. I. (1) THE book of the generation of Jesus Christ, the son of David, the son of Abraham. (2) Abraham begat Isaac; and Isaac begat Jacob; and Jacob begat Judas and his brethren; (3) and Judas begat Phares and Zara of Thamar; and Phares begat Esrom; and Esrom begat Aram; (4) and Aram begat Aminadab; and Aminadab begat Naasson; and Naasson begat Salmon; (5) and Salmon begat Booz of Rachab; and Booz begat Obed of Ruth; and Obed begat Jesse; (6) and Jesse begat David the king; and David the king begat
A

台灣最早的文字書寫是荷蘭人寫的荷語文書，及荷蘭人以羅馬字母拼寫平埔族原住民之西拉雅（Siraya）語的新港文書。圖為十七世紀荷蘭文（左）與新港文（右）對照的〈馬太福音〉。

7. 連橫的〈齊人〉台譯節錄，括號中的文字及注音是筆者所加，是該字的現在用字及語音，其餘為連橫譯文的原文。

8. 十九世紀後期來台灣考查的美國學者史蒂瑞（J. B. Steere, 1842-1940）所收集到的最晚一件新港文書寫於嘉慶十五年，即一八一〇年，而目前所知最晚的一件是嘉慶二十三年（1918）。詳見史蒂瑞著《福爾摩沙及其住民》（*Formosa and Its Inhabitans*），林弘宣譯，台北前衛出版社，二〇〇九，第一二〇—一二三頁。

時也有新港語書寫的作品，做為土著學習書寫新港語的教材[9]，不知那是什麼內容的作品，不過，即使是一般文章，乃至具有文學性的作品，頂多只能將台灣文學史的白話書寫大步向前推進到荷蘭時代，也不能使台語的書面文學向前挪移，因為新港文書的語言不是台語。

翻譯與報導文學

台語的白話體用於寫文章，而且有作者又有固定文本留下來，可能要到一八八五年基督教長老教會設立《台灣府城教會報》[10]之後才有，這是一份以羅馬字母拼寫台語的報紙型月刊，創設人是英國傳教士巴克禮（Thomas Barclay, 1849-1935），巴克禮牧師於一八七四年先到福建廈門傳教並學習廈門話，次年到台灣打狗（高雄），又一年後長老教會放棄打狗教區，便轉到府城（台南）傳教，直到逝世。

在十九世紀末期的台灣，民眾普遍講台語，但也普遍不識字，於是外籍傳教士為了因應這種普遍文盲的現實情況，以方便傳教及方便教徒書寫台灣話，同時也方便新來的傳教士學習台灣話，便從中國福建引進這套廈門話羅馬字方案來書寫台灣話，由於西洋傳教士在閩南以這套羅馬字母書寫廈門話白話文，並正式在閩南推行的時間（一八五〇年起）已有三十五年之久，既有聖經新、舊約的廈門話譯本，又有一些「白話字」寫成的廈門話書籍了，而台灣話與廈門話又算是同一語言，在台灣的傳教士們能使用羅馬字母記寫台語也都有幾年經驗了，因此把這套「白話字」及相關書籍直接引進台灣來推行使用可謂方便之至，又當時傳教士認為必須解決普遍文盲的問題，教導台灣民眾到最後能自己閱讀聖經及一些教理書籍，如此基督教義才能生根，傳教事業才能事半功倍。

《台灣府城教會報》就是在這個背景下設立，她的編輯與發行目的不在文學，為該刊寫作的作者也不是為了發表文學作品才寫作，而是基於傳播基督教義、促進基督信仰的動機，所以百年來這份會報及其「後身」《台灣教會公報》上的台語作品，從文學的角度看，絕大部分的文學價值很低，但從台語保存或記錄語言的角度看，就很有文獻價值。雖然該刊不是文學雜誌，但偶爾也會有文學作品，比如該報初期所刊載的短文和「新聞」，有些具有文學性，類似今天所謂的報導文學，當中少許作品好像筆記小說，也許因為這樣，有人把一篇發表於一八八六年的〈日本的怪事（Jit-pún ê Kòai-sū）〉[11]當做台語小說的第一篇。這是一篇五百多字的短文，內容很像《聊齋誌異》中的靈異小品，寫日本一間鄉野客店，十年前某人去投宿，交待店主明日十一點 morning call，親自叫醒他，店主去叫時「看見眠床前旋出一支狐狸尾」，嚇一跳，客人醒後對店主說自己就是一隻山裡的老狐狸精，只要店主守秘就幫他加倍增財並告之增財的方法，翌日店主去試，把五十元放到某間廟裡，越日去看，果然變成百元，店主深信後改以百元做母，結果不但沒增加，連母本都不見了，兩次虧失後才頓覺受騙。作者最後解題那個客人不是真狐狸，而是利用人性貪念來「趁食」。如果刪去作者的

---

9. 荷蘭人第二任駐台牧師尤羅伯（Junius, R，或譯為「尤紐士」）在一六三六年九月五日寫給東印度公司商務委員會董事的工作報告中曾寫道：「我們努力教四位土著，想讓他們成為老師。我們給他們所有新港文作品，每天用新港語教他們。」參見《荷據下的福爾摩沙》（*Formosa Under the Dutch*），甘為霖英譯，李雄揮中譯，台北前衛出版社，二〇〇三，第一八二頁。
10. 《台灣府城教會報》第一號（創刊號）出刊日期是一八八五年七月（清曆光緒十一年六月十二日）。
11. 〈日本的怪事〉原載一八八六年一月《台灣府城教會報》第七期。

解題，這篇儼然是寓言小品。

如前所述，我們已經知道台語小說早在十七世紀就有口傳作品了，文字作品最慢也在一八七〇年就出現。依筆者看，即使要將〈日本的怪事〉當做台語白話小說都有問題，何況是「第一篇」？因為〈日本的怪事〉沒有作者，按該刊登載的文章，只要是有人新寫的作品，都有印出作者名姓，比如前幾期分期刊登幾篇談〈Peh-ōe-jī ê Lī-ek（白話字的利益）〉之作者分別有 Iap Bok-su（葉牧師）、Lâu Bō-chheng（劉茂清）等五人，及 Iap Hàn-chiong（葉漢章）[12]寫的〈Lūn chòe Peh-ōe-jī ê iàu-kín（論做白話字的要緊）〉，其後幾期也一樣有題有文有作者，但凡是翻譯的，無論是翻譯聖經、聖詩或節錄外國作品再台譯的文章、詩歌都只標記「Phian-chip-sek（編輯室）」，表示此文並非原作或創作。另外該刊標記「編輯室」寫的文章，也可以從內容大略判斷是譯作？還是台灣信徒的原作？有些內容有寫明批判對象且有明顯詆譭台灣寺廟及民間佛道信仰的文字者也沒標示作者，這類小文章應是台灣的教會牧師或信徒寫的，而內容是寫外國人事的，通常是節譯或改寫自外國作品的文章，〈日本的怪事〉就屬於這類作品，所以她很可能是翻譯之作。而就算她是台灣人的原作，筆者認為若要推舉羅馬字寫的第一篇台語小說，〈日本的怪事〉還不如 Chiu Pō-hâ（周步霞）寫的〈北港媽的新聞（Pak-káng Má ê Sin-bûn）〉[13]這篇「新聞報導」，〈北港媽的新聞〉有場景描述、有情節概述、有敘述觀點，又可確定是台灣人的作品，主題在諷刺全台香火最烘（今誤做「夯」）的北港媽祖只是偶像崇拜及民俗信仰的功利性質，茲引錄部分原文及筆者的漢字翻寫如下：

Ka-gī siok Pak-káng ū chit-keng biō, miâ kiò Tiâu-thian-keng, lāi-tiong ū chit-sin jī-má, hō-chò Thian-siōng Sèng-bó, sī thong Tâi-ôan tē-it ū miâ-siaⁿ--ê ; lâng nā beh chhiáⁿ chit-sin Jī-má lâi kèng, chit-jit tioh saⁿ-kho-gîn,100 jit tioh 300 kho, chē-chió jit tioh chiàu-sǹg.

Kū-nî peh-gueh-kan, Ka-gī siâⁿ-lāi-gōa tak kéng-hūn ū khì chhiáⁿ…（省略）…Ka-gī siâⁿ pak-mng-gōa Un-sio-chhù-kéng sī lō-bóe chhiáⁿ lâi kèng, kèng-liáu tioh sòa chhiáⁿ khì hêng.

嘉義屬北港有一間廟，名叫朝天宮，內中有一身二媽，號做天上聖母，是通台灣第一有名聲的；人若欲請這身二媽來敬，一日著三箍銀，一百日著三百箍，濟少日著照算。

舊年八月間，嘉義城內外逐境分有去請……（省略）……嘉義城北門外雲霄厝境是路尾請來敬，敬了著續請去還。

接著是情節的重點，寫雲霄厝連演三天戲後，要將媽祖佛像送還北港廟，途經新港時，轎夫累了先休息一陣再起轎，卻忘了將方才替佛像鬆綁的繩索重新綁上，結果當他們下北港溪溪崁時，「媽祖婆」從轎內「攲哩硞轆」摔下來。到廟後，因有人先去通報廟裡的「和尚」（按：廟祝），和尚為媽祖「驗傷」並叫人敲鑼通知爐主、頭家等人來，怨說：「咱的祖媽互嘉義的人扛去蹧躂，身軀驗五傷。」就將那些轎夫和送神前來還的人綁起來凌打出氣

12. 葉漢章，一八三二—一九一二，中國福建廈門人，曾在台灣協助宣教事工，也擅長作詞作曲，現行長老教會《聖詩》中的〈此時禮拜將要息〉（第五一六）就是他的作品。

13. 〈北港媽的新聞〉，作者 Chiu Po-ha，漢名「周步霞」，一八六四—一九二三，字耀彩，台灣艋舺人，曾任東港、新港、灣裡街的傳道，本篇原載一八八六陰曆二月，《台灣府城教會報》第八張（期）。

才放回，然後寫信給嘉義城的頭人們，說北港媽替他們做醮受了驚嚇而倒，有人戲弄說，北港媽可能因為整月不眠不休的看戲，在轎裡「盹加睡」才摔落，有人猜是北港媽因為口渴才落溪喝水。文章最後作者加一段評論，指出偶像只是「柴的像，屬死的物，無神，昧聖」，勸人醒悟不要再拜。

在這篇文章裡，北港媽只是作者用來諷諭民間佛道信仰的代表，目的在反襯基督信仰才是宗教正道、耶氏上帝才是真神。該刊最早期的「新聞」小品還有〈台北的消息（Tai-pak e Siau-sit）〉[14]也類似這種筆法，不過〈台北的消息〉不是在傳教，而是在「報導」台灣民主國大總統唐景崧怎樣背棄台灣，逃出滬尾（淡水）港口的過程，字裡行間暗批在台唐山（外省）官兵的缺乏台灣情，又自私、貪污與怕事，內容頗有歷史價值。

如果我們把這類有一點情節的小品文也視為小說的話，則台灣人寫台語白話小說的起始年代就要向前推到一八八六年，只是這類作品，形式比古代許多傳記散文還要欠缺小說的要素，我們通常都將它歸為散文，文體性質屬於記敘文，若是記敘文也能算小說，那麼所有小說史及小說文本的範圍就要大大改寫了，因此筆者也只將這類作品當作記敘散文。對於白話小說的定義，我們寧可以採取較嚴格的說法，所以無論是〈日本的怪事〉，還是〈北港媽的新聞〉都不是小說。不過一八九〇年的《台南府城教會報》有連載一篇上萬字的台語小說〈安樂街（An-lok ke）〉，由於「無注明」作者，很可能也是翻譯作品，如果有人能證明〈安樂街〉是台語的原創作品，「台語白話文小說」及「戰前的羅馬字宣教小說」的起頭年代就應提前在十九世紀末的一八九〇年，而非遲到廿世紀初的一九一〇年。

由讀書人以台語白話文寫的散文體小說，據聞有一本一九一〇年出版的《包公案》，作者陳光耀，目前收藏在中央研究院，是至今所知最早的，筆者沒見過，不知是否合乎筆者所界定的台語小說，依筆者推測，這本書可能是根據明代佚名作者所寫的《包公案》（又名「五鼠鬧東京包公收妖傳」）這本中國白話本小說改編的，要不然就是據《包龍圖判百家公案》或《七俠五義》中的某些章回故事加以翻譯改寫的，而《七俠五義》、《小五義》也是當時台灣民間布袋戲常演出的戲齣，這本書的書寫符號應是使用傳統方式即漢字。如其然，按當時那些通俗故事的作者的敘事方式及寫作能力判斷，這本《包公案》恐怕也只是傳統的講古（說故事），並且極可能只是翻譯外加稍微改寫，因此該書既非創作，也就不勞筆者多費精神找尋與評論。

寫作羅馬字小說的背景因素

真正屬於創作且直接以文字書寫和發表的台語白話小說要到一九二〇年代才出現，最早的三本應是賴仁聲的兩個中篇小說，即〈Sip-ji-ke e Ki-ho（十字架的記號）〉，一九二四年作，一九二五年與〈An-nia e Bak-sai（俺娘的目屎）〉合集出版[15]，及鄭溪泮於一九二六年

---

14. 〈台北的消息〉，作者 Giam Sian-si^{n}（音譯「嚴先生」），原載一八九五陰曆閏五月，《台灣府城教會報》第一二三期。
15. 〈Sip-ji-ke e Ki-ho〉與〈An-nia e Bak-sai〉，前者四萬多字，後者不到四萬字，頂多皆僅能算是中篇小說，有人將她們歸為長篇小說並不恰當。又兩篇的篇名原有標示聲調的符號，本書為方便打字，都省略這些調號，以後若有同一情形也同樣省略調號。又一九二五年兩篇合集出版時，該書以「An-nia e Bak-sai」做書名且編排在前面。

出版的長篇小說《Chhut Si-soan（出死線）》。這三部小說都是用教會羅馬字寫的，她們會在一九二〇年代相繼出現，除了因應當時台灣人仍然普遍不識字（日文與漢文）的文化現實外，還有其他社會背景的因素和作者的寫作目的，筆者認為大底有下列諸因：

第一、是受到當時台灣新文學運動的影響。新文學運動起於一九二〇年，這一年以蔡培火的名義發行的《台灣青年》開始大力鼓吹白話文，一九二二年《台灣青年》併入一九二一年成立的台灣文化協會，成為「文協」的機關刊物，改名《台灣》，並於一九二三年增刊《台灣民報》半月刊，自此主張用白話文寫作的聲音更大了，知識界的文化菁英與文壇作家中比較有進步思想的人紛紛響應，以漢語寫作的人逐漸放棄文言，在這同時，蔡培火（1922）主張用羅馬字母拼寫的台語白話來「普及台灣語文化」[16]，繼之縱使有濃厚中國祖國情結的黃呈聰（1923）也認為台灣人寫白話文可以「不要拘執如中國那樣完全的白話文，可以參加我們平常的語言」[17]，而幾乎已洗淨中國意識的連溫卿（1924）更主張「不論經濟上，也是政治上有什麼干係，我們台灣人需要我們的台灣話，以應社會生活上的需要」[18]。由此可知不待一九三〇年的台灣話文論戰興起，在一九二〇年代起頭不久，主張用台語白話寫作的法螺就已吹響了。

當時鼓吹白話或受白話運動影響的台灣文人在漢語白話方面除了自身的模擬修習之外，也同時向中國的北京話白話文作品學習，賴仁聲與鄭溪泮自不例外，兩人都受過漢字教育，從他們的小說中大量借用或引入中文詞彙如「常常」、「忽然」、「雕琢」、「留置」、「酌婦」、「祈禱」、「整齊」、「益發」、「拙著」、「然後」、「淑德敬虔」、「太太」、「樸素」、「彷彿」、「叔叔」、「心猿意馬」、「並肩」、「漩渦」、「如痴如醉」、「飛鳥」、「茂盛」、「敏捷」、「雖是」、「征伐」、「以及」、「其餘」、「火焰」、「殷勤無厭」、「愚婦」、「懷孕」、「偶然」、「不妨」……，可知兩人也努力讀過一些中文白話作品，可能是魯迅〈狂人日記〉（一九一八年五月發表）、〈阿Q正傳〉（一九二一年十二月發表）之類的較新的白話小說，更可能是明清時代的較舊的白話小說，至少一定讀過英國作家本揚（John Bunyan, 1628-1688）的《天路歷程》（*Pilgrim's Progress*）的中文白話譯本及聖經的中文白話譯本（此兩書幾乎是二十世紀台灣傳教士、牧師的必修書，日治時代的教會人士即從中國帶入台灣）。

第二、民間七字仔歌仔冊的創作與出版。最遲約從大清帝國的乾隆年間（1736-1795）開始在閩南出現的「七字仔歌仔冊」，大約於一九〇〇年前後的清末時期被往來台、閩間的書商引進台灣，當時已劃歸日本統治的台灣人也許在懷舊與「思漢」的情緒下，很自然地接受了這些以廈門話（漳泉話）書寫的白話「七字仔古」，

歌仔冊是一種以簡易格律體敘述故事的民間文學集，其中《戶蠅蚊仔大戰歌》描述蒼蠅與蚊子因細故起爭執，繼而造成動物界分兩派大戰，以此暗諷台灣人之械鬥。

16. 引自蔡培火〈新台灣　建設羅馬字〉，原載《台灣》三年六號，又載於《台灣民報》一卷十三、十四號。
17. 引自黃呈聰〈論普及白話文的新使命〉。
18. 引自連溫卿〈將來之台灣語〉，參考林央敏著《台語文學運動史論》，一九九六，前衛出版社。

再加上歌仔冊的價格低廉，內容皆是民間通俗故事，很快的「歌仔」開始在台灣流行起來。初期台灣市場充斥著福建發行的歌仔冊，直到大正年間（1912-1926），台北市北門町的「黃塗活版所」才以鉛字活版大量發行台灣版的歌仔冊。同時台灣人受到激勵，不少民間素人作家也開始用台語白話創作新的七字仔歌，一時蔚為風潮，除了改編中國舊有的故事外，更有以本地人事為題材的「新歌仔」，如〈嘉義行進相褒歌〉、〈基隆七號房慘案〉、〈黑貓黑狗相褒歌〉、〈中部地震勸世歌〉、〈乞食開藝旦歌〉、〈戶蠅蠓仔大戰歌〉、〈二林鎮大奇案〉、〈義賊廖添丁〉、〈台南運河奇案〉、〈花花世界勸善歌〉、〈最新花柳纏身歌〉等等都是，出版者除原有的黃塗活版所外，台北周協隆書局、嘉義捷發書局（漢書部）、嘉義玉珍書局、台中瑞成書局等幾家都發行了大量的歌仔冊[19]，各大城還有一些零星出版歌仔冊的印刷所或書局，如台北禮樂活版社、台北光明社、台中秀明堂、嘉義村子活版所、台南雲龍堂、高雄三成堂、新竹竹林書局等等。一九二〇年到一九三〇年前後的十幾年間可說是台語白話作品生產與上市鬧熱滾滾的時代，好舞文弄墨的知識分子多少都會感染到這股通俗白話文學的寫作風氣。

第三、為了傳教佈道而寫小說，作者故意創造一些有情節的故事，用來宣揚基督教的教義，這一點從小說作品的內容即可印證，賴仁聲與鄭溪泮都是長老教會的牧師，看其作品就好比在禮拜堂或佈道會上聽牧師在講述聖經故事那樣，似乎說教比故事重要。賴仁聲也坦白自己寫宗教小說是「備辦一篇說教，也將彼篇說教給伊故事化」[20]。

第四、為了鼓舞教友學習台語羅馬字，讓教友多讀有益信仰的故事，同時比較有效率的順便學習羅馬字等等。這是賴仁聲自己在《俺娘的目屎》的出版「Chu-su（自序）」中說的。

前兩者屬當時社會背景因素，後兩者屬作者個人的寫作目的。另有一個因素使教會人士的白話小說比作家的白話小說更早出現在台灣新文學的起始年代，那就是羅馬字簡單易寫，只要學會二十幾個標音字母和聲調符號就可以拼寫包括各種漢語在內的任何語言的語音，雖然對同樣已嫻熟羅馬字與漢字的人來說，羅馬字的漢語書寫文比漢字的漢語書寫文難唸且難懂，但還是比漢字易於書寫，即全羅的台語羅馬字寫起來容易，但讓別人唸起來卻不易懂得文意。而賴、鄭兩位牧師在當時都已熟悉羅馬字並已有書寫羅馬字台語的經驗了，自然很有能力用羅馬字的台語敘述故事。

如前所述，一九二〇年代的台語白話敘事文學中，雖是以全漢字寫的七字仔歌仔冊的篇數（本數）為多，但賴、鄭兩位牧師以全羅字寫的三本小說可能在字數上反而更多，這兩批作者其實都不是當時文壇的作家，而何以在同樣的社會背景的影響之下，文壇的作家反而沒能在一九二〇年代就寫出台語小說，原因就是台灣教育極不普及且一直沒有正規的漢字教育，當時的文人除了少數在小時候進過「漢學仔」的私塾以台語或客語的文言發音學習一些漢字外，在一九二〇年代大都是從北京話的白話文自習漢字的白話用法，自然還不具嫻熟的能力使用漢字書寫完整的台語白話文，何況小說的字數更多、文章更長，就更難寫了。這情形也反映在一九三〇年代與戰後二〇〇〇年之前的台語文學界，寫台語詩詞的人多，寫台語

---

19. 參考施博爾作〈五百舊本歌仔冊目錄〉，原載《台灣風物》第十五卷第二期。
20. 引自賴仁聲著《疼你贏過通世間》的〈Chok-chia Su-gian〉（作者序言）。

小說的人少之又少。

羅馬字的台語小說雖然是台灣文學史上繼民間故事及七字仔歌之後出現的台語白話敘事文學，甚至可以視為台灣最早的白話小說，從台語寫作與台語保存的角度看，頗有歷史意義和語言價值，可惜對當時的社會大眾與文學界並無作用，它的文化影響力與作品流通度遠不及口傳的台語通俗文學和以漢字創作的台語白話文學，因為閱讀這些台語白話宗教文學的人僅限於少數已「落教的」，即長老教會中會羅馬字及肯學習羅馬字的人，其他教外人士，即便是台灣文化協會的知識分子們，後來雖同意將普及羅馬字列為「文協」的目標之一，但也只是將羅馬字當做教育不識漢字又不會日文的基層民眾的輔助工具而已，台語羅馬字並未形成一種文化運動，此等情境，縱然從一九一四年就主張推廣羅馬字且在一九二〇至一九三二年間鼓吹羅馬字最力的蔡培火，在一九二五年九月出版全羅字的書《Chap-Hang Koan-Kian（十項管見）》（新樓書房）的同時及以後多年都不得不用全漢字來寫他的台語創作詩詞，雖然蔡氏後來又編寫《PE-OE-JI KHO-PUN（白話字課本）》（1929）及《新式台灣白話字課本》（1931），可是如斯堅持到戰後他仍舊放棄羅馬字，改以全漢字書寫，並編寫漢字的台語字典，這是政治、社會雙重現實環境與台語的語言特性和習慣較不適合純拼音的羅馬字所使然。

雖說一九二〇年代羅馬字的台語小說沒有為當時的台灣文學增色或發生作用，幸好她們有留存下來見證當時民間文學創作的活力，做為後世的文學工作者有責任為她們在文學史中補上一章，要是這些作品寫得很好的話，還必須加以發揚。但是比較可惜的是，賴、鄭兩人的這三本小說都像初學者嘗試寫小說那樣寫得很差。接著就來看這些小說，她們都不是好作品，因之筆者不打算細論。

基督教宣教小說

賴仁聲（一八九八—一九七〇），本名賴鐵羊，自號「裾野逸人」，台中人。可能誠如他自謙的：「我是牧師，毋是著作家，也毋是小說家」，只是對當牧師和寫小說「我攏有趣味」而已，寫小說的目的除前述的傳播教義與讓教友興趣學羅馬字外，還要「鼓舞會友的信心佮品行」，「互做基督教家庭較鬧熱，互婦女佮細子較有工藝」，讓「逐家讀有益的故事」，希望「青年的男女，所疼的兄弟姊妹」能從故事中「得著勉勵」[21]，所以作者並不在乎小說本身是否寫得好。

觀看〈俺娘的目屎〉這篇，除了活用並保存不少台語特有詞彙與引入一些外語（中文）詞彙可擴充台語的表達能力，這兩項勉強可算是這篇小說的文學成就或優點外（後項有人反而認為是缺點[22]），筆者看不出有何可取之處，以文學審美的角度來看倒是缺失不少，我想作者大概深受民間通俗故事及中國明清話本章回小說的影響，寫小說幾乎就像傳統說故事那樣，大多是平鋪式的交待故事，很少以場面表現情節，也就是角色的動作、故事的情節多用「說明概述」表達，少用「場景描述」表現，如此一來就使作品變成老王說故事，而非有骨

21. 以上所引文字詳見《俺娘的目屎》的作者自序。
22. 筆者以為台語作品中借用中文或其他外語詞彙是好是壞不能一概而論，端看是否必要及是否用得自然得體，方能判定優缺點，這還牽涉作者的台語能力問題。

架有血肉的小說，這是最大缺點。就是因為好像在講古，作者時常跳出來或解說義理、或插敘一則聖經小故事來說明教義、或慨嘆情況、或評論角色的行為動作，又當事件交待到一個段落或要轉述別個人物、情節時，作者也常現身在文句間講明「茲且按下」、「擱講……」等按語，作者也有模仿古代章回小說那種「欲知結果？請看下回分解」的「明式懸宕」法，這種在完全以全知觀點的敘事中，作者現身說法的做法會破壞小說的有機性，使結構變得鬆弛，這是次大缺點，刪除這些「作者本身的話語」是會好些，但也還是挽救不了這篇小說的內、外在結構的統一性，原因是從「母子啼哭」（第四章節）起，作者開始傳教，情節進入（或受到）基督教義的影響後，加上只靠白描敘述，使所有突轉情節都不具張力，以及自第十四章節開始插用聖經故事後，內容突然變得奇幻不實，破壞了這篇小說從頭到腰所一直保持的寫實基調，作者有意製造的曲折情節或懸宕動作也都失去懸疑性，總是「求基督有效、拜他神無效；信主靈魂得救、身心得安，不信反之」以及「惡有惡報之後，悔過而信主入教得善報」的模式，作者似乎是為了符合想要表達的教義宗旨，反映信主之「是」，以及明示或側寫信奉其他神祇之「非」，好像已不管現實、邏輯的限制與角色、場域是否恰當，便任意編造事件和安排人物，加上只是白描式的直述事件，很快就交待出結果，以致造成不少缺失，像男主角天賜仔從倒打父親、被告上官廳、突然因有多次做賊犯姦的前科被判刑入監、減刑出獄、娶二奶、被罵就打死人、入獄又越獄、流亡、打架殺人、被關再逃監、去做山賊又拍死人……到最後兩度因皇帝得龍子及「國母」皇太后生日皆特赦天下而死裡逃生，然後「皈依」基督、耶和華，終於返鄉與陸續都已信了主的家人團圓，由不孝到喜劇收場的曲折過程總是發生和解決都很順利又巧合，犯人豈能徒手扯斷鐵鏈再跳火車窗戶逃脫？豈有陌生病人聽另一個不認識的病人在病床上說一句「互你死啊！你安怎罵我浮浪者貨」的夢話並踢一下床板就起疑報官？又豈有警察像神一般能對外省遠地發生的多年懸案調查得那麼順利？……作者以中國人當故事的角色又把背景放在（依筆者判斷可能是）一九〇六年的中國，寫的卻是台灣的地理場景、民俗與事物，有些地方就顯得不通不實，格調、場景很不諧和，這一點也降低了小說的真實性和情節的感染力。

〈俺娘的目屎〉以信仰基督當主題，以平鋪說教當筆法，自然缺乏文學作品的哲學（思想）深度，結構既已離離落落，詞藻又欠缺精緻美麗，我想作者寫台語小說，大約是用羅馬字（注音符號）把在頭腦裡進行的台語思惟記錄下來，可能只注重注音符號有沒有拼錯，而很少在意情節佈局、文句修辭等等屬於文學技巧上的結構形式與美學要求。如果小說作品的綜合性好壞必需概分為甲、乙、丙三級的話，筆者只能把她歸在丙級。

筆者想順便指出，〈俺娘的目屎〉的情節安排有一處雖然可以無關作品好壞，但絕對有違作者所要反映的最大主題——「皈依」基督得利益——的預設，即小說中男主角天賜仔的小妹美懷仔之死。美懷仔是全家最早接觸基督教、也最虔信耶穌和耶氏上帝的人，由於她的機緣、勸導和引進，終於使全家人都先後「落教」信主，結果卻在青春年華就得肺水腫病死，反而大惡不道的兄長天賜仔在死刑前夕因聆聽牧師「說法」雖是心還「無信道理，總是對您老母的所講（筆者按：小說沒交待老母講的內容）濟少也略仔知基督教的好處」以後，開始奇蹟式的連連得到好處，最後得以返家團圓善終。雖然美懷仔之死，作者很生動的間接暗示美懷仔是「蒙主寵召」，作者安排美懷仔病重時，照顧她的母親福源姆疲累時睡著了，於夢中進入伊甸園，又遇到天使及耶穌，聽完「上帝朝廷的神樂」後，在殿外的路上與美懷仔相見，用這段全書最具場面的神話情節來表示美懷仔之死不是死，而是得到平安喜樂的永生，所以夢中的美懷仔叫夢中的母親不要哭，她的靈魂之「火燈」才不會被俺娘「妳的目屎滴化（澆熄）」。這是全書寫得較好的章節（十五節），有魔幻象徵的意味，但是作者如是安排：「好人早早永生得主恩寵，壞人晚晚悔過也獲福報」就不免讓人覺得與教義主題有所乖違矛盾。

〈十字架的記號〉和〈俺娘的目屎〉是賴仁聲的同期作品，寫作年箇僅屬前後年，都是大約四萬字的中篇小說，兩本的主題與寫法差不多，也同樣把故事場景放在中國，兩篇的末章（十八節）都是兒子「受赦無罪」，家人重新團圓，分別流下「俺娘的目屎」，〈俺〉文是「老母疼痛的目屎」，〈十〉文是老母「歡喜的目屎」（標題，正文沒寫到），最後享受耶氏上帝所賜的家庭和樂。不同的是〈俺〉文寫一個家庭的所有成員由不信教到人人信教的過程，〈十〉文寫一個已信主的基督教家庭成員與未信教的人家結親所發生的遭遇，結論是：「啊！將查某子嫁予無信主的家庭，佮娶細姨的家庭真正通驚」，特別是娶了不信主的細姨，會為家庭帶來不幸。同樣的，〈俺〉文的大、小缺點，〈十〉文也都擁有，比如作者現身講的轉述情節的按語，〈十〉文還增加一個「頂面且按下」，並且通篇的敘寫和文辭比〈俺娘的目屎〉還平淡無味，因此〈十字架的記號〉當然也只能獲得丙級的文學評等[23]。

鄭溪泮（一八九六—一九五一，台南人），他的《出死線》並沒有比前述兩個中篇好，但比前兩篇大部頭得多，字數約在九萬字左右，總共分四十個章節，想必是一九九一年之前最大本的台語長篇小說，像這樣長的「巨著」出現在一九二〇年代實為不簡單，不過觀其內容、筆法與文字後，筆者認為當時任何一位會講台語的文學作家，只需學會並嫻熟任何一套注音符號，要寫出這麼長的台語敘事作品並不難，因為《出死線》的寫法只是作者很平實的將一家三代人的日常生活以順敘法記敘下來而已，其中以第一代人（至勤）從開始和基督教接觸並入教，到第二代人（真聲）接受神學教育後成為牧師、終身為主服務的宗教性人生為主軸，中間也旁及主角的其他親友、同窗、同僚的事蹟或互動，偶爾也小述社會事件。作者像一個心平氣和的講古仙仔以半全知的觀點（有時是全知觀點）把一長串的大小事件當做生活點滴那般「娓娓道來」，甚至連角色的動作、對話、心理反應等等，都化成說書者的講述，因此許多可以場面化的情節都變成平淡無奇的敘述了，比如小說一開始的前兩節，稍有描述的場景呈現，筆者以為《出死線》將比前述兩個中篇寫得更好，但到了第三節寫至勤發現拍面畫虎貓的爭呼（zing^biang^）賊後，與眾土匪一邊戰鬥、一邊還要救火的情節應該可以寫得栩栩如生，作者卻變成只是敘述，小說就變成在詳細說明情節而已，此後各節也多半如此，只有在「爾（ni）、來去」（16）這一節又寫得比較好些，重現較生動的場面。所以這本書和《俺娘的目屎》雖然寫法不同，但基本上也同屬「民間故事型」的小說，即故事的

---

23. 筆者在二〇〇八年曾應方耀乾先生之託為台語著作稍作簡易評價時，前因張春凰、李勤岸與方耀乾等人皆將賴仁聲的這類作品列為長篇，且筆者當時光看全羅字與漢羅夾用字之合印本的厚度，一時不察也誤以為是長篇，而以長篇小說的標準給予較高的評分，這是不正確的，這兩篇與賴仁聲的另一小說《可愛的仇人》實際都屬中篇，且是較短的中篇，應予降低得分才符合中篇的標準。該次評分見方耀乾論文〈經典e形塑佮搬徙：以台語文學做觀看場域〉，此文收錄在方耀乾主編《台語文學史書寫理論佮實踐》，二〇〇九，台文戰線雜誌社出版。

大半都是講述情節，而非呈現情節的小說類型。

據說《出死線》是作者的自傳小說，是的話，第二代的主角真聲應該是作者本人的化身，真聲就讀的「福音學院」想必就是作者就讀的「台南大學」[24]，但從內容與寫法來看，稱本書是自傳體小說並不恰當，頂多只能說作者可能將自己的生活經驗大量寫進小說，構成小說內容的主要成分，此外應該也有虛構的成分和模擬想像的成分，比如至勤年輕時候的事蹟和至勤在女兒文理（真聲之妹）死後看到兩個穿白衣的天使牽著女兒前來這件事……。

歷史主義不是史實

對於欣賞文學作品來說，哪些是史實、自傳？哪些是虛構、杜撰？並不重要，要是一味將它視為史實、自傳的話，裡頭的虛構成分或選擇性的片段將被誤解為歷史真相，那就變成「歷史主義」而不是「歷史」了，比如《出死線》中有一個章節（23），語調和寫法很像聖經的說故事敘述，內容是關於一九一五年的噍吧哖事件（又稱「西來庵事件」或「大明慈悲國事件」），有人認為這一章節的內容可能是我們所見的對這個事件唯一的現場描寫[25]，而把它當做事件的真相，這就誤解了。實際上作者當時還在讀台南神學校，不可能現場目擊，頂多只能像小說主角真聲那樣在事件太平後進入事件外圍的山村去找熟人並探視「會友」（教會朋友），也許聽到一些轉述或片段傳說，再模擬虛構成為本節內容，但這也不大可能，當時作者是學生，不是牧師或教會人員，有何理由需要跑去那麼遠的山區？這章內容筆者倒認為這是小說作者為了表現小說的宗教主題而借時事虛構的情節，頂多是作者曾聽到事件的某個枝節風聲就將它加以利用並改寫成符合作者所要的框架及內容。二十世紀的歷史與文學的評論家海澄・懷特就認為：任何「歷史的」表述，無論它多麼注重細節和敘述，若一味關注主題，都帶有傳統理論稱之為「（舊）歷史主義」的成分[26]。這成分可能來自波頗（Popper）所指斥的「先入之見的框架」，將材料依框架、依主題加以製作，「使製作後的材料符合作為故事敘述者小說家所採用的那類『預想式選擇觀點』」。凡讀過《出死線》的人必然很清楚鄭溪泮寫作這篇小說的用意與他的好友賴仁聲相同，都在於宣揚基督教義及信仰耶氏上帝之好，同時也都會以明說或暗指的方式詆毀其他不屬耶穌的宗教如佛、道、民間信仰等，**作者的這一節敘述正好參用了兩種框架，一種是源於殖民統治者日本官方的觀點，**我們不知道整個噍吧哖事件的實際始末，也不知參與聯合抗日的漢人和西拉雅平埔族中到底有沒有像小說所述的土匪行徑，但無論真相如何，我們已知日本官方一律將事件宣傳為土匪的作亂造反，鄭溪泮正是採用這一官方觀點來寫這個事件。**另一種是配合小說主題的宗教性觀點，**當年密謀起事的地點是寺廟西來庵，事件的主要領頭人物余清芳、江定、羅俊、蘇得志中，後兩者即虔信佛教、道教，起義的文宣恐怕也有利用宗教理念的話語，加上小說中寫到的「外崗仔林」、「山豹庄[27]」這兩個在左鎮鄉的村落只是事件地點的外圍，其中山豹庄是一個信仰基督教的部落，因未參與抗日而未受波及，於事件後也倖免受到日軍鎮壓和屠

---

24. 即今之台南神學院，當時校名「台南大學」，一九一三年改名「台南神學校」，戰後又改名「台南神學院」。
25. 參看李勤岸〈白話字小說呈現e台灣人形象kap文化面貌〉一文，二〇〇九，《出死線》附錄，開朗雜誌。
26. 本節關於歷史主義的敘述及引述，見海澄・懷特的論文〈歷史主義、歷史與修辭想像〉。
27. 山豹庄，呂興昌、李勤岸等人按《出死線》的羅馬拼音將該村翻寫做「山霸庄」，實際上日治時代的官方村名是「山豹庄」。

殺，這兩項因素配合作者的「預想式選擇觀點」，恰可選用事件的片段材料製作成反映小說主題的內容。就是因為這兩重觀點的互相交合，作者在小說中雖主角真聲目睹事件後的慘狀，看到被日軍屠殺的「罪犯的萬人堆」，也沒控訴日軍殘忍，只是展露基督教義的寬恕心，「心肝為著他艱苦，叫講，死人啊！起來，起來！啥事毋起來認你的罪啊!?啊！死人啊！你若認你的罪，你猶原著死，因為你的死，是公道；是你死置你的罪罸。……聖冊講，咱若認罪，上帝公義，得欲赦免咱的罪……」，接著參入一個聖經故事的比擬感觸，最後慨嘆：「啊！戇人啊！你啥事造反來取罪啊！你毋單（m̂ nā）得罪上帝，也得罪官府啦。」所以我們閱讀這部小說，千萬不能設想它寫到歷史事件時就以為作者是在做現場的描寫，何況作者寫這部小說的方式，也模仿古代章回小說及民間通俗故事的寫法，沒有讓人深刻感覺到「文學寫的是事件的可然性」，反而讓人感覺到它的虛構性，尤其和宗教觀念扯上關係的情節敘述時，鄭溪泮和賴仁聲兩人對這一問題的處理，以文學的觀點來看可說相當失敗。

設定這樣的主題並無關這篇小說的好壞，這篇小說之所以寫得差，純屬作品形式及文字修辭問題，其實這一節的內容，就算按作品本有的日本官方觀點及宣揚基督教義的立場來寫，這一現實難逢的歷史大事件應該多多著墨，可以把它寫得轟轟烈烈，有聲有色，可惜作者只為說教，急於讚頌教義，沒想到可以好好利用這個事件來寫小說。

比較起來，筆者以為賴仁聲的台語比鄭溪泮要好些，保存更多原味，鄭溪泮用了較多台語比較難消化的中文詞彙，如「其餘、偶然、恍惚、窘迫……」；在情節的營造上，賴仁聲似乎比較會寫小說一點，不過，《出死線》偶爾也有少數地方寫得比《俺娘的目屎》（含〈十字架的記號〉）好，比如前面提到的「爾，來去」這一節，作者以第一代女主角「至勤」代表基督信仰的耶氏上帝使徒、以一個鄉野乩童「童乩央仔」代表民俗信仰的帝君使徒，「痟央」揮舞法劍追打一個塌鼻子的北管師傅「俊德師」時，至勤就拿一支槌子出來要救人，才一出手，恰好童乩央仔的前額被某人用煙筒打中而昏倒在地，人們就傳說「大川的某（按：至勤）拍倒童乩央」，最後作者模仿章回小說「有詩為證」的結尾，寫打油詩把童乩央或帝君喻為「魔鬼勢力兇惡窘迫」，喜歡消滅信奉自己的百姓，百姓反而得到「基督保護，贏過劍擊，／平安，無啥代誌。」以此對比明示基督真神是必勝的題旨，我們不管這節內容的是非，情節總算描述得比較生動，而且故事當中模擬俊德師的講話，作者故意去掉一些語詞的子音以摹擬俊德師因發音部位有缺陷而造成五音不全的現象，如「āng i lang-a ong eh ềr ō-ĭn（童乩央仔講會做土銀），ua beh āi i ā uà^{n}-māi ê（我欲來去給看昧咧）……」這類句子唯妙唯肖又有趣。而在宣傳或運用基督教義和聖經故事方面，鄭溪泮的處理稍微好一些，會讓教義比較自然的溶在情節中，而不是中斷動作式的宣說教義，但說教的意味還是很強很明顯。總的來看，《出死線》仍然只是丙級的作品，雖寫在賴仁聲之後，卻未改善賴仁聲的缺點。

我們知道賴、鄭兩人寫小說的用意不在文學，我們卻以文學審美的眼光來看他們的作品確實有失公允，但既然將他們的作品補進台語文學史並且當做台語白話小說的重要文本，我們也必需給予一個公允、客觀的文學評價，而她們的價值意義，已如前所述，是歷史的、語言的、宣教的，不是文學的，更貼切的說法是：較多歷史、語言與宣教的意義，較少文學、藝術的意義。

這三篇小說還存在其他文學上的缺陷，但筆者覺得已說得夠多了，以後的章節將把鑑賞的筆墨較多用在好作品身上，對於筆者認為不佳且不大重要的作品將輕描淡寫帶過，或直接給予簡短的評價，甚至忽略不提，這樣才能節省本書篇幅。

2. 戰前的漢字寫實小說

如前所述，台灣的白話文運動在一九二〇年代雖有零星主張台語寫作的言論出現，這些言論要不是以較白的漢語文言文發表，就是以半調子中文寫成，台灣作家們如不想用日語寫作，都還在摸索他們從小在漢學堂學的漢字如何轉用在白話上，必需重新讀書修習幾年才有較佳的能力把漢字用在完全白話的散文體寫作，就以賴和這位催生並主編《台灣民報》的文藝欄，以及提攜後進不餘遺力的作家來說，也得等到一九二六年才有中文白話的小短篇小說〈鬥鬧熱〉、〈一桿秤仔〉問世，而被他的同輩也是同鄉的小說家楊守愚讚為「台灣新文藝園地的開墾者」與「台灣小說界的褓母」。大約這時台灣作家的中文白話文都練得差不多了，所以此後以中文白話寫的創作和論述更多了，有些較有台灣本土感情的進步文人開始發現中國白話文並不適合台灣社會大眾，於是一九三〇年當黃石輝也是以中文白話發表〈怎樣不提倡鄉土文學〉這篇文章後，內容竟是呼籲台灣作家「你的那枝如椽的健筆，生花的彩筆，亦應該去寫台灣的文學了。台灣的文學怎樣寫呢？便是用台灣話做文、用台灣話做詩、用台灣話做小說、用台灣話做歌曲……」[28]，文壇因此展開一場空前而未絕後的台灣話文論戰，也開啟了台灣文學史上第一次的台語文學運動，主要是主張台語寫作與主張中文寫作的雙方在爭論。

這次論戰持續約四年，自然也引起一些台灣作家共鳴，開始使用較純粹的台語創作文學，因為他們也發現用中國普通話寫的白話文，對台灣人來說仍是貴族的，不是大眾的，台灣人只能看，不能唸，看了還有很多不懂的地方，只有用台灣普通話寫的白話文，才能讓台灣大眾「言文合一」的讀和看，可惜這個運動因太平洋戰爭（第二次世界大戰）而遭日本官方以進入戰時體制為由強行扼止，斷了台灣作家繼續以漢文（包含文言和白話）發表文章的管路，剛在文壇發芽的台語文學也就失去生機，只留下少許作品，目前可見的一九三〇年代的台語作品中，以較短的詩稍多些，需要較多文句才能寫成的散文和小說則很少，不過這時期的文壇作家嘗試把台語詞彙，乃至語法、語句寫進作品的現象很多，可是這些還不是我們定義的台語文學作品，以漢字白話寫的且符合我們定義的台語小說只有三篇，即蔡秋桐的〈帝君庄的秘史〉、賴和的〈一個同志的批信〉及另一篇無法肯定作者的〈以其自殺，不如殺敵〉，至於許丙丁的《小封神》前文已說她不算台語小說，但她也有可能是作者直接以台語的語音思考所寫下的具中文皮肉的小說，這樣的作品也許可以比照台語的文言文小說看待，筆者也願意小評一下。

日治時期台灣的白話文會台華語夾雜的原因

在日治時期，台灣新文學運動（即台灣白話文學運動）的一九二〇及一九三〇年代，主

---

28. 引自黃石輝〈怎樣不提倡鄉土文學〉，原刊《伍人報》第九—十一號，昭和五年（1930）八月十六—九月一日。

流文壇中台灣作家的漢字白話文，除了一些半山身分的作者如張我軍、張深切等人可以寫出較純粹的北京話中文白話小說外，在最初的十幾年中，所有作者的中文作品都會或多或少夾用台語，這可能是他們以為所謂漢語白話，應該就像中國人寫的明清話本小說和五四運動（一九一九年）以來的中國白話文那樣，於是模仿華語白話文的語法、語句並吸收華語詞彙在寫作，但因為不會講北京話，所以寫作時常會受到台語思考的影響，並且使用台語的語法、語彙，這種夾用台語的現象愈到後來變得愈少，那是因為他的中文白話文的能力更成熟了。而當進入一九三〇年後，有些人呼應台灣話文運動，便直接以台語思考來寫作台語的漢字白話小說，可是有些台語文字是他們不曾學過的，亦即某些台語白話特有的音義，他們不知正確的漢字為何，因此就把他們從傳統漢文和中國白話文中學來的漢字、語彙，以借音（取漢字台語音）或訓讀（取漢字字義）的方式用到台語作品中，所以他們的台語作品讀起來又夾雜了部分北京語的語彙、語句。這應是當時台灣作家寫作白話文會有台華語夾雜使用的兩個主要原因，其中吸收語彙的部分其實是語言交流與豐富語言的必然會有的現象。

台灣新文學初期的中文白話作品屬於第一種現象，台語白話作品屬於第二種現象。至於哪些作品可以歸屬台語小說，本書是依據第一章第二節「台語小說的定義與文本」所說的定義和方法所考查的結果，只有前述三篇是台語小說，想來當年台灣話文運動時，抒發理念、暢談主張的人多，有具體行動以實踐台語寫作的人少，因此留下的台語白話作品不多。接著我們依序來看這三篇小說。

蔡秋桐（一九〇〇—一九八四，雲林人），也用筆名愁洞、愁童、秋洞……等。蔡秋桐從一九三〇年到一九三六年間發表了十一篇短篇小說，〈帝君庄的秘史〉（1930-1931）是其中第一篇，長約七千字，是〈一個同志的批信〉的兩倍多。這是蔡秋桐的漢字白話小說中唯一可以算是台語小說的一篇，但行文過程夾用很多華語的語彙、語句和語法，不過從其作者敘述及人物對話來看，台語的比例遠多於華語，其中華語的部分恐怕也是語文訓用的結果，比如訓「那」字用作「彼（hit）」、「奚（he）」、「若（na）」的音義……。

〈帝君庄的秘史〉以寓言托意的手法諷刺日本領台後所實施的地方新政及政客糾群結黨以鬥爭、迎合上意以任官，又一副庸俗、愚蠢、懶於政務、營造私利、「吹圭規」（吹牛說大話）的官場現象，所寫的內容按小說最後一節：「也應時勢的潮流變動起來，純然文化運動的文化會，也左右分裂……田螺王麼掛羊題（按：「蹄」或「頭」之誤）賣狗肉式的自治制，己（按：「已」之誤）不合用了，為促進真自治制的實現的自治黨於石頭王坐天當日，也就提出建白書陳述意見献策了，石頭王看見了住民這樣極烈運動，也不得不一番的改革」這些敘述，小說背景應是設在一九二〇年到一九三一年間，因為期間一九二五年大正天皇崩御、昭和天皇繼位，一九二七年台灣文化協會左右路線分裂。小說先概述豬八戒（豬哥精）、孫悟空（齊天大聖）、沙僧三人在短短幾年間，先後受「田螺王」任命為帝君庄庄長的過程，再敘述沙僧所施新政收拾了「帝君庄的紛亂」，很有功勞，可是後來卻因他專心於當「北江山大士」的私人事業，造成帝君庄庄政荒廢、「庄民不甚歡迎」而去職，田螺王便把沙僧引進的徒弟助手「肥力爺」升任庄長，肥力爺與田螺王屬同族（意指同為日本大和民族），「自從肥力爺來坐這塊軟交椅了後」，帝君庄的庄長一職才穩定下來，「帝君庄就被他弄得很好看，真是無奇不有了，布景也好，配役也好，後場的音樂隊也好，帝君庄的大出把戲，從茲開始」，之後小說也才開始有比較多的描述和場面表現，肥力爺成為小說的主角，一大半篇幅都在敘寫他任內的種種作為，直到「田螺王崩御，石頭王坐天」，肥力爺當了十年庄長，他最後的愚民政策及只收現金、不收「商工銀行的小切手」（支票）的納稅新規定被帝君庄「一個朴實的農夫」罵說：「尿不食格奔虫肥力爺頭我生」（按：「生」，音lan，男性陰囊），激起眾怨，肥力爺開始覺得良心不安，下班回家後，「自言自語……我命休矣！主啊！救命……」，終於在石頭王的第一個政治改革案下，他的作為被檢討有「犯著不忠、不義、不仁三大罪」，未待上「絞台」（按：指執行死刑）就自己「食不得落，睡也睡不得」而「和世人永別了」。小說在敘述肥力爺主政這大半篇幅中，最主要的一段是「古董會」（議會、或鄉代表會）的會議經過，其中「水蛙精」、「色鬼」、「孔道」、「羅經」、「戟」、「桃古董」、「龜小」、「桃仔園」等議員及公務員「滷屎進士」及當天輪值「宿直」吏員的發言和行止，充分表現這一群政客庸俗好利、愚蠢無知、不學無術又充滿封建反動思想，蔡秋桐描述會議從早上拖到晚上才結束，吏員將宴席剩餚「搬過去宿直室，飲到醉的醉，吐的吐，吐到一宿直室像屎學仔墘」，這句話雖是寫實描寫，應該也有諷刺官場的比喻。唯這篇小說整個敘述結構不甚謹密，描述也比較單板空洞，頂多只能算是這個時期的乙級作品。

〈以其自殺，不如殺敵〉寫得不錯，字數與〈帝君庄的秘史〉差不多，這篇小說的台語就比蔡秋桐、賴和那兩篇純得多，幾乎是很道地的台語了，本篇寫於一九三一年，手稿留存在彰化的賴和紀念館，作者署名「蘇德興」，一九九六年才由呂興昌將它「挖」出來發表，據說實際的作者是黃石輝（一九〇〇—一九四五，本名黃知母，高雄人），除蘇德興是黃石輝的外甥這一點外，筆者認為從小說的主題、內容和台語文字推斷作者是黃石輝也極可能成立，因為小說及文字就完全表露黃石輝的思想和語文主張。

「以其自殺，不如殺敵」用現在的文字寫法應是「與其自殺，不如殺敵」，當時的台灣作家努力從中文白話吸取漢字的白話用法而受中文白話的影響，由此可見一般，幸好本篇並未像當代的其他新文學作家大量採用中文詞彙，而是直接把原汁的台語詞彙用漢字記下來，不知漢字怎麼寫才訓用中文字或寧可新造漢字。本篇的主題正如篇名所述的，被壓迫者與其受不了壓迫屈辱，不如起而反抗殺敵，本篇以二林事件為背景，焦點很集中的述說台灣農工等無產階級被壓迫的現象，直接寫控訴的事件，先寫農場的官方（會社）剝削，再寫工場的資方剝削，當中也反映女性在傳統社會所遭到的刻薄與壓抑，主題就是爭自由、爭解放、爭女權，幾個角色的名字可能都具有象徵義，如男主角「阿變」代表改變、阿變的母親「怨（姊）」代表小老姓只能悲苦含怨；「施狗」代表三腳仔（報馬仔），甘願依附壓迫者一方的台灣人走狗；女主角「劍紅」代表敢起來抗爭的紅色新女性；劍紅的丈夫這位多妾的醫生「愛銀」代表唯錢是看的假慈善家，這篇可說是日治時代最具普羅主義內涵的小說，有偉大的主題和進步的思想，誠如宋澤萊說的「幾乎囊括了日據時代一切反帝、反封建的主題」[29]，以她敘述到的內容來說，筆者覺得要將其主題用小說表現得好，至少也要二萬字以

29. 引自宋澤萊〈論台語小說中的前衛性與民族性〉，《台語小說精選卷》導讀，一九九八，前衛出版社。

上，乃至可能需要中篇或較小的長篇才能容納，可惜作者只用七千多字，因此許多應該以場面演示的情節，作者只能像說故事般簡述，小說的真實感與思想的感染力就變弱了。筆者給予這篇小說的評價是乙級，如考慮戰前的新文學萌芽期的小說水平，以及她的題材的分量，〈以其自殺，不如殺敵〉已算是不錯的台語小說了，應可列為乙級上等，何況她是戰前僅有的一篇敘述與對白都使用比較純粹的台語的漢字小說，更具時代代表性，如以馬克思主義和後殖民主義的文學理論來看，她的價值會更高，但這類屬社會學、文化學的文學理論只能研究作品的部分內容，並無力為文學作品做藝術的審美批評。

賴和（一八九四－一九四二，本名賴河，彰化人），又有筆名懶雲、甫三。他在發表〈鬥鬧熱〉、〈一桿稱仔〉等中文白話小說的同一年（1926）也寫了一篇〈讀台日紙新舊文學之比較〉，說到他對文學語言的看法，認為舊文學是讀書人的，與社會民眾脫節；新文學則是以民眾為對象，是大眾文學，而為了使新文學真正成為大眾文學，他認為新文學運動的目標要做到「舌尖與筆尖」合一，也就是用台灣話來寫台灣文學。不知道這個看法是不是黃石輝在一九三〇年寫〈怎樣不提倡鄉土文學〉的濫觴，黃氏將台語白話文學才是大眾文藝的說法寫得更深入、更周延；又於台灣話文運動期間，賴和曾應李獻章之邀把民間故事〈善訟的人的故事〉（筆名「懶雲」）改寫成一篇現代小說，並為李氏編的《台灣民間文學集》（一九三六年出版）作序，從該序文中，我們了解到賴和平素也很重視民間故事和歌謠，認為台灣的民間作品與世界各國的民間文學同樣寶貴。於此同時，賴和也努力的寫了一篇比較接近台語的白話小說〈一個同志的批信〉，發表在楊逵主編的《台灣新文學》創刊號[30]。

〈一個同志的批信〉頂多三千字，故事很簡單，寫主角「施灰」有一天突然接到一封名叫「許修」的同志所寄來的信，按內容推測，這個許修同志可能因為參加政治運動或文化運動而冒犯到日本政府的眼睛（法令），已經被關在監獄一段時間了，此時因病需要吃些營養補給劑才寫信向施灰求助，希望施灰救濟一些錢。於是施灰陷入一陣心理躊躇與埋怨後，才打算將這幾天所賺的錢寄去，但不想立刻去寄。由於內心被這股怨懟纏著，所以「今晚暗頓食了太無滋味」，加上吃飯時被父親嘮叨，責怪他不懂得「寶惜」金錢，於是，心頭愈覺鬱悶便出門尋樂去，本來他只想找人下棋而已，但到了棋房後，看到「花廳空空」，棋只「散在棋盤上」，料想那班棋友「經過一場惡戰之後」都跑去醉鄉樂園享受粉味了，主角一時興起也去紅燈酒場尋找粉蝶娘，「有妓女的伴飲，有女給（gip）的招待，去，我也去」，經過一番他認為「在這境地孔子公也陶然過」的「不銷魂便是戇大獃」的溫存與「止卜」（tip）之後，才昏昏沉沉離開樂園。回到家，摸摸衣袋，才發覺花費透支，連原本打算寄給同志的錢也花掉了，這時打開抽屜，那張「大橋市

〈一個同志的批信〉是賴和作品中最接近台語的白話小說，表現方式頗具前衛性，在一九三〇年代即使用意識流技巧。

30.《台灣新文學》創刊號，一九三五年十二月二十八日出版。

福壽町　許修」的批信「映到目睭內」，只好向信封上的朋友的姓名講「對不住，同志！煩你再等幾日」。然而幾天後，主角再度想起病友的信，他還來不及把已積攢稍許的結餘拿出去寄，村長與管區警察就先來勸募「勒」捐，主角只好在心不甘、情不願之下「把預備要寄去給那同志的款項移用了」，最後，同志的願望「落空」。

以上是〈一個同志的批信〉的情節概要。

這篇小說與作者本人或日治時代的其他小說家的短篇小說相比，她的題材並無特別曲折動人，也不是直接表現所謂的「偉大的主題」，不過她絕對有資格被列入戰前最好的短篇小說。她特別的地方，除了寫作語言比戰前大多數的白話小說更接近台語之外，最主要的是技巧，包括敘事方式。按筆者所知，〈一個同志的批信〉的表現技巧可說比日治時代的任何一篇小說還要創新，如果把她放在戰後的現代小說的作品堆裡，她仍然前衛性十足，不僅完全脫出「傳統講故事」的模式，也不用小說家較普遍使用的第三人稱敘述法，她不只用第一人稱「我」當「隱藏作者」，而且這個身為敘述者的主角「我」完全堅守限制觀點的敘述，凡是和「我」不相關的事物，或是「我」可能不知道的事物，都不會在小說中記述到，作品從頭到尾幾乎都用「場面」來呈現情節，一部分看起來像是「我」的敘述文字，也都在反映角色的心理以及描寫「場景」。小說的內容與結構是用一封信做骨架，情節依循這副骨架進行，最後當「我」不得已改變心意，將錢捐付給里長伯會同管區大人（警察）的「勒捐」後，「我」「非意識地又提起那張信來，抽出信箋：」再看一次信的內容，才讓讀者跟隨主角感受命運的殘酷——「這張信的郵費是罄盡了我最後的所有，我不願就這樣死去，你若憐惜我，同情我，不甘我這樣草草死掉，希求你寄些錢給我，來向死神贖取我這不可知的生命……」，小說到此來到最高潮，諷刺人性之貪生怕死（尤其諷刺有錢人的貪生怕死）、批判社會之弱肉強食與政治（統治者）之苛暴也到了極致，所以末段結尾只有一句，「我」只能感嘆：「啊！同志！這是你的運命啊！」這才是〈一個同志的批信〉的主題。

小說中的隱藏作者「我」名叫「施灰」，這是讀者從信的收信人是「施灰殿（先生）」就知道的，而這個「施灰」很可能就是賴和本人，因為這篇小說發表時，作者所用的筆名就叫「灰」，如果小說真是賴和化身角色的一段「自傳」的話，那麼文中被「我」當做「同志」的另一角色——寫信求救者就可以單單解讀成一個為改革台灣社會而遭到官方監禁的政治異議人士，如此一來，這篇如同日本文學所謂的「私小說」，她的主題分量將更重，諷刺性也更強。

聯想意識流與形式意識流

筆者在一九八〇年代末或一九九〇年代初剛讀到這篇小說時，因筆者也曾在（當時的）數年前（1982）使用類似的佈局手法寫了一篇當年獲得首獎的小說式散文〈第一封信〉[31]，看到賴和這篇小說時，心中不免驚讚不已，我想這篇小說出現在那個時代的台灣絕對令人耳目一新，筆者在〈第一封信〉中使用一種依照信的敘述所引導的「聯想意識流」寫法倒敘一些情節，聯想意識流是意識流手法的主要模式，在〈一個同志的批信〉中，主角去「醉鄉？

---

31. 〈第一封信〉為一九八二年聯合報文學獎「愛的故事」徵文第一名作品，收入林央敏等著《傳熱》（一九八三，聯經）及林央敏散文集《第一封信》（一九八五，禮記）。

樂園？」那段情節也有稍微用到聯想意識流，但不多，可算沒有，不過卻出現另一種意識流手法，這種手法是在順敘事件、情節時，作者故意讓敘事形式出現某種缺陷，比如省略一些文字或標點符號、或省略一些未必需要的場景敘述，讓對話與敘述參雜在一起，造成文意跳動或含糊，好像人的思路出現亂竄的狀況，筆者將這種手法稱為「形式意識流」。

「形式意識流」這種手法並非像古人寫字或古代的傳統說故事，因沒發明標點也沒使用標點符號的習慣才省略標點，讀者讀這些「傳統說故事型」的小說時，就算沒標出句讀仍然可以清楚看出作者的敘述和角色講話之分別，比如鄭溪泮的《出死線》雖然很少用引號標示角色的講話，但讀者很容易知道某句話是某個角色講的，而且只剩「話意」，不是有情緒、語氣的「講話」，因為作者鄭溪泮已把角色的講話變成作者自己的轉述。而賴和這篇小說的許多對白都將引號省略，並且沒指明是什麼人講的話句，比如主角在風月場所與煙花歡樂的場域呈現及對話內容：

雨紛紛，路滑滑……

台灣流行歌，這片可以算是好的。聽了還不至拐斷耳孔毛。

我不會唱，半題也不會。現在學昧來。

永過！永過，現不流行了。

唱乎你聽？二十多年前的不合時。

你還未出世？是咯，我敢也老了嗎？哈哈！「嘴鬚鬍鬍無合台」囉。

……（省略）

這段引文包含隱藏作者「我」的敘述與一對老男、少女的對話，還算好認，後面描寫代表官方的里長與警察上門來叫主角「寄附」（捐錢）這一幕，因為至少混雜三個角色的「對白」，再加上記述主角的心理反映的「獨白」，而且文字增加許多，所以要辨明話意與話語出自什麼人的嘴就比較困難，茲引一小段如下：

請坐！大人！

今日公事較閒？

哈！寄附？要我寄附？

敢不是講按十外萬要開，也著再募寄附。

（……省略）

這款的實在不應當，但是我可沒有公然反對的力量，（……省略）

還價的也不要伊寄附？這就無法度啦？

……（省略）

哈哈！保正伯要做公道人，那就真好啦。

勿得半減，再勉強四分之一？不得大人肯嗎？

……（省略）

這裡面包括隱藏作者的「自白」與三個角色的對白，對白部分都保留角色原來的話語結構，但是引號省略了，並且如作者在文後的「附註」所稱，有些「對話，因為沒有對方的承諾，不敢妄為發表，遂成獨白」，如此陰錯陽差或無巧不成書的結果，使這兩個場面成為「形式意識流」，凡屬意識流的寫法總有敘寫內、外在的文字會交溶雜湊在一起的情形，已不是省略某些標點就會出現。賴和這篇小說的內容很有可能是在寫自己的事情，尤其是寫警察來募捐那段應該是他的現實經驗，為了避免麻煩才用摘名掩姓的方式將真實的對話引入小說，因此意外造成形式意識流的效果。

這種使用意識流的寫法，無論是心理流露的聯想意識流或是外在符號的形式意識流，在一九二二年出版的那本大小說——喬伊斯的《尤里西斯》可謂典型及大成，相信賴和並未有幸閱讀這本大書，但也說不定他或許有透過日文或中文讀了少許《尤里西斯》的節譯文字或介紹，因為一九二〇年代徐志摩曾談過這部小說，又這部小說在歐美解禁的年代正是〈一個同志的批信〉發表的前一年多[32]。但無論賴和是否讀到《尤里西斯》或喬伊斯的其他小說，〈一個同志的批信〉絕對是戰前最具現代主義風格的小說，筆者認為她是賴和最好的小說，當然也是戰前最好的台語小說，楊守愚於戰後寫文章讚揚他是「台灣的魯迅」誠非虛言。筆者給這篇〈一個同志的批信〉短篇予甲級中等的評價，若以當時作品的一般水平來比較是應得到甲級上等才對，不過因這篇的台語文字仍帶著不少不必要的中文化的關係，列為甲級的中等或下等比較適得其份。

本節最後來看許丙丁的《小封神》，許丙丁（一九〇〇—一九七七，台南人）留給後人的作品中可能以少許的台語歌詞較為人知，像〈牛犁歌〉、〈卜卦調〉、〈六月茉莉〉、〈菅芒花〉等民謠填詞，和〈漂浪之女〉、〈闊仔嶺之戀〉、〈南國的賣花姑娘〉等流行歌詞。但他最重要的作品應是《小封神》，這本仿照古代章回話本小說的體式寫成的小說，若以一九三一年發表時的舊作為準，要說她是台語小說也許還說得通，因為當時的台灣作家從年輕起，在讀中國明清時期的通俗話本小說很可能是以台語在讀，而當廿世紀的二、三〇年代，他們在以漢字寫白話文時，如果也都是直接使用台語在思考的話，則把《小封神》歸為行文語式大量中文化的台語小說殆無疑義。但若以一九五一年經作者本人親自重新修改、校訂的新版本[33]來看，就絕無理由說是台語小說了，雖然裡頭文字仍有不少台語詞彙和語法的「殘留」。舊作近三萬言，文字類似明清的通俗小說如《封神榜》、《濟公傳》、《彭公案》之類，白話而稍帶文言，在新版本中，作者大量增添歷史場景與民間傳說的描述，使新作變成近六萬字的中篇，文字已更加華語化，為了方便讀者閱讀，新版本還逐字附上華語注音，試比較下列兩段，讀者便知其差異：

> 話說海外蓬萊的古都，有一座赤崁樓，離樓東方數百步，有一個小鎮，叫做小上帝；雖

32.《尤里西斯》（*Ulysses*）是意識流小說的代表作，一九一八年開始在美國連載，一九二一年官方以色情為由禁刊，在英、美及作者本國愛爾蘭皆列為禁書，一九二二年於法國出版，一九三三年底才被美國法院宣佈並非淫穢而解禁，一九三四年初在美國出版。一九六七年始有完整原文版引進台灣，筆者於一九八三年才獲友人贈送一本，一九九四年始有完整的中譯本在中國出版，台灣於一九九五及一九九六年才跟著出版中國人翻譯的完整中譯本。

33.《小封神》舊作原載《三六九小報》五〇—二〇二號，一九三一年三月二十六日—一九三二年七月二十六日。經許丙丁修訂之完整的新版本出版於一九五一年，台南志成出版社。

在城內，因為人煙疏散，足跡罕到，遂成一個偏僻的地方了。筆者記得六歲的時，在此被一個小賊，將所帶的銀鍊衣服，剝得乾乾淨淨。（引自舊本首章「上帝爺赴任受虧」）

却說自從盤古開闢天地以來……（增加千字）……有人把此島，叫做蓬萊仙島、寶島、美麗島……（增加二百多字）……閑話休題，話說：古都城內，有一座赤崁樓，又叫「普羅民遮城」……（增加二百字）……這是閒話，離那樓的東方數百步，有一小鎮，名叫小上帝，雖然是城內的小鎮，因為人口不多，又極偏僻人跡罕至的地方，作者記得于六歲的時，被小偷騙到這裡來，把身上所帶的銀鍊銀環，剝得乾乾淨淨……（引自新版「第一回小上帝調任台南城」）

從新舊兩版本的文字可推測作者寫《小封神》很可能原來就打算將她寫成中文白話小說了，後者未必是因應時代與語言之變，因為兩者的文字同樣「很中文」，只是如作者在新版的自序中所說的，《小封神》較其他白話小說似乎用了較多「地方性台灣方言，俗語自是很多」而已。

狂歡化文學

現在不管《小封神》是台語也好，是華語也罷，若和同期的另外三本也是模仿章回寫法的台語小說相較，《小封神》要比賴仁聲的兩個中篇和鄭溪泮的長篇要好得多，《小封神》

表面上比那三篇更像說故事，而實際上情節採較多的戲劇化演出，她的說教主題——反對迷信，批判神棍的社會現象——已化做詼諧和諷刺，也有更多場景描寫，文字活潑，故事精采有趣。

《小封神》的文字風格頗有巴赫金（Mikhail Bakhtin, 1895-1975）所謂「狂歡化文學」的樣貌，巴赫金關於文學作品的看法中，筆者以為他對屬嚴肅體裁的作品如史詩、悲劇較為粗淺或一知半解，但對屬民間笑謔體裁的作品如怪誕小說的研究特別深入，他以「狂歡化詩學」來補足主流文學長期忽視民間笑謔文化傳統的缺失，狂歡化詩學是一種歷史詩學，重點在探究關於長篇小說這一體裁的形成發展與風格特徵，而以莊諧、復調和怪誕做為狂歡化文學三大特徵，當中特別以怪誕、滑稽（諧謔）、誇張的方式表現娛樂「笑果」，乃至具有諷刺意味是最主要的風格特徵，此一狂歡化來自民間宗教性的狂歡節生活傳統，筆者以為台灣的廟會活動或群體性的民間宗教活動也屬這類狂歡式生活的一種，作家把「狂歡式轉化為文學的語言，這就是我們所謂的狂歡化」[34]，在一些巴氏所指的「狂歡化文學」作品中，寫作於十六世紀的法國大書——拉伯雷

許丙丁的章回小說《小封神》（一九五一年版封面）的文字比較文言些，用語屬「半文白」而偏白話，是一九三〇年代台灣文學中具有「狂歡化文學」風格的小說。

34. 引巴赫金語，見《巴赫金全集》第五卷第一六一頁，中國河北教育出版社，一九九八年版。

（François Rabelais, 約1493-1553）的《巨人傳》是巴氏的狂歡化文學範本之一。許丙丁的《小封神》和《巨人傳》比起來雖是崙仔見大巫，不過就是同樣具有狂歡化文學的特徵，筆者已故文友陳恆嘉也許只看到巴赫金的部分論述而以為《巨人傳》的語言只是「下層人」的語言[35]，其實《巨人傳》是作者飽讀古代經典後用學問寫的詼諧、反諷之巨著，裡頭引述不少古典作品的優雅文段，她和《小封神》在內容上之最大差別在於《小封神》的作者沒有這種本事或沒有這樣做（台灣舊文學也沒有足夠的好成品提供許丙丁這樣做），許氏必需多靠幻想構思（在新版《小封神》中作者其實已為作品添加不少學問），但把情節化做場面呈現的能力，筆者認為許丙丁並不輸給拉伯雷。筆者以為《巨人傳》是學問之書，但作為文學作品，絕不是好小說，而《小封神》是想像之書，但也不乏學問當虛構的基礎，作為文學作品，《小封神》舊作比新版好，新版如能除去作者後來添加的部分說明文字，又將比舊作好些，總言之，《小封神》若是台語小說，她的文學質量將歸乙級之屬，可惜她不是，如果把她算是台語小說，便沒理由排除蕭麗紅的《白水湖春夢》，甚至連鄭坤五的《鯤島逸史》恐怕也會被更寬鬆的視為台語小說。

本書第一章談台語小說的定義時曾指出許丙丁的原版《小封神》是「半文白」而偏向白話，本書又說她「白話而稍帶文言」，其實在日治時代台灣新文學運動初期，以漢字寫作的台灣人作家的小說，語言文字要不是盡量力求趨近北京話白話文，就是以這種「半文白」的書面文寫作，讀起來像淺白的文言參雜台灣話的語彙和語法，可用北京話讀，也可用台灣話讀，許丙丁的《小封神》如此，和許丙丁同期的鄭坤五（一八八五－一九五九，字友鶴，高雄人）也是如此。我們知道鄭坤五也是一九三〇年代擁護台灣話文的健將之一，雖然他舊文學的底子厚，寫過不少漢語古典詩文，但是在白話新文學的趨勢下，他也走向白話，同時整理並提倡台灣民間文學，將台灣通俗歌謠當做「台灣國風」，當他的詩友黃石輝發表〈怎樣不提倡鄉土文學〉[36]開啟第一波（戰前）台語文運動後，論戰方酣時，鄭坤五也寫一篇〈就鄉土文學說幾句〉[37]來聲援用台語寫作「鄉土文學」的主張，他還明白中國白話文不是台灣話文，「現在咱台灣表面上，雖也有白話文，但不過是襲用中國人的口腔，你們、我們、那末、這般等等各地的混合口調而已，不得叫做台灣話文了」。由此可推測鄭坤五在日治時代寫的小說或許也用台語思考，假如鄭坤五有這種作品的話，一九四二年九月起開始在《南方》半月刊連載的長篇章回小說《鯤島逸史》最像，這部長篇約三十萬字，內容廣泛取自各地縣志，採錄故老口碑，是一部包含歷史人文、鄉野民俗的鄉土小說。筆者以為，如果台語文學的語言可以很寬鬆的界定，把《小封神》視為台語小說，就難怪有人也把這部《鯤島逸史》說成台語小說。不過，依筆者之見，她和《小封神》都不能算是台語小說，《鯤島逸史》比《小封神》晚十年創作，而且鄭坤五的古漢文與中國白話文能力都可能比許丙丁強，

---

35. 陳恆嘉原文：「我敢按爾講，是因為我咧讀舊俄羅斯的文學評論家巴赫金對法國文藝復興時代上重要的作家《巨人傳》的作者弗朗索瓦·拉伯雷所做的研究的時……這是一種物質生產勞動和日常生活的生動語言，是『下層人』的語言……」。詳見《第四屆海翁台語文學獎作品集》第七十二—七十三頁，陳恆嘉作「小說類講評」，海翁台語文教育協會（金安出版社），二〇〇七年八月。

36. 〈怎樣不提倡鄉土文學〉，原載《伍人報》九—十一號，一九三〇年八月十六日—九月一日。

37. 〈就鄉土文學說幾句〉，原載《南音》一卷二號，一九三二年一月十五日。

至少一九四〇年時的鄭坤五絕對比一九三〇年時的許丙丁強，所以《鯤島逸史》雖也夾用台灣話文，但比《小封神》更加中文化，甚至還比黃連的《愛恨一線牽》（1997）中文化。

3. 從戰前伏流到戰後的羅馬字宣教小說

一九四七年代理盟軍接收台灣的國民黨當局下令禁止戰前日治時期就已存在的報刊繼續發行，同時以北京話取代日語的「國語」地位，成為新的「國語」開始推行起來，台灣本土作家一時失去發表園地，可是在文壇之外，正當國民黨官方的「新國語政策」全面推行時，賴仁聲又靜靜地用他熟悉的羅馬字寫了幾篇台語小說，首先是修改舊作《十字架的記號》，重新命名《Chhi-a-lai e Pek-hap-hoe（刺仔內的百合花）》（1954），緊接著寫了四個短篇在次年合集出版，書名《Thia Li Ia^{n}-kue Thong Se-kan（疼你贏過通世間）》（1955），五年後再寫成一個中篇《Kho-ai e Siu-jin（可愛的仇人）》（1960），似乎完全沒有受到國民黨官方壓制台語的政策所影響，不知是否因為這些作品是羅馬字寫的，一般社會大眾和知識分子並不清楚也看不懂，對文壇及台灣文化界不起作用，官方才不在乎，讓它們成為一道由戰前延續下來的台語文小伏流，這道小伏流就是潛存到戰後的台語文學運動勃興後，一九九二年才由鄭良偉教授和他的學生將全羅馬字版的《可愛的仇人》改成漢字為主、羅馬字為輔的漢羅合用版本重新出版，此後台灣文學界才接觸到這類原本只伏流在部分基督教人士間的台語小說。

因為失誤而成其好

《疼你贏過通世間》收錄五篇短篇小說，筆者從頭閱讀時，覺得第一篇〈Ing-uan ti-teh, Ji-chhian chue Ui-tai e〉（永遠置咧，而且最偉大的）寫得還不錯，已經把說教主題完全隱入情節中，以為賴仁聲不再像三十年前那樣露骨的說教，心想這是作者寫小說的進步，可是讀到本文最後一頁看到附註，才知道這篇是從一九三七年二月的一本佈道雜誌中選取的中文翻譯小說譯成台語的，「原作是外國 Pau-ni-ham 先生」，對作者寫短篇的功力便好奇起來，確定後四篇都是作者寫的就繼續看，第二篇讀完頻頻點頭，接著第三、四、五篇，逐篇愈來愈長，發現作品每況愈下，不知是否因字數愈長以致作者愈難駕馭，還是作者依舊不忘明白說教，以做為書名的第五篇為例，這篇近九千字，是全書最長的，作者不但會應用「我述」的方式讓男主角當顯性的隱藏作者來敘述故事（作者所有作品中唯一一篇），而且顯然有為這篇小說設計了敘述結構，（因此作者畫蛇添足的在文章開始用括號說明這是男主角青年時代的一則回憶錄），雖然作者在限制觀點的敘述中兩度渾然不知自己捅了破綻，陷入全知觀點，但最要命的還是小說到了後半開始變成在宣道，在這麼短的作品中用了至少三分之一的文字在明顯說教，作品就變得毫無深度了，倒是作者把篇名命為〈M si Siau-suat〉（毋是小說）的第三篇反而寫得比較好，這篇作者自稱不是小說，觀其內容，想其題意，作者應是指本篇所寫乃是真實事件而非虛構，文章中的「J. S.牧師」大概是指賴仁聲本人，這篇既然「不是小說」，作者大可自己「我述」事件，卻反而化身成文章中的一個角色，被真實作者以第三人稱來「他述」自己的事件，而且就像在寫小說般的他述，這篇當然是小說，內容是作者很技巧的把自己的一段與某一個教會「姊妹」的佈道與靈修互動過程寫成小說，所以真的「毋是小說」。

四篇中寫得最好的是最短的〈**Hiap-lik Hong-hian**〉（協力奉獻）這篇，這是作者失誤，沒把情節表達好，意外使〈協力奉獻〉變成好小說，筆者認為賴仁聲在這篇小說裡的用意是要表現教會的兄弟姊妹們無論自己的身分、地位如何，也不管自己的工作多忙碌或預定行事多麼不巧，但到了禮拜日教會舉辦「P.K.U.運動」[38]這天，大家仍是受到主的感召，紛紛來教會「協力奉獻」，熱心的為主效力。這應是這篇小說原本的主題，但作者卻以七分之六的篇幅來描寫各色教友百般不願出力幫忙的心態，都拒絕牧師和長老的請託，當中還反映教友的私下埋怨，而施金泉夫婦更私下諷刺牧師讀神學院時大概有修「一科『題錢學』」，生怕牧師知道自己在股市輕鬆大賺一筆又要來勸募，所以計劃出門旅行，並假裝忘記教堂需要百年整修的募款活動，另外任銀行經理的老會友「葉先生」，當佈道隊連絡員「高先生」來訪時，先假意口頭盡力卻故作閃避的動作，一當高先生希望他能替代正破病的教友「陳先生」負責策應P.K.U.運動時立即藉故推遲……。這些情節，作者都以場面呈現，沒有多餘的陳述，把某些人物養尊處優、自私好利的心理表現得很好，然後作者只用七分之一的篇幅直接描寫活動當天的片段情景，特別把焦點放在那些「不甘願者」的身上，他們或步行或坐人力車或坐小包車（轎車）來，來和大家一起聽牧師特地為活動選題的「協力奉獻」演講，最後並和大家高聲吟唱聖詩，縱使「葉經理」的聲音屬低調，也吟得「聲音真旺」，頗具反諷效果。作者在這篇小說中完全沒有說明式文字，卻能將人們顧面子又好做表面的人性反映得恰恰好，這是賴仁聲其他作品所缺如的，她可算是一篇二十世紀台灣寫實主義文學中唯一以基督教為題材、背景的諷刺小說，反應的主題卻是十八世紀新古典主義極為推崇的一個文學批評的觀念，即文學要反映「通性」——普遍性，這篇小說最清楚也最重要的主題就是反映了一種普遍人性。當然，賴仁聲的本意主題應不是故意要諷刺某些教友，也不是要反映普遍人性，但筆者反複閱讀，很難找出有文字、線索可以將這篇小說詮釋成正面的「協力奉獻」主題。當我們評賞一件藝術品時，最起碼的出發點是讀者當知文學作品一旦被創作完成後，就具備了脫離作者的獨立生命而有自足的存在價值，筆者給這篇〈協力奉獻〉的評價是甲級下等，其他三篇每況愈下，由乙級到丙級。

《可愛的仇人》是賴仁聲的第三部中篇小說（《刺》與《十》應屬同篇異名的一部），約四萬字，離戰前試寫的兩部已三十五年，可是技法並無顯著進步，基本上仍然不脫說故事的寫法，說書人喜歡在章節段落的轉折處現身指示的習慣仍殘留在文字間，比較不同的，或者說比較進步的是本書已經沒有像先前兩本那樣露骨又那樣多的宣教文字，主要的宣教文字是放在人物對話中。在敘事結

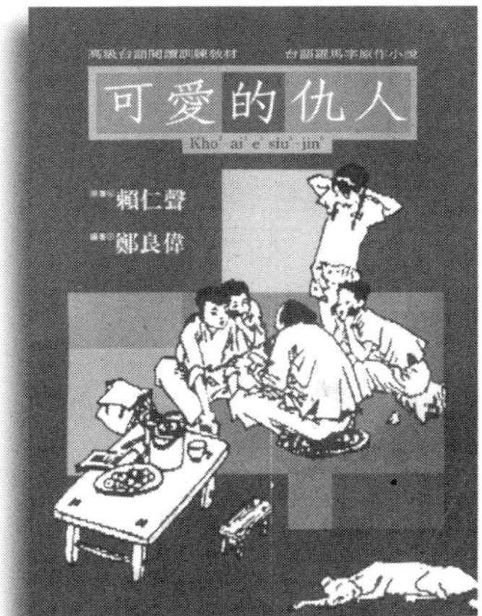

一九九二年由鄭良偉教授和他的學生將全羅馬字版的《可愛的仇人》改成漢字為主、羅馬字為輔的漢羅合用版本重新出版，此後台灣文學界才接觸到這類原本只伏流在部分基督教人士間的台語小說。

38. 筆者按：小說本文沒說明什麼是P.K.U.運動，不過筆者讀到作者賴仁聲在一九五八年寫的一篇〈論倍加運動（P.K.U.）〉（一九五八年十一月《台灣教會公報》第八三九期），由此可知P.K.U.為台語「倍加運動」的羅馬拼音之縮寫，這是一九五四年基督教長老教會在台南神學院舉行第十三屆南部大會時倡議的一項用意在加倍擴增信徒的運動，「意思就是欲鼓舞會友一个招一个，這款的信仰復興，救靈的大運動」，這項運動持續到一九六五年才達成目標。

構方面也有一些兒設計，讓故事從中間開始，再插敘女主角（蘭香）的出身，但這個插敘卻大大破壞了這篇小說的有機體結構，因為變成在寫女主角的父親永福仔的一生了，寫完永福仔由悽慘落魄到受基督關懷而獲得新生、組織基督教家庭，然後快寫二女兒即女主角的出生到初中畢業又當了護士，重述第一章首段所講的內容為止，就這樣永福仔的人生過程足足佔去半本小說的篇幅，其間與女主角完全不相干，由此進入後半部，回到女主角的故事，作者特以大字標明「本故事的中心就是對茲起」，顯然前半部可以抽出，只要稍加修改就可以自成另一個短篇，這篇也就縮成短篇，後半部才是在寫蘭香的遭遇，也是充滿不幸，其不幸起於年輕時的一時糊塗，貪歡而失足，在懺悔中受主關愛，重病臨終前仍能奇蹟式的與戰時被調去南洋打仗未歸的丈夫（清泉）聚首，清泉答應：「我的確迨妳的跤步，一生信主耶穌，也佮子做夥拜上帝……」，這時蘭香才感到安慰的說出：「丈夫，泉啊，你真正是我一生『可愛的仇人』……」然後斷氣死去。作者會用「可愛的仇人」來形容蘭香的愛恨情仇，應該是故意套用一九三六年徐坤良的中文小說〈可愛的仇人〉的標題，這篇小說又被改編為電影，雖然兩者都有年輕男女不守民風清規而墮落的相似點，但賴仁聲只取「可愛的仇人」這句矛盾語的意義，而非模仿其情節，兩者的主題也不同。總的說來，賴仁聲這篇〈可愛的仇人〉即使沒有前述結構上的大壞孔，也還是丙級的中篇小說，筆者一九九二年曾很認真的讀她，現在再翻閱一次，發現以前筆者就邊讀邊眉批了許多缺點，現在當然發現更多，只是不想再費筆寫眉批，在當年的眉批中有一條算是讚美的，寫在「第五章　歡喜的目屎」之後的空白處：「本節很好的題材，若改變寫法，則情節更生動寫實、感人，結構也更具飽滿之美」。看來，賴仁聲的中篇小說，讀一篇就等於讀了四篇。

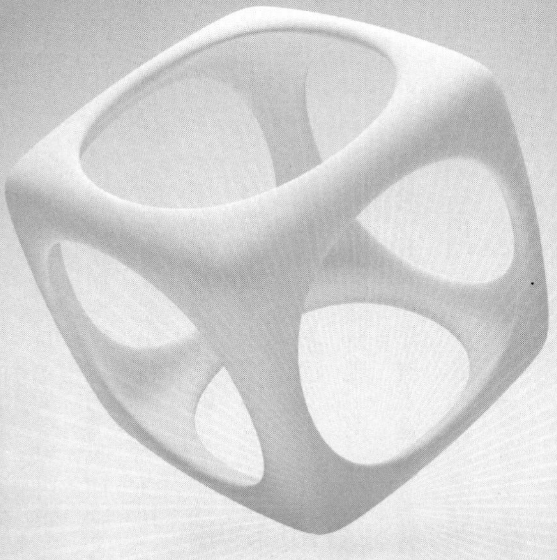

第四章 台語小說的復育成長期

第一節　台語小說的復育階段：一九六一或一九八六～一九九〇

戰前的皇民化政策加上一九四五年日本投降，美國將台灣交給中國的國民黨政府代表盟軍接管，蔣介石政權隨即在台灣實施比日本政府更嚴苛的經濟與文化殖民政策，以致台語寫作的苗芽尚來不及長大就被拔除，國民黨的中國化政策雷厲風行，強力制約戰前台灣本有的東西，文學界可說完全失去台語寫作的空間，即使戰前台灣作家艱辛培育的華語白話文創作也幾乎夭折，讓從中國流亡來台的外省作家起而代之，直到一九六〇年代才有詩人覺得台灣文學該用台語寫作比較貼切的想法，但頂多也只能在華語作品中加入稍許台語詞彙，比如林宗源的詩作。繼而一九七〇年代台語寫作的種子重新萌芽，於一九八〇年代中期約一九八六至一九八七年間再度形成運動，是為史上第二次的台語文學運動，文學界又於一九八九年及一九九一年發生論戰，論戰之後，台語文學及「台語文學」這個名稱開始被接受而蓬勃發展起來，吸引更多人投入台語寫作[1]。

在這波台語文學運動之前，除了較短的所謂「方言詩」偶爾會在報刊出現之外，尚未有文學界的作家嘗試使用台語寫小說，戰後台灣文學界再度出現台語小說作品是在台語寫作的主張開始凝結成

一九八七年的《台灣新文化》雜誌率先發動台語文學的動力引擎，幾位作家在這一年間將台語創作的文體由詩擴展到文學性的現代小說和散文，並大力鼓吹台語寫作。

一股文學運動的力量時[2]，一九八七年的《台灣新文化》雜誌率先發動台語文學的動力引擎，幾位作家不約而同的在這一年間將台語創作的文體由詩擴展到文學性的現代小說和散文[3]，小說部分，胡民祥的〈華府牽猴〉（五月，第八期，以李竹青為筆名發表）與宋澤萊的〈抗暴个打貓市〉（六—七月，第九—十期）相繼發表，應是戰後台灣文壇最早出現的台語小說，也是戰後最早的兩篇以漢字寫的台語白話小說。

胡民祥（一九四三—，本名胡敏雄，台南人，因黑名單而成為美籍台灣人）主要的創作是台語散文，這篇〈華府牽猴〉大概是他唯一的小說試作，很可能是先用中文寫就，再翻成台語，至少是在做台語寫作時受到中文思考的強大限制和引導，所以許多語句、詞彙相當中文化，這在當時的社會語境之下，及為了抒寫政治理念，恐怕很自然會如此，但這篇小說的好壞不在這裡，因為會講台語的作家，都有能力很快改善語言不夠純化的問題，筆者在乎的是主題與情節修辭的配合所構成的小說藝術體是否完善、美麗。〈華府牽猴〉總共七千多字，與黃石輝的〈以其自殺，不如殺敵〉大約長度相當，同樣以台灣左派的社會主義觀點來敘述故事，不一樣的是〈華府牽猴〉的角色都是上層社會的白領階級，小說以美國首都華盛頓為背景，主題在批判所謂「台美人」中的一些頭兄存在著資產階級的軟弱又重私利的思想

---

1. 關於戰後的台語文學運動及論戰可參閱林央敏著《台語文學運動史論》一書，一九九六或一九九七版，前衛出版社。
2. 同前注。
3. 戰後第一篇文學散文是林央敏的〈西北雨直直落〉，《台灣新文化》第十二期，一九八七年九月。

本質與對台灣政治前途的搖擺態度。故事很簡單，只有兩個情節，中間插敘兩段主角的心思，說明台美人頭兄的真正想法與菲律賓「鮮花革命」的經過和本質，故事從主角某日到國會拜會議員，議員因新近得到國民黨（取自台灣人繳的稅金）的五十萬美金的捐獻並醜化主角所屬台美人組織FAPA（台灣公共事務協會），便告知主角應澄清FAPA的主張或路線，之後主角馬上與同志開會商討對策，結論是組織的主張有必要調整，轉向模稜兩可的溫和路線。作者以直書的方式諷刺當時這些人的投機性格，同時也反映白領政治人物之口號與作為表裡不一的現象。凡一九八六年間關心台灣反對運動的讀者將不難發現這些角色所影射的人物如今（2011）都還健在，這篇小說的主題其實很嚴肅，屬政治理念與反映人性又有突顯階級差異的崇高主題，但作者以這樣簡單的情節和這樣短的篇幅來表現，使小說的修辭好像只為述說主題而已，變成為批判而借用小說形式來說教，如此自然無法構成好小說，本來這類批判性的、傳達哲學理念的政治文學就難寫，如果作者能延續前半篇的筆調寫完後半篇，〈華府牽猴〉至少可以成為乙級的作品。不過做為戰後台語文學運動的第一篇小說，能記實反映這麼嚴肅的題材已不簡單，她還比十年後的不少台語小說寫得要好些。至於宋澤萊的〈抗暴个打貓市〉可說是戰後台語小說的第一座里程碑。

宋澤萊的〈抗暴个打貓市〉

宋澤萊（一九五二－，本名廖偉竣，雲林人）在寫作這篇〈抗暴个打貓市〉之前已經是專業級的小說家，著作豐富，發表大約八十萬字的中文小說了，這回首次「轉手」寫作台語小說即一鳴驚人，論主題、內容的重要性、深度，論技巧、修辭的複雜性、圓熟度，〈抗暴个打貓市〉皆不遜作者的中文小說，同時遠遠超越過去所有的台語小說，到二〇〇〇年之前，也沒有一篇小說可以媲美〈抗暴个打貓市〉。本文技巧相當前衛，大量運用插敘將橫跨數十年的大時空壓縮在一個大約兩個月短的小時空裡，使將近三萬字的作品含藏飽滿的內容，故事分三章，主要內容分佈在前兩章，敘寫一對台奸兄弟（弟李國一、兄李國忠）於繼承父親（李順天）的商賈衣鉢後，如何從攀結外來殖民政權而在政治上發跡，輪流做了兩任打貓市的官派市長與建設局長，從中累積自家的黨、政、黑道等惡勢力，同時運用各種貪贓枉法的手段迅速擴大財富，終於遭到怨懣盈身的小百姓刺殺以至病死，靈魂最後墜入地獄的過程。這篇小說的內容相當豐富，台灣人在二二八事件中遭到國民黨軍鎮壓、屠殺的經過也是本文的重要情節，但筆者不擬進一步概說故事，讀者最好親自細讀小說本文才能一窺堂奧。不過，筆者仍然必須指出這篇小說的過人之處。

〈抗暴个打貓市〉的主角是一個已進入彌留狀態的臨終病人，更恰當的說應該是一條靈魂，這種以靈魂當主角來貫穿全文的作品古即有之，但丁（A. Dante, 1265-1321）的《神曲》（寫自己的靈魂遊歷三界）、端恩（Donne）的〈靈魂歷程〉（以一顆蘋果的靈魂當主角）都是，依稀記得考爾律之的〈古舟子詠〉（*The Rime of*

宋澤萊的〈抗暴个打貓市〉是二〇〇〇年之前最好的台語小說，原作發表於《台灣新文化》，後與中譯版一起收入小說集《弱小民族》（一九八七年出版）。

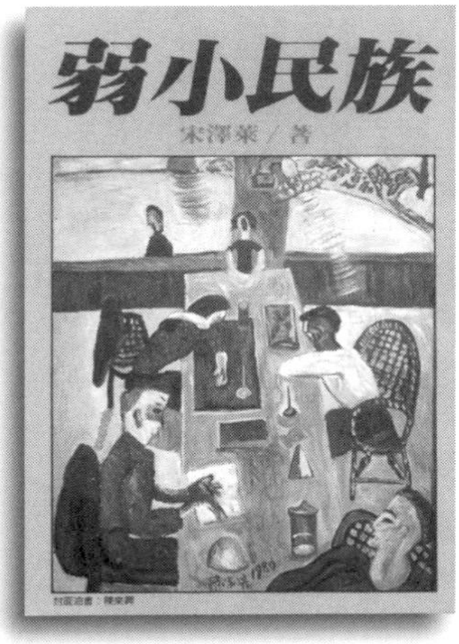

The Ancient Mariner）也是，當代台灣文學中，東方白的小說〈孝子〉及林央敏的〈還鄉斷悲腸〉裡的主、配角們也都是靈魂，所以靈魂角色不算稀奇，它特殊的地方在於這條靈魂是活的，還在人類生存的場域裡活動，還不時與臨終的身命結合，當病身確定死了，這條靈魂還不肯離開人世，而主角一生的最大罪惡就從死後這裡「開始」造孽（二二八抗暴時，密通國民黨當局），這應是作者精心設計的一種「對比衝突」的敘述結構。本文的敘事方式主要靠插敘，而且插敘裡還有插敘，讓過去的事件重現在現場，反而敘寫現實場景的文字較少，如此交叉形成一種意識流，而主角的意識流動並沒有讓故事任意橫生枝節，而是由主角的許多夢來引導情節的進行，主角的夢並非獨立存在，它同時也是主角的意識流動的一部分。這篇小說，內容是寫實的，但文字散發一種魔幻的氣氛，尤其在第一章「一个病人」裡，文字散發出來的魔幻氣氛特別濃，因為作者使用的描述文字（也是一種修辭），產生了許多帶有隱喻功能的動作意象與文字意象（不知是否出自作者的有意製造），比如「一萬隻白色的蟯蟯趖的蟲」在吃食病者的五臟、醫生將病者重傷的腸仔切割下來，任意丟給狗吃、像「紅大厝」的李家商業大樓、紅色大船、「紅密婆」、凋萎的菊花、「一萬隻的戶蠓（蠅）置空中揚揚飛」、「飛來食伊的血，吸伊的嘴脣」、「您的內臟已經爛去矣」、藍色光芒變金黃色再變成黑色、血色的記憶、「心佮肝歪搞嘔舛（chuah）」、狗仔、狗頭、軍用狗、約克夏等狗的形象……等描述或語詞都是譬喻，如此使文字不僅只有表面的意義，還有深層的含義，像把李國一的腸子丟給狗吃的動作就有台奸如畜牲的暗示；像李家商業大樓建好後，市民說「李家砌一間紅瓦厝」，把大樓借喻做大棺材，暗示李氏將死在大樓裡；像藍色光芒到黑色光芒的描寫應有暗指國民黨與台奸這個共犯結構體的性質及其興落的影射。而且有些意

象甚至已形成象徵或具有象徵效果的隱喻了，比如紅色蝙蝠及那隻時常從李國一的潛意識裡浮現的紅色蝙蝠船（紅密婆船）就是象徵，小說在第二章「一條靈魂」的最後，也就是以靈魂為主角的敘述觀點寫完二二八事件中發生在港都的慘狀，讓台奸兄弟的罪行完全得到交待後，「紅密婆船」的象徵謎底才解開，原來它是蔣介石派來屠殺台灣人的軍艦的投影，「紅密婆」象徵國民黨頭人的殘酷本性，紅蝙蝠與血淋淋的軍艦隱喻國民黨嗜血好殺的武裝暴力，是黨政首腦（李國一的契爸）的本性，也是主角李國一兄弟的本性。

意象經由隱喻變為象徵再成古典神話

一當小說塑造的象徵形成後，全篇小說就變成一個「神話」，或者說一個帶著濃厚神話性質的故事。神話必有象徵，這篇小說相當程度的讓李國一兄弟象徵國民黨這部統治機器，也許還象徵所有外來殖民台灣的政權，而整個故事場景所在的「打貓市」便是國民黨蔣家治下的台灣縮影。筆者認為前述動作意象和文字意象是作者有意塑造的，經過這番塑造，這篇意識流的現代小說由魔幻寫實變成象徵主義的作品，並進而成為一篇古典主義的神話，她恰好印證葉慈（Yeats）論述雪萊詩中的主要象徵是由意象經由隱喻並重複出現再轉為象徵的原理[4]，也吻合加拿大文學批評家弗萊（N. Frye, 1912-1991）的神話原型理論的神話形成過程。

4. 詳見《葉慈論文集》（*W. B. Yeats, Essays*）中〈雪萊的主要象徵〉（*Shelley,s "Rulling Symbols"*）或韋勒克（R. Wellek）與華倫（R. P. Warren）合著《文學論》第十五章，王夢鷗與許國衡譯，志文出版社，一九七九。

所謂「原型」就是「典型的、反復出現的意象」[5]，它「把一首詩同別的詩聯繫起來，從而有助於我們把文學的經驗統一成一個整體」，神話的「奧奇胎胚」[6]最初只是個意象，它經由譬喻，通常是隱喻或借喻而出現象徵的意義，當然這個做為「喻依」的意象一再出現並深烙人心後，它的「喻體」得到普遍確認時，這個意象才具備象徵功能。〈抗暴个打貓市〉中的「紅密婆船」正是通過這一連串的類比作用而變成一種象徵，當許多象徵或譬喻結合，化成整體的、族群的共相時，基本上容納這個共相的敘事體（故事）可視為一則神話（神話故事）。前舉〈抗暴个打貓市〉中的一些構成意象的文句或字彙都屬弗萊所稱原型意義上的魔怪意象。就是因為這篇已具備神話的原型象徵，所以在小說敘述中作者會一再提到主角的各個夢，再由夢引出接續的情節，這兩者其實是互為因果的。反過來說，夢是可想像的，而「可想像的東西的界限是從一切焦慮和挫敗中解脫出來的、圓成了的夢的世界」，以及「夢的宇宙全部在夢者的頭腦中」[7]，弗萊的這些話可以解釋為什麼主角李國一會時常做夢，以及紅密婆船的形象會時常從李國一的潛意識中浮現，當然這些都是作者敘述、安排的，這表示作者可能了解神話原型的構成原理，所以特意這樣安排，但也可能因為「在原型相位上，文學藝術作品是一種神話，它使儀式和夢聯合起來。」[8]，所以即使作者不必知道文學與神話的密切關係，當一個深具文學資賦的作家（尤其是詩人[9]），一旦他的創作意識（創作感覺）進入一種模擬神話原型的寫作狀態時，便會自然而然的運用夢或夢的形式來敘述作品，讀者應不難發現在〈抗暴个打貓市〉中，夢不只是情節引子，作者還喜歡用夢這個字眼來當情境、事物的形容詞或譬喻詞，比如：

「彼時，伊置紅包頂頭看著伊夢中的紅色軍艦」、

「老爸的『汝敢否？汝敢否』的聲卻是真大聲，濫著伊的中山裝的氣味佮滿埕的糞圾味，變做一種神秘恐怖的夢」、

「怹（按：李國一兄弟）剝削所有生理人的夢來補怹的夢」、

「感覺人生恰若一個夢，這個夢溢過四百年台灣的奴隸史，溢過東方最卑鄙的軍閥戰鬥史，降落打貓市變做事實」、

（市民說）「對阮來講，李國一就是一場可笑的夢」、

「……一台長途的火車對南部帶著夢彼一樣的叫聲駛入打貓車站」

類似這樣屬精緻文體的修辭，使這篇小說在許多地方的描述文字，比時下許多台語詩還富詩意。

---

5. 引自〈一部眼界寬宏的文學批評專著——《批評的剖析》譯序〉，陳慧、袁宪軍、吳偉仁作，中國百花文藝出版社，一九九七。
6. Archetype，原始樣貌，原譯「主型」，顏元叔譯為「原始類型」簡稱「原型」，筆者早年將原型喚做「奧奇胎胚」，見林央敏〈國風水露意象的情愛象徵〉，一九八三年四月，《文濤》第六期。收入林央敏著《台語文學運動史論》（一九九七年版）附錄。
7. 引自弗萊《批評的剖析》第二篇第四章「總解相位：作為單體的象徵」，第一二七頁，陳慧、袁憲軍、吳偉仁譯，中國百花文藝出版社。
8. 同前一注解。
9. 作者宋澤萊同時也是詩人，在〈抗暴个打貓市〉之前曾出版過一冊詩集，之後又出版過二冊，數量比多數詩人還多。

上節主要在說明〈抗暴个打貓市〉這一文字敘事體的深層（底層）結構已成一個神話，不管是作者的有意識的創造或無意識的自然運用，作者實已寫了一篇神話作品。一則民間傳說或故事要成為一則底層含蘊民族記憶的神話故事，通常要百年以上的時間，讓故事進入民族記憶的底層後才可能完成，宋澤萊只有十六年（一九七一首次發表作品至一九八七寫作本篇）的寫作經驗就能寫出這樣充分運用象徵以構成神話的作品，足見作者的文學天賦非比尋常，除了要有很好的文字操控能力外，還需對台灣史有深刻的了解和統合能力。讀者如果對神話只有表層認知，以為神話像靈異故事那樣帶有一些神秘、特異的性質或情節而已，也許未必感覺這篇小說正是一則作家創造的神話小說，但應該能感受到小說充滿隱喻或象徵，最少最少也該發現〈抗暴个打貓市〉中屢屢出現包含「狗」字的各種句子都用在李國一兄弟身上，這樣的敘述就是充分運用傳統象徵的原型隱喻，因為狗已成台灣人共有的意象，用以借喻或象徵依附外來主子的台奸，「狗」等同「狗類」，這也符合弗萊說的：「原型隱喻因此包含了人們稱之為具體共相的運用，即把個體認同於它所屬的種類，是華滋華斯的『許多樹的樹』」[10]。

以上文字，筆者已同時說明了〈抗暴个打貓市〉的表面主題與最主要的寫作技巧，從內容來分，她屬抗議文學裡的政治小說，而依文學屬性來看，她是以聯想意識流寫成的魔幻寫實小說，全文從頭到尾都兼有魔幻及寫實的色彩，不過第一章「一个病人」反而有較多的魔幻，第二章「一條靈魂」反而比較傾向寫實，這種「主角」的性質與內容的格調相反的敘述方式，可能也是作者的故意安排，因為「一个病人」一生被許多夢交纏著，身上（腦中）還帶著一個終身未解的恐怖意象——紅密婆及紅密婆船，當他死後徹底變成「一條靈魂」了，小說開始進入解題，文字趨向寫實，情節變得較為清晰，所以這又是一個「對比衝突」卻能調和內容與風格的敘述安排。全篇主要情節散置在前兩章，由於故事經過拆解，但敘事者（作者）有明指暗示的加以引導意識流動的線索，因此故事並沒有被完全解構，也由於她只處於一種「半解構」狀態，整篇小說仍然維持一個結構嚴謹的有機體，這就是筆者先前所稱「主角的意識流動並沒有讓故事任意橫生枝節」的意思，但這篇小說之所以能構成有機體，倒不是因為有作者的敘述引導，使拆解後的情節片段能連貫，而是這篇小說裡的時間、空間與情節都合乎「三一律」的效果，前面曾提到這篇小說「大量運用插敘將橫跨數十年的大時空（故事實際發生的場景）壓縮在一個大約兩個月短的小時空（小說敘述的場景）裡」，已自然合乎亞里士多德給悲劇的舞台（演出的場景）規範了。在情節方面，整篇小說可以重新整編成兩個大情節，即「主角李國一兄弟的橫霸一生」及「二二八事件在打貓市的情景」兩部分，其中作者讓「二二八」包含在「李國一」裡面，而且兩個大情節都指向同一核心主題——抗暴，於是形成情節的統一，所以筆者才說這篇現代性這麼強烈的小說竟「成為一篇古典主義的神話」，這句指述看起來好像矛盾不通，其實所有好作品，特別是史詩、悲劇與長篇小說這類敘寫崇高主題與嚴肅題材的高模仿文學，不管她以怎樣的敘述方式寫成、也無論她的風格怎樣？她之所以會成為結構嚴謹的作品，都是作者在寫作時，有意無意間受到古典主義以迄新古典主義經二千年的錘鍊才發展成熟的三一律所制約，短篇如此，長篇也是，比如林央敏的台語小說《菩提相思經》長達三十萬字，雖是一部生產於二十一世紀的現代小

10. 同注解五，弗萊《批評的剖析》，第一三五頁。

說，卻有古典主義的骨肉風貌。

〈抗暴个打貓市〉還表現了其他內容，諸如反應資產階級的牙刷主義心態、台奸的性格、對李國一兄弟遭到刺殺及形成紅密婆這一「潛意象」（國民黨於二二八的大屠殺）的細部描寫，以及一些生動的諷刺和反諷文段，都是值得讀者細讀的內容，限於篇幅，筆者都未具體舉例說明，因為她需要專文才方便分析。總之，這篇小說的成就可以歸入甲級中等，而以戰後台語文學重新萌芽生長的復育期標準來看，她可以無愧於甲級上等的評價。小說敘述裡有不少地方，文句寫得誇張，像「一百個……」、「一萬個……」、「數百萬……」、「……一隻蚼蟻都愛注意」之類的，它看似小缺點，但這在魔幻風格的作品裡是正常的修辭，何況那些句子只是文字誇飾，不是情節誇張，讀來不會讓寫實的情節有不實感。

〈抗暴个打貓市〉既包含寫實，從市名來看，讀者大概都會直接認定小說寫的是高雄，而不是嘉義的民雄（舊名即「打貓」），因為高雄的舊名「打狗」，作者是為了避諱更直接的聯想才以貓掩狗隱去高雄，那麼也許有讀者好奇李國忠、李國一兄弟是影射誰，對高雄歷史較了解的人可能會指向陳家兄弟，因為小說有部分描述與陳家兄弟若合符節，但筆者認為讀者不必做這樣的聯想，因為小說不是歷史，小說家縱使寫的是寫實主義的小說，他重視的是反應歷史現象，同時注重小說藝術的美學要求，以〈抗暴个打貓市〉來說，內容在於反映外來統治者及其代理人的暴虐與被壓迫者的抗暴，作者只在乎怎樣將這些主題做到最適切的呈現，讓讀者以為是真而感動，或激發讀者省思或予讀者有所啟示，並從敘述中欣賞修辭藝術。何況這篇不是單純的寫實小說，而是魔幻寫實小說，讀者大可不必費心猜疑小說到底在影射哪個現實的人物。以魔幻寫實觀之，筆者認為〈抗暴个打貓市〉寫得還不夠魔幻，作品裡的魔怪意象還可以更靈異些，比如「紅密婆」，不知作者是否也覺得紅密婆不夠魔幻，所以意猶未盡，一九九六年讓這隻魔怪活起來，飛出〈抗暴个打貓市〉，飛進《血色蝙蝠降臨的城市》（宋澤萊的長篇小說）。

台語文學復育成功

在宋澤萊發表〈抗暴个打貓市〉之前，文壇普遍認為台語只能記述一些比較低俗的、缺乏文學性的鄉野雜談，要用來創作文學，大概也只能寫所謂「方言詩」這種頂多幾百字的小品，這樣的偏見尤其存在於眾多反對台語文學的人心中，直到〈抗暴个打貓市〉發表才止住那些輕視台語的悠悠之口，再隔一個月後，林央敏的近三千字的文學散文〈西北雨直直落〉發表，使戰後台語文學的三大類型完整到位，而且兩篇發表時也都在《台灣新文化》雜誌與自立晚報（的本土副刊）同步刊登台語原文版與中文翻譯版，讓讀者可以比較同一作家的同一作品的兩種語言寫作的面貌是否真的台語不如華語，由於〈抗暴个打貓市〉與〈西北雨直直落〉都講究修辭，確實將台語提昇為文學語言，而且在書寫台灣本土的人情事物方面，台語的表達反而比華語傳神、貼切，自此文學界對台語寫作開始另眼相看，沒人敢再瞎說台語只能寫寫短小的作品，在這期間加上主張台語寫作的文章漸多，台語文學運動就在這一年（1987）正式成型，於是具完整面相的台語文學復育成功。

此時，對於台語作品，人們較為垢病的是文字問題，即台語的某些字：很怪、看不懂、不會唸、沒有字等等，這當然純粹是教育與學習的問題，絕不是台語本身有「病」（錯或不好），也非純屬用字有問題。（本書意在文學，不在書寫系統，關於這部分，請參閱其他專文[11]）為了克服這個問題，有人就權宜暫用注音來代替文字，像小學生寫作文那樣，遇到會唸不會寫的字詞就注音當字，後來也有人直接把注音也視為文字，主張用拼音符號取代漢字來拼寫那些不會寫的或令人「頭痛」的台語字詞，這是所謂的「漢羅夾用」的書寫方式，大約在一九八六年到一九九〇年間，住在北美洲的台灣人開始有人以這種方式來寫台語，筆者於一九八八年夏應邀到美國做一趟為期四十天的巡迴活動，主要講述台灣民族文學，當中與分佈在美國十幾個州的台灣同鄉互相交流時，便少量接觸到這種漢羅合用的台語書寫文章，筆者不知有多少台美人以這種方式寫台語，不過住在加拿大的小說家陳雷應是起步最早的人之一，可能也是寫得最多的一個。

陳雷（一九三九—，本名吳景裕，台南人）據說在一九八二年起就有用中文寫小說，一九八六年開始寫台語，不過筆者到一九八八年才讀到他唯一有出版的中文作品，即中篇小說《百家春》[12]，這是一本書寫二二八事件及白色恐怖的政治小說，取用台灣南北管音樂的「百家春」曲名當小說名稱具有反諷意味，當時覺得寫得很好，《百家春》可能是最早將二二八及國民黨的白色恐怖當做題材來寫的台灣小說，這類題材後來成為陳雷幾篇較好的台語小說的濫觴，但以類似的題材來說，陳雷的台語小說反而比《百家春》讓我印象較深，不知這是不是因為她們是用台語寫的，一來我那時必須很認真的讀，才能讀懂其中用羅馬字母拼寫的台語，二來覺得陳雷的台語很道地，許多已幾乎忘記的語彙又在他的台語小說中活起來。不過，這已是一九九〇年代的事了。

陳雷在這一階段（一九九〇年之前）所發表的一篇台語小說〈美麗e樟腦林〉寫得不

差，這篇就是以白色恐怖為題材的政治小說，只有三千多字，敘寫一個台大畢業的台灣人青年「阿澤」，因他具備森林專業，退伍後被派去阿里山森林實驗場的管理所當管理員，由於他認真負責，維護林場不遺餘力，終於被他的同事——外省長官「閻所長」及幾個「老芋仔退伍兵」下屬所陷害，這些監守自盜的外省國民黨徒將「共匪」罵國民黨及老蔣的傳單偷放到阿澤的宿舍再告密檢舉，不但除掉「共黨分子」阿澤，又有密告賞金，而最大的利益是，當阿澤被外省特務抓去關後，「坐監未滿一年，彼片三跤山美麗的百年樟腦林就互人剉了了去啦」。

〈美麗e樟腦林〉[13]可能是陳雷最早的台語小說，具兩個主題：一者反映外省公務員的貪腐、卑鄙；一者反映在白色恐怖下台灣人的含冤受害，這是間接反映的附屬母題（motif）。這篇也是台語小說在復育階段的佳作，有甲級下等的水準。

---

11. 書寫系統與文學創作的好壞基本上是不相關的，但和語言的記寫直接相關，筆者及其他多人曾有關於台語的文字符號方面的專文都在討論這個問題，筆者的文章分散收入過去三本論述集及所編《簡明台語字典》中。
12. 《百家春》一九八八年由鄭南榕辦的「自由時代（系列）」雜誌社出版，當年舉凡「自由時代」出版的書和週刊筆者都會買，因此才能讀到這本中文小說。一般稱《百家春》是長篇小說，實為約六萬字的中篇。
13. 〈美麗e樟腦林〉，一九八七年九月於發表美國的台灣人刊物《台灣文化》第十三期，一九九四年才在台灣國內出版，收入陳雷著《永遠e故鄉》（旺文社）。

第二節　台語小說的成長階段：一九九一～二〇〇〇

陳雷小品及其他作者

戰後台語文學的新苗於一九八〇年代後期復育成功，卻也引起反對台語文學的人著文批評，於是在一九八九年到一九九一年發生兩次論戰[14]，論戰之後台語文學更加蓬勃發展，寫作台語小說的人口與作品的數量有了明顯的成長，所謂「成長」還包括作品篇幅的長大，比起前述復育階段，同樣十年（1981-1990）裡頭卻只有寥寥三人且各自只有一個短篇，而這個階段真是多子多孫了，因此筆者把一九九一年到二〇〇〇年這個十年當成台語小說在復育成功後的成長階段。**陳雷的作品就在這個時候開始出現在國內的台語文界[15]，於整個一九九〇年代，他可能[16]是台語小說發表篇數最多的**人，其次是陳明仁，再次是楊嘉芬；但論字數，無疑的黃元興寫的兩部都超過十萬字的長篇最多，張聰敏的中篇《阿瑛！啊》大約排在三或四之間，此外還有幾位寫了零星幾篇。接著我們就來看看這些台語小說。

陳雷是戰後復育台語小說的先驅之一，之前他已寫過一篇〈美麗e樟腦林〉觸及白色恐怖，進入九〇年代後，他是唯一有再繼續生產台語小說的作者，早先的政治性題材成為他創作的大源泉。有

陳雷著《永遠e故鄉》（一九九四年出版）收錄多篇作者較早期的短篇小說。

一篇〈圖書館e秘密〉（1995）便直接以白色恐怖當主題，寫得比〈美麗e樟腦林〉還好。小說前半敘寫一對喜歡看書的好朋友「我」和「敏雄」常常到市區一間圖書館借書，原本都很順利，而且「我」和敏雄與那位新來的負責借還書的年輕管理員「麗娟」也成了好朋友，麗娟與敏雄還互相暗慕著，可是自從某個「生鉎面」的人來到圖書館又離開後，敏雄要新借的一本叫「台灣事變內幕」的書總是借不到，同時麗娟對待敏雄的態度也變得冷漠起來，甚至扮著臭臉以對，敏雄在忍受一番悶醋之後按耐不住，打算追根究底問個明白，這對朋友便一起假意借書，在借書單上寫著「沙加里肉」，麗娟一看「書名」立刻會意這不是借書，而是約會地點（筆者按：「Sa-ka-li-bah」是台南市早期一處著名的美食市場）馬上露出笑容表示同意。約會時麗娟將好幾張敏雄近來寫的借書單拿出來還給敏雄，並說出這家圖書館的秘密，原來暗藏一樁國民黨的白色恐怖，即某些書已列為禁書，全部被特務沒收了，但圖書館的藏書單還列出來是故意留著，目的是特務要搜集情資，了解哪些市民、學生想碰觸政治禁忌。

〈圖書館e秘密〉也只有三千多字，是筆者此時所讀過[17]的陳雷作品中最好的兩個短篇

14. 戰後台語文學論戰，詳見林央敏著《台語文學運動史論》，前衛，一九九六初版或一九九七增修版。
15. 一九九一年後期，鄭良偉與其弟鄭良光將原本僅在海外發行的《台文通訊》帶回台灣發行。
16. 陳雷的作品大多登在《台文通訊》及《台文罔報》這兩份報紙型小月刊，筆者只有一九九八年之前的，資料不齊，這裡筆者是根據《陳雷台語文學選》（金安版）附錄的作者寫作年表所推斷。
17. 「此時」指二〇一一年六月，筆者「所讀過」的陳雷作品指已收在二〇〇九年以前（中文一九八八，台文一九九四—二〇〇八）出版的陳雷作品集中的部分，包括二〇〇〇年（含）之前寫的中、短篇大約三十幾篇，及之後寫的一部長篇〈西史補記〉和一部以中篇舊作〈鄉史補記〉增補而成的〈東史補記〉長篇，二〇〇〇年之前及之後所發表的短篇但未結集者，筆者可能有看到的寥寥無幾，其他沒看到的不知有沒有好作品。

之一，前兩節很講究敘述技巧，在「懸宕」（書單上的書總是借不到）與「發現」（特務及政治恐怖）之間，作者對事件、景物及角色行為的處理都很自然地加強了這個「秘密」的懸疑性與張力，對這些事物的描寫也比作者其他各篇都細膩，而且堅守以「我」這個角色為敘述觀點的描述，即「我」不可能知道的事物，不會在我知道之前就洩露出來，陳雷小說常有這種應該限制全知時，忽然作者「跑」進來講話的說書者的現象，這種毛病在這篇小說中完全沒有。此外這篇小說也是陳雷少有的文字較具密度與美感的一篇，如果能把第三節（末段）裡的分布三個地方約兩百多字的說明式文字刪掉，這篇絕對可以得到甲級中等的評價，因為當圖書館的秘密被揭開後，小說主題與這個「秘密」的恐怖作用，讀者其實都已清楚了，真實作者不需讓隱藏作者「我」明白重述主題與說明「我」的感想，使情節與文字的結構力遭到些微破壞而降低了藝術性。所以這篇也是甲級下等的小說，但基於台語小說的復育成長不易，如果我們把標準放鬆一些，也許可以將她歸為「甲級中等」。

〈大頭兵黃明良〉與〈起 siau 花〉（起痟花）這兩篇也是表現政治性主題的小說與陳雷的其他短篇比起來也算不錯，她們與〈圖書館 e 秘密〉應屬同期的作品。「大頭兵」這篇與「樟腦林」一樣，也由一個不現身的敘事者來旁述故事，〈起痟花〉又與「圖書館」這篇一樣，敘事者是角色之一。〈大頭兵黃明良〉反映的較偏族群歧視與壓迫（外省人之欺壓本省人）的政治問題；〈起痟花〉又是一樁白色恐怖的案件，一如「樟腦林」的主題，不一樣的是「樟腦林」受害的是台灣人菁英分子，〈起痟花〉蒙冤的是台灣底層農工。「大頭兵」與〈起痟花〉都安排受害者的妻子當主角，可是作者對情節沒掌握好，小說中的兩個女人在各自的篇章中都變成不重要的人物，「大頭兵」的妻子甚至可有可無，而〈起痟花〉還寫了更多與主題完全無法做內、外在連結的不相關敘述（前兩節即四分之二的文字大多是不必要的），使情節結構比「大頭兵」更加鬆散，作者似乎企圖讓俗稱「春仔花」的「起痟花」產生一種隱喻或象徵作用，但沒能成功，因為作者只用概述說明女主角可能的「瘋因」，沒用場面讓主題與「瘋因」做有力的連結。需知一個情節、一段敘述如果不能和它的前、後情節、敘述或者主題產生因果性的邏輯關聯，那麼這個情節、這段敘述就屬多餘。亞里士多德對悲劇與史詩（其實兩者都是長篇小說的原型或變形）的這一條觀察結論，實為小說結構的最佳圭臬之一，所以「起痟花」不過是角色「我」的聯想而已，看到春仔花使「我」想起這段往事，春仔花不具隱喻或象徵。幸好這兩篇都只是小小說，字數少，使結構鬆弛的問題沒那麼嚴重，她們由於具嚴肅主題，部分情節也細心刻畫，這兩篇可以視為乙級中、上等的作品，兩者好壞在伯仲之間，〈大頭兵黃明良〉應比〈起痟花〉稍好些。

陳雷的短篇太多屬寫實風格的作品，文字平實淺白，但有一篇以產後憂鬱症為題材的小小說〈痣〉（2000），是這個階段的最後期的作品，風格與敘述結構都很特殊，可說完全不像陳雷的作品。前節先簡單敘寫一個女子的出殯，接著寫剖腹生產時因手術麻醉進入夢境，而「看」到自己女兒二十歲時，為愛自殺及死後生命的歸屬，這一節像一則傳說，有比較詩意的修辭，作者想啟示佛教往生輪迴的生死觀，然而情節太簡單，文意既直接又淺白，顯得哲學深度不夠；後節回到現實，描述產後醒來的情形，從此產婦精神有點異常，去看醫生，說是罹患產後憂鬱症，也問神求卜，沒有答案，結果二十年後女兒真的自殺死了。

當我們讀到最後一段才知道這整個故事是由一個隱藏作者，即死者的哥哥「我」所敘述。這篇分兩節，由五個被解構的情節片段以斷裂方式組成，由於作品的規模很小，僅二千五百字不到，五個情節片段中又有稍為解釋情節的文字，因此讀者還容易了解其佈局方式與內容。最後一段略帶說明故事來源的整個段落其實可省，少了這段並不會嚴重妨礙讀者了解，若不刪的話，應該將故事是靠相命的「算出伊（按：死者）的前生後世」的話改為「聽過母親述說夢景」，或者增加一句「夢景得自母親」的提示，如此，全部故事的內容才有可能合理化「是安呢我才知影的」而被「我」所敘述。但瑕不掩瑜，對其內容，讀者不必計較其真實性或可信度為何，因為這篇的後節文字雖是寫實的，但主要內容屬不可知的精神世界或靈異世界，自不能以現象界的人情事理觀之。這篇小說的結構具有形式主義者取自結構主義理論的所謂「陌生化」的美學優點。筆者認為〈痣〉可以擠進甲級中等的末班位置，如果前節的形上學表述（生死觀）可以更具深度些，甲級中等的評價將很穩固。

總的說來，陳雷在復育成長期的小說，以諷刺白色恐怖的政治現象和批判醜陋的社會現象的主題為多。在他筆下，社會的醜陋面包括官商勾結、環境污染、神棍騙錢、宗教迷信等等，而在這些「問題小說」中，作者似乎有意無意的讓作品沾上一點政治性，以間接暗示這些「問題小說」和外省國民黨的統治有關係，不知作者是否在提示讀者，台灣問題的總根源來自國民黨的統治。又從小說內容及敘述文筆來看，他的作品基本上是屬於社會寫實風格的，十之八九都是不滿五千字的「小小說」型作品，寫法像在講述一篇情節簡單的小故事，文意淺白，文句較少多義性，敘述方式趨近於帶有情節的小說式散文，比較欠缺人物的心理與思想的刻畫，即使政治和哲學主題的題材也因其文字的說明成分多而使故事不具深度感，又加上不擅於修辭或不重視修辭，文句蘊含的美感成分較低。筆者覺得陳雷寫台語小說，好像是有了主題、再有幾個故事小情節後，就從「我述」與「旁述」兩者中選一個敘述方式，很快的將故事直接寫下來，遇到不會寫或不能肯定的漢字就以羅馬字注音，如斯寫完便發表，才造成多數作品像民間通俗故事那樣文學性不高，場景的描寫遠不如早期的中文中篇《百家春》那樣用心。如果是這樣的話，作者就太枉惜自己的問題觀察力與很好的台語能力了。如前所述的少數作品，也許因為主題單一，篇幅短小，還容易控制情節結構，文學藝術性達到甲級水準，其他多屬不佳，尤其篇幅愈長的作品，情節結構與文字風格愈容易出現鬆散雜亂與不協調的現象，這一階段寫的〈李石頭e古怪病〉就是其一。

〈李石頭e古怪病〉是陳雷早期的作品中規模最大的一篇，是一部約四萬字的中篇，據羅文傑（鄭良光）的說明[18]，本篇寫於一九九一年，筆者依稀還記得曾在一九九二至一九九三年間的《台灣文藝》看過，後來收進作者的第一本台語文集《永遠e故鄉》（1994）裡。小說主角李石頭不是真人，但是社會上有許多行為與李石頭相似的台灣人，這篇是在諷刺追求外省中國化的台灣人，巴結國民黨，整天給外來統治者拍馬屁，村子來了外省人就去巴結攀交，不會北京話又偏愛講，主動當中國人的「爪耙仔」來危害同庄的鄉親，發現有人在講政府的壞話就偷偷記錄，向派出所密報……，最後其妻照醫生的處方，用掃帚打醒李石頭的中國夢，他的中國意識才消失，恢復台灣人本性。

以前讀這篇時，覺得寫得很有趣，以滑稽突梯的人物、誇張扭曲的情節來反映嚴肅的主題，諸如批判國民黨殖民統治台灣的某些非法特權與政治壓迫、諷刺奴化（中國化）的台灣

18. 見陳雷《永遠e故鄉》序文之二，旺文社，一九九四。

人的病態行徑、反映中國文化之醜陋，行文間還透露正常台灣人應講台語的語言意識等等。

此時再讀，發現作者在這篇小說中，將他寫小說的敘述法、行文筆調明顯典型化，即他的小說的基調多數含有民間講古的說故事方式，這種講古方式在〈李石頭e古怪病〉中表現得非常明顯，而且成為往後他處理中、長篇小說的主要寫法。可能也是因為這種模仿說書人講古的寫作方式，使這個中篇出現幾個大缺陷，其中最大的缺陷是在以寫實為基調的故事敘述中任意虛構情節，這些虛構情節由於太誇張，沒有事實基礎與人情邏輯，變成好像在寫笑話，比如李石頭與囝仔黨的戰鬥失敗後，李石頭在囝仔黨的銅罐隊、掃帚隊、石頭隊的威嚇下，簽下投降的「亭仔腳和平協議」及協議內容；又如警察局長干涉民間媒人的行業，硬是組織地方媒人隊，頒定行規並任命李石頭當媒人頭（此時李已因被囝仔黨打敗，牽拖本名不好，而改為中國化的名字「李中華」了）；再如「狗民黨」、為一隻被車碾死的烏狗成立「義狗治喪委員會」、李石頭出錢請政論家寫悼文、由鎮公所蓋一間「義狗忠正紀念館」……等等，作者虛構這些情節的用意在於諷刺國民黨、背台媚中的台灣狗腿現象及突顯李石頭的心理病態，但無法讓讀者因這些諷刺而產生深刻的感觸，因為目的太明顯且毫無真實感。豈有治療「中國病」（喻指思想意識被黨國教育嚴重毒化的現象），無藥醫，要先去照電光（X光），確定病象，然後用掃帚頭打頭，當李石頭昏過一陣之後「病」就完全好了，重新做個有台灣心、愛講台語的台灣人了？

此外說書人常會任意編用角色，當情節進行到需要某個人物出來做某一動作或合理某件事時，就讓某人登場，事畢便消失，角色的應用似乎隨心所欲，毫無邏輯可言。〈李石頭e古怪病〉也有這種情況，像讀冊人李老師、奏雞仔仙阿春都是突然派上用場的人物。傳統說故事還有一個缺點就是說書人（作者）喜歡進入小說說明狀況和發表意見，說書人以自己身分說的話太長和太多，都會破壞小說的結構，陳雷在寫台語小說時，常有這種習慣，所幸這篇小說並不嚴重。

寓言與托意

筆者推測，作者可能是要讓〈李石頭e古怪病〉構成一篇寓言小說，可惜並沒有成功，文章中許多荒唐古怪的情節，看似狂歡化文學的滑稽諷刺，但她不是所謂的狂歡化文學，狂歡化文學的作品如塞萬提斯的《唐吉訶德》或拉伯雷的《巨人傳》，她們雖然也充滿怪異可笑的情節，但那些滑稽行為是合乎現實邏輯的，唐吉訶德有精神毛病及他的僕隸無比愚痴，所以會做出一些正常人不會做的事，像攻打風車，狂歡化文學的角色儘管外形或心智異常，他的所作所為仍是現實極有可能發生的，但在〈李石頭e古怪病〉中，即使一個身心正常的角色，作者也安排他們做出異常或過份突梯的行為，像阿春擅自為李石頭取名「李氏台灣石頭」，並做牌子在街上遊走，告知鎮民繼續稱呼「李石頭」本名，不要讓李石頭的新名「李中華」改名成功（作者編這個情節是為了寓意），像警察局組織「媒人隊」……都是欠缺現實基礎的行為。如果作品要強調幽默諷刺的效果，捷克作家哈謝克（Jaroslav Hasek, 1883-1923）的《好兵帥克》（*The Good Soldier Schweik*）這部長篇，筆者雖覺得只是平凡之作，但就有達到幽默諷刺的效果，並且不會讓人有情節不實的感覺，筆者以前讀她時，總覺得譯者應該把「帥克」翻做「衰克」，這樣既音譯又意譯。

作者如果要讓〈李石頭e古怪病〉成功變成一篇寓言或是托意文學（Allegory）的一

種，她必需完全改寫，把裡面明顯寫實的成分去掉，一開始就讓讀者認知這不是寫實小說，並將所要托寓的理念抽離誇張、幻古的情節，也就是說不要讓故事和暗藏的主題在文字上有明顯的連結，寫作的同時應注意情節的統一性，如此即使以淺白樸素的文字敘寫，新的〈李石頭e古怪病〉因其寓意的強大諷刺性及嚴肅性，將會是一篇非常好的寓言小說。依目前的面目來看，〈李石頭e古怪病〉頂多只能算是乙級中、下等的中篇小說。附帶一提，陳雷在二〇〇六年有一篇寫二二八主題的短篇〈Thai 狗（刣狗）〉，雖不是寓言故事，但寓言的味道及寫法就強過〈李石頭e古怪病〉很多，滑稽寫實，卻嚴肅感人，我們留待下一階段的「台語小說成熟期」再來看。

在成長期這一階段中，陳雷還寫了一個大約七千字的短篇〈鄉史補記〉（1998），兩年後，這篇「胖」了六、七倍，發展成一部四萬多字的中篇[19]，在瘦瘦的短篇時期，不知她在那裡「現世」（發表），筆者沒看到[20]，直到她胖成中篇時，才在《台灣新文學》讀到，按時序這篇也應該列在這一階段來談，可是沒想到再經過數年，她又長大了，真的變成長篇，改名〈東史補記〉，和另一部「漢草」更大的長篇〈西史補記〉共用舊名，收錄在名為《鄉史補記》的長篇小說集裡，因此也留到下一期才來並談這兩部同樣在補記稗官野史的長篇小說。

接著我們來看史上迄今（2010）台語小說論字數寫得最多的黃元興的作品。

黃元興（一九四九－，台北人）自一九九二年到二〇〇九年間共出版四部長篇小說，合計總字數大約六十萬字。其中前兩部寫於台語小說的復育成長期，後兩部寫於台語小說的成熟期，不過，看他這四部長篇，寫法及取材方式都差不多，是不需分期的，可以一併討論。

首部《鬭渡媽祖》，寫於一九九一年，次年出版，於一九九六修訂部分台語用字後改名《鬭渡地頭真麗斗》重新出版，此後又陸續修訂部分台語用字再改名《鬭渡地頭》於二〇〇六年再次出版，至今印了三次，全書約十五萬字，嚴格的說，她不算長篇小說，而是一部作者出生地——鬭渡（舊名「干豆」）的地方誌，書寫鬭渡平原的開拓史，有風俗民情介紹、地理風物的描述和一些鄉野人物的故事，這些人物故事或虛構、或實有其人其事，甚至也有赫赫知名的歷史人物，如來自加拿大的傳教士馬偕、引日軍進攻台北城的辜顯榮等，這些人物故事大多獨立的穿插在書中，情節並非前後連貫，因此比較像古時的章回話本，內容與其說是長篇小說，勿寧說她更像散文式的鄉土古今談，也許就是因為本書不像長篇小說或故事，所以作者才將書名改為《鬭渡地頭》。

第二部《彰化媽祖》，將近十四萬字，寫於一九九三年，初版曾在一九九四年印刷成書，和《鬭渡媽祖》一樣，也重新修訂部分台語用字，於二〇〇六年再度出版。這部《彰化媽祖》就比《鬭渡地頭》較有長篇小說的樣子，但也只能算是評介式的長篇講古，內容從彰化南瑤宮（媽祖廟）的建廟而香火興旺，並成為中部地方的宗教活動和信仰中心說起，以台

---

19. 過去很多人一直視此時的這篇〈鄉史補記〉為「長篇」是錯的，必需是以後又改名為〈東史補記〉的第三版才算是長篇小說。

20. 〈鄉史補記〉的原始短篇於二〇〇一年與增修的中篇一起收入金安本的《陳雷台語文學選》時，筆者才看到原始短篇。

中（前清早期屬彰化縣）霧峰林家的一百多年的發跡史為故事主軸，前三分之一主要是講霧峰望族林家（林獻堂之祖先林定邦家族）與外來的滿清統治者「互相鬥孔」（連合），鬥垮草屯洪家（洪欉家族）及幫助清廷剿滅北屯望族戴家（戴潮春家族）之亂，後三分之二完全寫林家在中部的發跡到沒落的故事，文中不時穿插台灣史事與南瑤宮媽祖信仰的民俗活動。

第三部《台北杜聰明》（2007），全書近十八萬字，書名中的「杜聰明」是台灣第一個博士，曾任台大（前身台北帝國大學）醫學院院長，本書主要內容在於講述杜聰明（1893-1986）的一生，兼及作者觀點下的台灣近代史，可算是杜氏的傳記，小說的虛構成分很少。

第四部《紅磚仔厝》（2009），約十三萬字，作者特別將本書以漢字書寫版和作者自創的羅馬字拼音版分段依次對照印刷，使本書的頁數膨脹一倍，顯示作者有意告示他自創的拼音方式也能自成一套台語的書寫系統，但筆者只需看其中的漢字版。本書寫台北八芝林（士林）富戶子弟郭琇琮（1918-1950）由懸壺濟世改為思想濟世，以醫者身分投入台灣左翼運動，從事反抗國民黨高壓政權的革命事業，最後因蔡孝乾之密告，在逃亡到嘉義市時被保密局逮捕而遭到槍決犧牲。這部《紅磚仔厝》的內容雖也屬人物傳記，但比

史上迄今台語小說論字數寫得最多的是黃元興，共四部長篇講古，合計約六十萬字，《彰化媽祖》是其第二部。

較集中在描述白色恐怖與逃亡的情節，有比較多的場景演述，是黃元興的四部長篇中最像歷史小說的一部，故事性與文學性都高於前三部。不過，作者仍然沒有好好把他辛苦搜集的材料完全熔鑄成小說的血肉，林央敏的《菩提相思經》和這部《紅磚仔厝》有部分題材性質類似，同樣在寫台灣左翼革命，革命志士也同遭蔡孝乾陷害，主角都在白色恐怖的威脅下逃亡，但兩書寫法很不一樣，《菩提相思經》是讓角色自己來說話、來扮演故事，《紅磚仔厝》是作者在說話、在敘述角色的故事，加上敘事結構與表現技巧迥異，效果自然大不相同。寫歷史小說，要讓歷史材料變成正在進行的事件，如此，材料才能化做小說的血肉之身。

綜合說來，黃元興寫台語長篇小說就像一個準備充足但還不知如何取捨材料的「說書人學徒」在練習講古，好像賴和小說〈善訟的人的故事〉中的一位「講古仙仔」正把一間媽祖廟的中庭當做「講古間」，不時對著現場的聽眾講故事，所以小說的敘述觀點與敘述背景是作者的、當代現場的，即以作者的觀點與時代背景來向同代人講述古人的事跡，由於作者介入故事太深又太多，加上講述時，常常「節外生枝」插入作者對角色、事件的評論，或插述許多與角色、情節無關的歷史人事片段，以致整部小說成為一鍋大雜燴，顯得結構很鬆散，這方面，《紅磚仔厝》只是稍有改善，但也還不能構成一部好小說，倒比較像是雜湊許多民間故事的記錄，從文學審美的角度來看，這四部長篇都只有丙級的文學水準。但如果單就語言來看，無疑的黃元興的「講古」文字應該是目前所見的台語作品中最口語化的，若說台語有所謂「純粹」或「原汁」的話，黃元興的台語可能是所有台語寫作者中最純粹、最道地、最原始的，它不只通俗化、口語化，還有很豐富的台語成語和俗語，語言相當活潑，這樣

「純化」的台語，作者能以全漢字而且是相當「音義系統化」[21]的漢字來書寫，想必作者對台語漢字的書寫方式有長期的關注和用心良苦。這四部長篇最大好處是可提供給台語學習者、研究者當做參學台語句型、活用台語字彙的素材。後三部也可以提供小說家從中取材，方便寫作，因為作者已經在每部作品中「塞」了許多台灣史實與台灣民俗的可貴資料。

作者與敘事角色交替書寫的「私小說」

戰後從「方言詩」開始出現的一九七〇年到一九九一年蕃薯詩社成立前的二十年間，投身台語創作的作家中，絕大部分都是已經出版過中文文學集的作家，像林宗源、向陽、宋澤萊、林央敏、黃勁連、黃樹根、林沉默、李勤岸等人，只有陳明仁與莊柏林屬文壇新人，都在一九九〇年起才有較多的詩作發表，其中陳明仁可算是純粹的台語作家，一九九一年到二〇〇〇年之間，可能只有林宗源、黃勁連和他是「專職」的台語寫作者，其他人都還需兼職於俗事業務或華語寫作。

陳明仁（一九五四—，彰化人）在出版兩本小品詩集後，筆尖轉向散文和小說，一九九八年出版一本小說與劇本的合集《A-Chhun》[22]，該書共收錄十一個短篇小說，但嚴格說來，只有〈詩人e戀愛古〉是小說，做為書名的〈A-Chhun〉只能算是一篇加入少數對白的記敘文，〈Babuja〉也是，甚至只是一篇「作者」的生活隨筆，內容在說明「主角」的生活感想與工作心得。這本書中的各篇「小說」雖各自獨立成篇，其實「角色」的設計及部分內容具有間接性關連，即都指向真實作者、同時也是隱藏作者的生活經驗，但她們並不能構成一部長篇小說，不過倒可以稱為是一種「作者敘寫自己事務」或「作者與角色互相書寫」的系列作品，內容類似日本明治維新時期「口語文運動」之後所產生的「私小說」，像田山花袋的《蒲團》（中譯《棉被》），文字風格較偏向自然主義的理性敘述，這一點是《A-Chhun》各篇最特別的地方，她們異於一般作品的地方是作者成為自己的他者（other），也成為角色的他者，真實作者（陳明仁）故意化身成兩個角色、也是兩個隱藏作者來分別敘述作品的內容，一個是名叫「Babuja」的某幾篇的敘事者「我」，如〈詩人的戀愛古〉、〈A-Chhun〉……諸篇，又一個是另外幾篇的不知名的敘事者「我」，如〈Babuja〉、〈海口故鄉〉……諸篇。當「Babuja」做為敘事者時，這篇作品的隱藏作者等同真實作者，因為「Babuja」是真實作者陳明仁的筆名；而當不知名的「我」做為敘事者時，「Babuja」成為被「我」敘述到的對象（角色）之一，此時，這個敘事者「我」可以看成真實作者，也可以看成純粹是真實作者設計出來當敘事者的角色。有時候，真實作者會安排讓這兩個「角色」在作品中見面、對話，更怪的是，真實作者有時候也成了作品中的

陳明仁《A-chhun》的各篇「小說」雖各自獨立成篇，其實「角色」的設計及部分內容具有間接性關連，但她們並不能構成一部長篇小說，倒可以稱為是一種「作者與角色互相書寫」的系列作品。

21. 音義系統化，指一種語言的書寫符號（文字）有清晰的分辨系統，能做到形、音、義三者的分別，使破音字、雙音字、文白讀等等的台語用字減少混淆的情況。

22. A-Chhun，讀上聲，音如「阿存」或「阿純」，但都不夠準確，發音一致的「阿傳」又不像女子名，筆者猜想可能是「阿春」或「阿偆（椿）」的平聲調訛喊成上聲調的語音。因不能確定漢字，本書僅列原作的拼音字。

一角「A-仁」，會被隱藏作者敘述到，或與「他們」有所互動，於是「一人三化」又「三角合一」，真實作者與隱藏作者的身分時合時分，說他們是同一現實中的人即陳明仁自己則似是又似非，因此「小說」的內容可實可虛、有實有虛，實的部分可以確定的是作者敘述了許多自己的工作與生活，這些「工作與生活」的內容是發生在現實界的，陳明仁的友人所知或共同參與的。

通常，一般人寫散文時，如果要記敘自己的人生片斷，會像寫自傳那樣採取主觀敘事的明示寫法，讓讀者知道內容的主人翁就是作者自己，但是寫小說時，如果有意把自己的人生境遇寫進故事中，反而會採用客觀敘事法將自己的事蹟「掩飾」成「虛構情節」，單純藉小說中的角色來表現。陳明仁這本《A-Chhun》的角色設計及寫法，可說是綜合這兩種方式並加以變形，取其似是而非、若近若離的中間模式，也許就因為這樣而使作品的型態也介於散文和小說之間。這種「作者與敘事角色交替書寫」的敘事設計可說「顛覆」了敘事文學的三種主要的常態，有一點點「後現代」，乃至「後結構」的實驗性質，不過這樣的設計並不能增加《A-Chhun》各篇的文學性，文字內涵也沒有出現解構主義者所希求的——增加歧義性。筆者以為，關於文字的寫作，特別是詩和小說，要創造怪異並不困難，凡是會操筆弄墨的人只要他願意，幾乎人人都能做到，像後現代主義的流派之一，一九五〇年代興起於法國的所謂「新小說」，主張打破傳統小說模式，進行激進的語言實驗，又顛覆傳統的小說架構的寫法，由於這款雕蟲小技式的「創新」無助於藝術美的表現，所以影響力極其微小，很快就被放棄。文學的任何結構方面或敘述方面的怪異設計必需可以擴充文字張力、增加內涵，並且讓內容與形式恰合而創造出陌生化、新鮮感及美感的效果才有必要，也才是困難的所在。《A-Chhun》各篇對敘事角色的互換式設計雖然看起來不同於散文或小說的常態，但其實還不算怪異，因為她們只是作者以比較明白的方式讓讀者知道作品的主角就是作者自己而已，比如作者取個筆名（像「Babuja」、「A-仁」），同時讓作品的某一個代表自己的角色用自己的真名或筆名（像「A-仁」、「Babuja」），或者不明示敘事角色的姓名（像「我」），而內容寫的就是作者自己的經歷，如此就出現「作者與角色互相書寫」的現象了，賴和在一九三〇年代就是使用過這種方式寫他的〈一個同志的批信〉這篇小說。

《A-Chhun》中多數「小說」之所以像習作者初寫小說那樣沒寫好和寫得不像小說，並非在於她們的「作者與角色互相當敘事者的書寫實驗」，也非作者明顯以自己的工作或生活內容當題材（這些其實都可以的，古今許多作品都含有自傳成分，甚至完全是自傳），而是這些「小說」極少場面演出，多半像寫說明文，由「隱藏作者」自述事件，其中比較有情節的各篇，敘述方式也多屬平鋪直述，如此，具有場景描述的文段原本就很少，加上文字淺白，使作品像是通俗文學的傳統說故事。不知陳明仁寫作《A-Chhun》各篇時，是否本著後現代主義中的某些屬於「反文學」的枝節理念：有意反結構，卻造成結構鬆弛；有意反情節，卻造成沒情節（不構成事件場景）；有意打破菁英文學與大眾文學的界限，卻造成作品只趨向民間文學的通俗化；有意否定傳統藝術所重視的形式主義，卻變成雜揉散漫的隨筆式交待故事；超越文體又不成文體。像〈二二八事件〉這篇，作者借用一般關於二二八事件的歷史報告的寫作模式來寫一件其實與二二八事件無關的鄉間小故事，從各節標題來看，讀者必然以為這篇作品的內容就是在寫歷史上大家習知的二二八事件，這方式與內容本身都帶著一種滑稽諷刺，可謂徹底分解了、顛覆了自古典主義到現代主義所建立的關於文學的傳統認知與終極價值，這也是後現代主義文學的一項重要特徵，所以筆者才揣測作者可能接受後現代主義的影響，是否有意用《A-Chhun》來做一次後現代的小說實驗？雖然作品的藝術價值被分解了、弱化了，卻也「成功」的實現了後現代主義的一項主張，即一切傳統意義上的崇高的事物和信念都是從話語中派生出來的短暫的產物，不必真誠、嚴肅的對待，所以後現代主義作家不需對重大的社會、政治、道德、價值、美學等問題進行嚴肅認真的思考，甚至故意反其道而行。〈二二八事件〉這篇在這部分頗為成功，而且還成功的「騙過」或「誤導」了《天・光——二二八本土母語文學選》[23]這本書的編選者，將這篇「此事非彼件」的〈二二八事件〉選入二二八的文學選集中，不知是編者沒讀內容，單看篇名與各個次標題完全吻合所需就選入？還是編者有獨步全台的歷史認知，知道這篇的內容其實也是二二八事件的一塊被歷史長期遺漏的部分？或者編者有銳利獨創的「後歷史主義[24]」（post-historicism）文學見解，認為這篇虛構故事顛覆了二二八事件的一般印象，用「諷刺」某事、諷刺『二二八』名稱」便與現實的二二八事件產生牽連，所以也算是二二八事件的相關作品?!

零度寫作的「困境」

假設陳明仁了解後現代主義並且真的想採用後現代主義的理念來寫《A-Chhun》的話，顯然沒採用其中對文學比較建設性的寫法，讓作品產生也是後現代的「魔幻寫實」或「黑色幽默」的風格；筆調也不像羅蘭・巴特（Roland Barthes, 1915-1980）所謂的「零度寫作」（zero degree writing），要求作者排斥主觀情感，純以冷漠的、像旁觀者的態度來寫，運用一種不尋常的中立性敘述，使文字及內容都陷入「困境」（aporia），也就是一種困難的、難解的迷失狀態，《A-Chhun》各篇並無「困境」效果及撲朔迷離的情調。如果作者有意實驗後現代主義，恐怕是偏取了後現代主義中的破壞性手法，即「反文學」、「反體裁」（破壞體裁的公認特點和邊界）的做法，可是手法不高，通篇都以平述寫實的方式講故事，把小說寫成了非小說，所以嚴格說來，這些作品基本上屬於有情節的散文，而非現代小說，如果這些篇章也可以算是小說的話，那麼現代人寫的許多記敘散文和隨筆都可以算是小說了。

說到後現代小說中的怪異寫法，貝克特（Samuel Backett）的《無名者》（*The Unnamable*）及高行健的《靈山》都是不錯的作品，而福爾斯（John Fowles）的《法國中尉的女人》（*The French Lieutenant's Woman*）是筆者有限的閱讀範圍中，個人認為最具後現代主義內涵的作品，兼有解構主義、零度寫作的精神又有後設技法，在表現「困境」效果的神秘氣氛上尤其成功，有興在小說中「製造困境」的作者，這些作品可為參考。筆者最近讀到一篇台語小說的文本（text）叫〈Hibalih 姑娘〉[25]就明顯屬於後現代與後結構的產品。

前面曾提到陳明仁的《A-Chhun》小說集中只有〈詩人 e 戀愛古〉是小說，我們就簡單的來談一下這篇，這是書中寫得較好的一篇，比較沒有被後現代主義中的破壞性理念「破

23.《天・光——二二八本土母語文學選》，周華斌、丁鳳珍、呂興昌編選，二〇一〇年二月，國立台灣文學館與二二八事件紀念基金會共同出版。

24. 後歷史主義，文學批評史上尚無這種理論或流派，這個名詞純為筆者一時興起所創。

25. 筆者於二〇一一年八、九月間參與評審國立台灣文學館主辦的「台灣文學獎」時，曾在台語散文類的入圍作品中讀到一篇叫〈Hibalih 姑娘〉的小說（後來才知道作者施俊州），這篇就明顯應用解構主義及零度寫作的理念和手法，是筆者目前所知最具後現代內涵的台語作品。因她不屬本文範圍，也尚未公開發表，否則筆者很希望能在本書中加以評述。將來發表後，讀者有興不妨參考。

壞」的痕跡，不過她也顛覆了戀愛作品的一般印象，通常寫愛情的作品總會多少帶有浪漫的氣氛，但〈詩人e戀愛古〉全篇顯得很理性，沒有戀愛的浪漫感覺，這一點「顛覆」，從後現代主義，或者羅蘭．巴特所謂「零度寫作」的角度來看算是成功的，敘事者「我」好像排斥了主觀情感，以冷漠的語態在做客觀的中立性陳述，講自己的事，卻又好像事不關己或無關緊要。這篇小說的內在主題其實是在「尋求正常的男女之愛而不可得」，並非真的在寫男女相戀或單方對異性的愛戀，而是以性（sex）做底來簡述主角與某些人的交往過程和感想，當中凡屬性向正常的女子都沒能引起男主角「我」的「性趣」，主角面對她們時總像「倒陽」那般性無能或性冷感，但對一個同性的畫家卻有愛戀的衝動，不過主角卻想壓抑、排斥這種愛，反而當主角和非屬一般良家婦女如妓女，或面對不倫的性關係對象如繼母時，「我」才突然恢復性能力，可以「正常炒飯」，所以這篇小說的表層主題也在反映某種同志心理或某種不正常的性愛心理。〈詩人e戀愛古〉在情節的安排方面做了一點「突轉性」的佈局，小說中的「詩人」＝「我」經過多次與不同女子的接觸、交往後，才肯定「發現」自己是個Gay（同性戀者），不過在「接受」自己的性傾向之餘，仍然存著一絲恢復「正常」男子的想望，只是求之不得。這篇的取材及情節佈局不錯，可惜文字平淡，大多像寫流水帳的報告般只做平面敘述，只有「第3葩 原罪的情愛」的首節文字（之第五、六文段）較有文學性的描寫，而安排繼母與主角歡喜交媾的情節雖不至於太突兀，但輔排不足，顯得牽強。本篇如果能讓文字精鍊些，及增加場面呈現和描寫，應該可以成為甲級的作品，依現有成果頂多只能算是乙級中等的短篇小說。

自然主義文學也要注重文字之美與心理描寫

陳明仁在《A-Chhun》之後的兩年間（1998-1999）又寫了五個短篇和一個中篇，發表七年後才結集在《路樹下 e too-peh-a（路樹下的肚伯仔）》（2007）中，筆者只看其中大約四萬多字的中篇小說，即做為書名的〈路樹下的肚伯仔〉，這篇小說主要以企業間的明、暗競爭為背景，內容敘述一個有交際能力又有個性再加上好命的青年的都市生活，這個青年因裙帶關係的庇蔭得以在其姑丈的大公司中佔有重要職務，作者讓主角當敘事者來敘述一段參雜私人與公司的都市故事，其中特別著墨於公司裡暗潮洶湧的人事安排與同業間的商業情報和人才爭奪。題材很有社會性，反映現代工商社會的一個較不為外人知的白領人的生活面相，這是繼陳映真《華盛頓大樓》、《萬商帝君》之後少數以工商業的內部經營狀況為題材的小說之一。在故事的安排、敘述方面，比之前的《A-Chhun》更進步、更有小說的樣子，作者也企圖表現白領階級的一種心理苦悶或生活侷促感，而在內心暗暗嚮往「知足常樂」的市井小民的庶民人生，可惜陳明仁的這種傾向自然主義的抒寫文字僅得自然主義的客觀和理性的表層書寫，欠缺陳映真那種針對人物心理與思想的刻畫，加上語言白而直接，白到缺乏蘊含哲理、情思的內在效果，敘事者（主角）反覆提到的肚伯仔情節應是作者有意塑造的一個生命隱喻或象徵，也因其敘述文字幾乎僅表達其最基本的表面概念而已，未能促發讀者聯想到更深的意涵，而沒有使肚伯仔的意象成為象徵，至少象徵並不強烈，全篇文字殊少具美感的修辭。因此這篇小說仍然只得中篇小說的乙級水平。這裡要附帶一提的是源於法國的自然主義文學，雖然主張文字敘述力求比寫實主義更加準確和客觀性，但還是相當注重文字之美，這是「文字敘述」之所以凝結出「文學性」而成為「文學」的重大要素之一，讀者試看左拉

（Emile Zola, 1840-1902）的《娜娜》這部長篇小說便知自然主義的好作品也頗講究修辭和描寫，至於日本自然主義作品的文字雖然比較白，但也很重視心理描寫，比如田山花袋的《蒲團》、島崎藤村的《破戒》都是。本書中其他五個短篇，因筆者未看，自不能妄加臧否。

陳明仁另有一本標為「散文集」的別集叫《抛荒e故事》，依書名揣想，有可能收錄到小說或「類小說」的作品，因筆者未見該書，且因被歸類在「散文集」，可能全屬稍有情節的散文吧？本書就不加以評述了。

張聰敏（一九三九－一九九七，南投人）是個典型的台語素人作家，五十二歲才想要寫作，生前第一篇也是唯一的一篇竟是一部字數頗多的台語中篇小說《阿瑛！啊》，長約六萬餘字，從五十四歲寫到五十六歲才完成，不幸的是作者並無緣看到自己的作品發表，《阿瑛！啊》於作者去逝二年後（1999）才出版，不過在此之前，《阿瑛！啊》的文稿據說已在其友人間流傳，而且有所好評。筆者遲至今年才看到書，閱讀之後，覺得一個素人作家能寫出《阿瑛！啊》這樣的大型中篇小說確實不簡單，這不僅得力於作者有很好的台語講述能力，可能也有不錯的文學素養，所以作品的敘述方式雖仍然可以看出民間講古的痕跡，卻懂得以場面呈現某些重要或不重要的情節，使事件更具體，而且有些安排顯然是經過佈局的，如少數幾個插敘和倒敘的情節。小說內容以女主角阿瑛仔——一個身分卑微的新婦仔——的生平及感情（愛情與親情）狀況為主軸，敘寫台灣平民百姓的日常生活，主題在於表現台灣小女子想要奮鬥向上的意志，文中也反映台灣傳統的婆媳關係、傳統與現代之道德倫理觀的衝突和社會變遷如工廠外移中國、東南亞所造成的社會問題等等。這樣的主題可謂大而嚴肅，較可惜的是作者對嚴肅的主題沒有多加著墨，大多只以概述交待或說明，反而著眼於較不重要的尋常人家的生活小節，感覺起來本書就變成好像缺乏深刻和重要的主題了，而且有時候作者的敘述過於浮面，其取材、人物似乎隨意想到就寫進來，有點像是為了將某些台語詞活用於作品中而設計情節，也未盡善考慮到角色的學養及思想，使角色寫出或說出該角色不大可能做得到的事，比如故事末段讓阿瑛仔寫信給兒女的那篇「再嫁告白」的內容恐怕是主角做不到的，而是作者想表達卻選錯「利用」的對象了。總的說來，這篇小說還是不錯的，具有乙級的水準。

Qahunx（嘉芬，全名楊嘉芬）在這段期間陸續出版《JINGCIU DINGW EE QONGQINGW》（榕樹頂的光景）（一九九八，含三個短篇）、《SI'ANGW TAII SIW GUANW JEXHUX》（啥刣死阮姊夫）（一九九九，含三個短篇）、《JIT XEE SENSNILANGG EE 1997》（一个先生人的一九九七）（二〇〇〇，一個短篇）、《SIR JIXMUE》（四姊妹）（二〇〇〇，含四個短篇）、《angg ho lyc dirr cingsanlo》（紅雨落佇青山路）（二〇〇一，一個中篇）等五本各約百頁左右的小說集，由於作者使用「全羅」（全部羅馬字）書寫，而且其羅馬字的發音方式像是綜合英語式的（如通用拼音）與拉丁語式的（如教羅拼音）方案，但又與兩式有所差異，羅馬字中又插用幾個台語音標未用到的字母當調號，結果與時下台灣人比較習慣的羅馬拼音很不一樣，這種書寫台語的文字系統，目前恐怕只有作者及系統的原設計人葉國興可以順利閱讀。筆者覺得這套系統比一九九一年阮德中設計的，也是以字母當調號的全羅系統更複雜難學，如「daigiw siyxsuad」、「Dirr Hyvingg Haiw ee jniawdiongngx」兩詞句，筆者解為「台語小說」、「置和平海的正中央」不知對不對。總之，這套全羅系統也比黃元興設計來當輔助用的全羅系統更複雜，筆者一時還沒能學得融會貫熟，因此無緣閱讀這五本小說集，也就無從評論裡頭的小說，待未來作者如果有將它們翻為漢字版的話，筆者再來看，以補足這時期的「評論遺漏」——希望其中有好作品。

這階段中，除前述四人寫得較多外，又增加了幾個年紀涵蓋老中青三代的新人寫了零星篇章：

張春凰（一九五三—，高雄人）在寫了大約二十萬字的台語散文（含文學、非文學）後也嘗試寫小說，〈入厝〉[26]這篇寫得最像，寫一個守寡後奮鬥有成的女人終於買了新厝，正在張羅「入厝」的事情時，以女主角的回憶方式插敘她與婆婆的幾個小互動，插敘的部分才是小說本文的重點所在，作者有意表現台灣女性在堅強、孝道、環保、佛家清心等層面的意旨，以及台灣工廠西移與飲食文化的社會變遷，形式雖有小說的樣貌，其實還是散文，即小說式散文的一種。若做為小說，因為企圖容納過多題旨，卻因情節太簡單、動作太少，使主題未能自然溶入敘述中，作品的「值等」便不高；若做為散文，倒不失一篇佳作。其次，〈入厝〉的台語恐怕是張春凰的所有台語作品中，文句最少中文化而且還注重修辭之美的一篇，不過當中台語的俗諺用了稍多，使行文語氣出現一點點不自然。張春凰在二〇一〇年出版的《冬節圓》書中的幾篇文章也屬這類散文，論情節、動作的表現方式還不如〈入厝〉較具小說內涵，她們既是散文，就不屬本書評價的範圍。

洪錦田（一九四九－，彰化人）的《鹿仔仙講古》（1995）收錄五十幾篇小品文，多數屬於有敘事性質的小故事，以全漢字書寫出許多非常道地的台語原汁詞彙，文字生動有趣，不輸流傳民間的通俗作品，寫法脫胎自民間講古的筆記故事，很像中國魏晉時代的筆記小說，是敘事文，但不是小說，它們只能歸為講古散文。如果這本書出現在十九世紀，以我們對待當時敘事作品的寬鬆定義來看，或許裡頭有些作品可以視為小說。

蔣為文（一九七一－，高雄人）的詩文合集《海翁》（1996）中有兩三篇大約可算是小說或近似小說的小短篇，其中〈囝仔伴〉這篇接近簡易的劇本形式，幾乎全由對話場面組成；〈鬼仔洞〉可能是該書中最重要的一篇，從作者初試文藝創作所表現的成果來看，蔣為文應有些理念性文才，作品傾向社會寫實的風格，想宣揚母語、環保等理念，只是表達主題的方式太直接，如能增加情節和場景、人物的刻劃，作品將具深度。本合集裡的作品顯然小說不如（文學性）散文，散文又不如詩，小說的文學價值介於乙級下等和丙級之間。

吳國安（一九三一－，雲林人）老先生應是現存從事台語文學創作的作家中最年長的一位了，六十五歲（1995）才開始現身台文界、創作台語文學，說他是素人作家並不恰當，因

26.〈入厝〉，一九九五年發表，收入張春凰散文集《夜空流星雨》，二〇〇四，開拓。

為他的作品屬「菁英文學」（文人作品），一點也沒有民間通俗文學的痕跡。向來，筆者一直以為作品只有寫得好不好，風格也人人互異，不必有素人、文人之分，寫作能力及學問的多寡也與學歷沒有必然關係，何況在此之前吳國安應已沉浸在台語文的研究多年了，對台語文的專業知識和詞彙相當豐富，所以他的台語作品用了很多道地的台語詞彙並且用得很自然。一九九八年他同時出版兩本書，一本叫《台語四用漢字字源》，屬台語的字典辭書，另一本叫《玉蘭花》，是他到目前唯一的台語創作集，收錄十六篇文章，多數是散文和小說式散文，少數是小說，小說當中這篇被用做書名的〈玉蘭花〉寫得最好，全文大約九千字，由「文雄」（男主角，名字到後半才出現一次）自述他與「阿美」（女主角，一個已離婚的美女）的一段外遇式交往，由於兩人不可能結婚，於是兩人在最後一次約會（老地方蘭潭）後，阿美遠嫁給一個住在台北的外省老芋仔，文雄只能在出嫁那天到現場偷偷地遠望阿美的婚禮及穿著，十二天後，文雄還料想阿美應該會回娘家做客，希望能見阿美一面，便提早從工作地番路回來，到家後發現妻子（明珠）已在門口等他，叫他「緊去洗身軀，浴間加你拴（cuan）好啦」，然後告知聽到阿美跳蘭潭自殺的消息，還替丈夫準備好了悼祭白包及「此捾玉蘭花煞提去，阿美咁不是上愛玉蘭花？」要丈夫快去見阿美的最後一面，文雄心中一怔才知妻子已然明瞭他和阿美的一段情，文雄到了阿美家，見阿美的遺體正穿著他送的「彼袾（su）印花仔洋裝，靜靜倒伽遐（hya），我个心肝都卜碎去」，看了阿美的遺書，才知道這是阿美交待家人在她死後「我卜穿彼領印花仔洋裝落土」的，不久後男主角也搬家到台北，但偶爾還會回到嘉義探視阿美的墳墓（坮佛蘭潭埤畔个植物園邊、會俥看著蘭潭个所在」）、看他曾經在阿美墓旁「加予（i）种（的）一欉玉蘭花」在「風飑過了，玉蘭花沍

（lak）甲規墓埕」，因為他知道阿美生前最愛玉蘭花，文雄始終記得一句「阿美講：互風吹雨打个玉蘭花上介芳，烏撓去个愈酸喃（lam）。」

這篇小說，佈局很好，結構緊密，所有情節統合在男主角探視女主角的墳墓及描寫玉蘭花的動作中，文字看似平順無奇，只見敘述者輕淡道來，卻是感情深刻，沒有一句多餘的廢話，情節的逆轉、發現也很自然，充滿場面，不待明說問題所在，讀者總能感知動作的效果，比如男主角身上的玉蘭花香味洩露了男主角的行為及反證了他的謊話，以及暗示了阿美死後，明珠會主動替文雄準備玉蘭花的原因。

這篇小說將台灣舊時代的保守的愛情觀、道德感表現得很適切，充分反映出包括男女的純真與相思，及傳統賢妻良母型女子的心理與行為。讀來很有孔子評論詩經的味道——思無邪，在充滿台語味的文字中也淡淡表露「詩無邪」感覺。不過這篇小說也有兩處在敘述與情節上的漏洞，即男主角聽到「阿美昨昉（hng）跳蘭潭死啦」時，「險險仔加機車放倒落去」這個動作的敘述不完整，至少必需在男主角浴畢走出浴室後，加上一句「牽車準備起行」之類的交待；還有阿美的父母為何會主動將阿美的遺書拿給男主角看？通篇未明講、也未暗示阿美的父母與男主角熟識或了知男女主角的友誼，這處文字敘述上的簡省使這個情節顯得有些不合情理的突兀。不過瑕不掩瑜，讀者是可以自行推測阿美父母也認識男主角，因為阿美與文雄曾是同事。這篇小說更成功的將玉蘭花及玉蘭花的清香的意象由比喻塑造成象徵，至少在男主角的心中是個象徵，代表思無邪的真心愛情及長相思。

由於作者是台語文的專業學者，漢字及注音有他自己堅持及完整的一套，其台語用字的狀況，從以上所引句子當可略知一般，所以讀者乍看吳國安的文字也許會有稍許不順，不過這與文學作品的內容及好壞無關，筆者認為這篇小說至少有甲級下等的水準。

這一階段的台語小說還有一篇頗值得欣賞，就是王貞文的〈天使〉，由於王貞文在二〇〇六年集合她的多篇小說並「以之為名」出版《天使》小說集，裡頭除了〈天使〉之外都是二〇〇〇年之後的作品，因此我們就把〈天使〉這篇留到下個階段——「台語小說的成熟期」再來和《天使》的其他各篇一起討論。

賴仁聲的〈協力奉獻〉是「意外」造成的好作品，寫於一九六〇年，因與台灣文學界不相干，可以不算是這段台語文藝復興時期的作品，因此綜看這一時期台語文學運動初起的頭五年間（1986-1990），國內文學界雖僅出現一篇高水準的台語小說（宋澤萊〈抗暴个打貓市〉）實已令人鼓舞，若加上陳雷的〈美麗e樟腦林〉（一九八七年發表於海外，一九九四年在國內出版）已經可以稱為豐收。

接下來的一九九〇代快速成長，寫作人口與產量都比一九八〇年代增加，尤其產量，論篇數或字數至少都在十倍以上，較可惜的是質的方面尚未提昇，這十年間稱得上甲級的好作品僅陳雷的〈圖書館e秘密〉及〈痣〉、王貞文〈天使〉、吳國安〈玉蘭花〉等寥寥四篇。唯可喜的是無論作品好壞，短、中、長篇三類台語小說已完整到位，足證台語的書寫潛力可以無窮，並非只能寫寫小品創作。而一九九〇代的多數作品之所以水準低，主要原因大概有二，其一是過去的台語小說原本就少，好作品更如鳳毛之稀，可資學習觀摩的對象少之又少。其二是台語寫作者尚少，其中寫小說的更少，何況小說作者大多為文學新人，自然也是台語寫作的生手或寫作時間不長，尤其他（她）們恐怕大多是初試小說寫作，因此我們自不能期待台語小說能像台語詩那樣好作品大量成長。

一九九〇代台語小說雖然沒有出現很多好作品，但這股台語文學運動的熱度卻也引起一些人從事翻譯，將台灣的中文小說或外國小說譯成台語，以增添台語的小說質量，譬如東方白的台語文集《雅語雅文》（1995）就一口氣收錄六篇「台語小說」，是他自己將自己的中文短篇稍微修改並翻譯成台語的，雖然其中也有好小說，但因她們不是台語創作，所以不在本書範圍。

第五章
台語小說的成熟期（一）

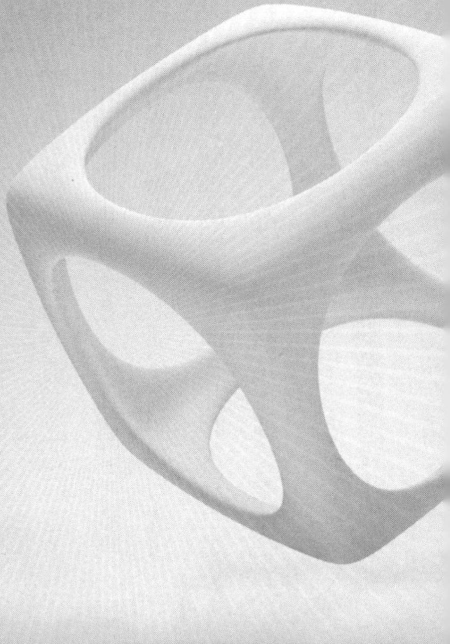

第一節　開始成熟的現象

二〇〇〇年之後台語小說開始進入成熟的階段，筆者之所以將這個階段視為成熟期是根據下列幾個因素：

第一、二〇〇〇年之後才開始發表台語小說的新人比以前任何時期都多，光筆者所知就有二十幾位，人數之多超過過去九十年的作者總合（指有留下台語小說作品的作者總合），當中還有幾位以小說為主要的寫作文類，比如崔根源、胡長松、清文、劉承賢、小城綾子等人。如果再加上此時也開始投入台語小說創作的詩人和散文家，像陳金順、林央敏、林永堅這類的老「新人」，人數就更多了。此外，有幾位二〇〇〇年之前就已寫作台語小說的舊人，他（她）們於二〇〇〇年之後似乎更加努力，寫了更多台語小說，像陳雷、黃元興、王貞文、吳國安等人。所以，不論從作者數或篇章數來看，僅二〇〇一至二〇一〇這十年間，成績都超越過去甚多。

第二、在這階段新發表的小說，佳作的比例相當高。二〇〇〇年之前的情形已如前述，雙目縱橫百年僅得佳作九篇，可是二〇〇〇年之後，佳作不但密集分布在多位作者間，個別作者所生產的佳作也是密度極高，像胡長松、王貞文、清文、崔根源等人都在短期間內就寫出多篇好小說，其中特別是胡長松，佳作之多不遜往年任何時期的總和。而在此時才寫小說的新人如劉承賢、陳金順等，也能在較短的時間內寫出不錯的作品，這應該是一種文體開始進入成熟的現象，有更多好作品供寫作者觀摩學習所致。

第三、台語小說的文體形式明顯的脫離過去傳統的說故事敘述法，特別是這階段才出現的新人以及才投入台語小說寫作的老「新人」，更懂得以場面、情境來表現主題，使作品具備現代小說的樣貌。此外，作家運用的寫作技巧開始變多，也更為熟練巧妙，這都是小說文體進入成熟的一種現象。

第四、小說的主題、內容更多樣了。從日治時代到二〇〇〇年之前的台語小說，以政治性及宗教性的主題較多，其他類的主題可說寥若晨星，而當中寫得較好或較有分量的作品幾乎都屬政治性主題的小說。但二〇〇〇年之後，也許是小說作者更多了，因而作品所關注和表現的面相趨向多元化，非政治性題材的好作品開始大量出現。也由於技巧更臻成熟的關係，即使和前期同性質的主題、內容也寫得更深刻動人。

接著，我們就直接來看作品本身，由於這階段的作品很多，筆者不再像審視二〇〇〇年之前的作品那樣幾乎好壞都談，大約僅能挑選幾位寫得較多或較為重要的作者來談，先就已結集的個人別集的出版順序來看幾位作者的作品，然後再談一些較好的散篇。

第二節　老欉開花的崔根源

崔根源（一九三八－，本名吳金德，高雄人）可能是台語小說史中，把萌芽、復育到成熟這三個發展期濃縮在一紀年的小說家，這句話的意思是說崔根源從開始嘗試寫小說到寫出好小說，並且大小作品一籮筐，只在短短十二年間即完成。他六十歲（1998）才開始文學創作，先試用中文練習寫小說，因深具台灣人意識及濃稠的故鄉情懷，覺得台灣文學應該以台語來寫才適當，因此二〇〇〇年起即全心全力寫作台語小說，到二〇一一年為止共出版了

《水薸仔的夢》（短篇，二〇〇三）、《倒頭烏佮紅鹹鰱》（中篇，二〇〇七）、《無根樹》（長篇，二〇〇八）、《回顧展》（長篇，二〇一〇）、《人狗之間》（短篇，二〇一一）[1]等五冊包括短、中、長篇的小說集，總計接近五十萬字，數量相當驚人，一個人能在六十高齡以後才執筆文學創作，而且在短短十年間就寫了這麼多小說作品，放眼整個台灣文學史想必是個異數。一個資深小說家要在六十歲之後再寫個五十萬字的作品也許不那麼困難，但也屬少數幾人而已，能像崔根源這樣的「老新人」而且用的是政府沒教育的母語來寫作，這絕對是文學上的一種好的極端特例，而且極可能成為空前絕後的例子，這樣的作者必需要有「健康的身體」、「堅強的毅力」和「賢慧的腦肌」（指聰明，未退化的頭腦機能），再加上「恬適的活意」（指悠閒舒適的生活意態）才做得到，這些條件或機能是台灣大多數人所缺乏的，以筆者來說，一介困頓書生，至少就缺乏第四項的「恬適的活意」了，不知老來的我可有「閒力」加「活力」好繼續運作「筆力」否？但不管怎樣，崔根源的例子非常值得新人學習，學習其堅強的毅力和不斷學習的努力，由稚雞初啼到老驥伏櫪，一把年紀奮練一紀年，總能把小說寫到瓜熟蒂落。

　　好了，閒話休提，回到正題，崔根源的作品也和大多數作家一樣，初試之作都不大好，有了經驗之後才漸入佳境，以臻成熟。總的說來，同是短篇，《水薸仔的夢》的平均水準不如《人狗之間》；同是長篇，《無根樹》遠遜於《回顧展》。他最早寫的兩個短篇：〈天烏了欲創啥〉（一九九八作，二〇〇一發表）及〈呷著甜〉（一九九九作，二〇〇二發表）都不好，前者只有中下水平，後者更落在丙級之列。但二〇〇〇年之後開始進步，此時平均半年寫一篇，只是「品質」一直不穩定，比如二〇〇一年寫的〈呷飽等死〉（中下）及〈娶媠某〉（中中仔）只比最早的兩篇稍好，反而比二〇〇〇年寫的〈四輦駛偆三輦〉遜色一截，要到二〇〇二年後的水平才穩定成長，像〈小林哥去中國住遊〉及〈水薸仔的夢〉就比較能有甲級下等的水準了，但若以成熟期的嚴格評等要求，這兩篇所坐的甲級座位恐怕會搖盪不已。再看之後的《人狗之間》，水準又有所提昇，當中〈一字之差〉及〈沙馬仔空〉兩篇更屬台語短篇小說中的成熟佳作。另外他的中、長篇的情形也如出一轍，《回顧展》也比前兩本好很多，可算是長篇小說的佳作。接著我們依短篇和長篇分別來看。

綜合來看崔根源的小說處女集《水薸仔的夢》，有兩個地方比較特別：

其一是題材及故事背景，本書題材很廣，有政治的、經濟的、鄉土文化的主題，人物及內容分屬士（知識分子、讀書人）、農、漁、工、商各業界，尤以在中國的台商生活最新鮮，都非常有時代性，這部分是過去台灣文學（包含日語的、華語的殖民地文學）所少見的，而故事的背景橫跨台灣海峽兩岸及太平洋兩岸，凡此，大概得有像崔根源這樣曾長久居住台灣、美國並常在「兩岸」之「四

1. 這本書雖出版於二〇一一年四月，實乃全部作品皆發表於二〇〇五—二〇一〇之間。

崔根源的小說處女集《水薸仔的夢》，題材很廣，尤以在中國的台商生活最新鮮，非常有時代性，而小說的敘事方式以場面表現故事情節，這兩者都是其比較特別的地方。

國（台美英中）四地（含香港）」經商的作者才想得到和寫得來。

其二是小說的敘事方式，二〇〇〇年之前的台語小說中，幾位寫得多的作者像賴仁聲、鄭溪泮、陳雷、黃元興、陳明仁等人，最常運用的敘事方式，或者說他們的大部分小說的敘事基調都屬傳統的說故事方式，比較接近散文敘述，但崔根源不同，由這本集子就可看出他很懂得以場面表現故事情節，這一點是寫現代小說者不可不知的要領，想必他在初試小說創作之前應已熟讀不少現代小說，恐怕還深受史坦貝克（John Steinbeck, 1902-1968）的影響，所以本書各篇幾乎都靠情節的輔陳來反映主題，但比較可惜的是她們的題材雖新穎現代、主題雖嚴肅重要，但作者多半只觸及表面，或者說只以表面情節演述主題，沒有像史坦貝克那樣將主題隱藏在情節中，而是讓情節及角色的對白很直接的反映出主題所在，以致內容顯得浮淺，整篇作品讓讀者一眼看穿題旨的同時，大約就沒有其他更深、更美的東西可供讀者回味品賞了，因此讀者在閱讀之餘所受到的衝擊或感動也就不多，書中寫得最好的兩篇〈小林哥去中國住遊〉及〈水薸仔的夢〉也大約如此，之所以會這樣，應是下列幾個狀況（沒有處理好）所造成的：

(1)篇名題目取得白淡而直接，有如民間通俗故事，但這不是重要原因；

(2)敘述文字過於簡單明快，字義直接而單薄；

(3)故事單線進行卻編了稍多的情節事件。筆者覺得作者在寫這幾篇小說時好像只顧故事的進行，急於用情節及對話將主題很快的交待出來，以致極少場景的深刻描寫，也欠缺角色心理或思想的描述反映，讀起來人物角色彷彿都是沒思考、沒血肉的人，全書只有三處在這些方面比較有所著墨，即〈呷飽等死〉中對討海背景的描述[2]、〈小林哥去中國住遊〉中敘述台商的狀況及主角遇賊被綁時的心理活動[3]、〈水薸仔的夢〉中敘寫女主角的崇洋心理與幼年的崇洋夢等三處，但深度都還不夠；

(4)可能也是因為作者過於依賴情節，為了不讓故事顯得單線進行的單調，所以編了較多事件，以致有些情節和角色是無效的，即對主題不發生效用，甚至是突然編造出來應景的，於是本來看似緊湊安排的情節反而鬆弛了，故事的張力大大弱化了；

(5)相同原因，至少有三篇的情節安排與敘述比例不合乎主題的需要，結果造成頭重腳輕、或虎頭蛇尾、或文題走樣（文不對題）的現象，像〈呷飽等死〉一文是要反諷或反襯那些人生只剩下棋聊天，無所事事的鄉人日子彷彿「吃飽等死」，但重點反而擺在主角的討海人生和走私。又如〈天烏了欲創啥〉一文，本來主題是擺在酒肉朋友工作之餘的情色性事，從中也要反映「有奶就是娘」及「隔岸猶唱後庭花」的台商心態，卻用了太多篇幅在寫台商包二奶的問題。就連全書技巧最好的一篇〈四輦駛偆三輦〉也沒把敘述比例處理得當。

〈四輦駛偆三輦〉是《水薸仔的夢》集子中敘述結構最講究的一篇，文長不到四千字，是全書最短者，但短小精幹，以現實情節插敘主角的片段回想形成兩條線索交錯進行。現實情節寫主角在一場酒宴後，駛車趕著回去參加兄長的八十大壽，因酒力漸起、意識漸暈，終至發生車禍，打電話向朋友求救，要朋友快來幫忙處理，幸好「我人好好無安怎」、「呠知影是人摏我，抑是我摏人」，只知道「我的車四輦（駛）偆三輦」，主線就寫這段酒後開車

2.〈呷飽等死〉這篇主要表現在該書第九六—九七頁。

3.例見〈小林哥去中國住遊〉的第一二六頁及第一四二—一四三頁。

到求救及等待的過程。在現實情節的發展當中陸續插敘幾則心理情節，交待酒宴前、後及酒宴進行中的一些人事，由於主角已微醉還逞強駕車，所以作者在心理情節的部分有時特別以意識流的方式寫，主、副線索融合得很自然，可謂兩者合作無間，也如實映射出醉酒的氣氛（「氛圍」），這篇的內容比其他各篇結實，呈現內容的方式有如現代詩的一種叫做「定向疊景」的寫法，兩條線索的動作朝著一定方向層疊遞進，副線部分更蘊藏台灣政治、社會、台灣人性格及族群問題的嚴肅主題，使這篇小說的崇高性和分量大大提昇，可惜作者把嚴肅主題放在酒醉者駛車的情節中進行，感覺起來使大主題的重要性減損了不少，不過卻意外產生一種反諷的味道，也許作者有意做雙重批判與類比雙主題，主線寫台灣交通亂象，副線喻台灣政治及社會亂象，如果是這樣的話，前者（主線的主題）雖寫得多卻因酒駕而不突顯，後者（副線）的主題雖比較明確，可惜著墨不夠，要是能加強後者，使嚴肅主題的部分成為小說的主線，這篇小說就更完美了，依成品現狀來看，單這個敘述比例的缺陷，使本篇頂多僅得甲級下等的評價。

另一本《人狗之間》是崔根源最新的短篇小說集，二〇一一年四月才出版，不過裡頭的六篇小說都在二〇〇六至二〇一〇間就發表，全部符合本文觀察的範圍。書中寫得較好的是編排在後面的三篇，而以〈沙馬仔空〉最好，其次是〈一字之差〉，〈烏甲會發光〉又次之。

〈一字之差〉自題目開始就製造了一個懸疑，引人想要知道為什麼叫一字之差？這一字之差差在哪裡？差一字有什麼影響、後果？然而讀者從一開始讀了三十五頁差不多一萬多字了，仍然不知答案，整段漫長的情節也沒有任何地方讓讀者覺得一字之差的重要性，可是我們會想要讀下去，理由倒不是為了解開一字之差之謎，而是情節本身另有懸宕性。小說主角是個穿著男性化的女生，也就是俗語說的女扮男裝，姓名就叫「陳向男」，是其父母望男心切所取的名字，因為個性較野，不喜讀書，某次駕車撞傷一個老人，富有的父親安排她到澳洲遊學，故事從女主角飛抵本里四班（Brisbane）機場開始，往後情節一路發展，雖然不是什麼曲折感人的情節，但也不會讓人覺得冷場，本文有較多的場景及動作描述，描述文字簡潔恰當而傳神，所以幾個場面就比《水藻仔的夢》各篇顯得栩栩如生。主要人物的性格也透過描述和動作有所呈現，並且前後一致有呼應。行文過程，作者透過人物的動作描述暗示答案所在，做為「一字之差」的伏筆，但伏筆不露痕跡，比如陳向男初見到負責協助她的人——「羅牧師」時，羅牧師的反應是：「羅牧師目睭少影過證件，看學校的成績單，頭殼少寡仔搖一、二下，反開護照，看一時仔，夯頭加向男相一下，佫看一下護照，佫相一下向男，無講啥，加證件佮護照橐（lok）入去大信封。」這裡有隱含問題所在，但讀者頂多以為是穿著與性別不合，作者也在多次地方強調這一點，所以讀者不會去深究這個動作的暗示，當故事發展到最後，因女主角拒絕輔導她的女老師「新智」（Cindy）的同志之愛後，不久，問題來了，新智將澳洲移民局通知她限時離境的公文轉達給她，並告訴她如果願意與她同性相戀，新智願替她設法解決問題，一字之差的答案就是澳洲政府認為女主角偽造文書，原是女兒身，護照上卻寫「M」，前述的伏筆及篇名的懸疑到此才解開，小說末尾，作者又藉一個負責為女主角教英文的留澳美籍大學生「章林」之口重述羅牧師的疑惑，便是伏筆的呼應。而移民局之所以知道，可能是新智出於私心告發的，於是女主角拒絕新智的條件，決定返鄉，要父親讓她改為女性名字，此時既然女兒身的身分曝光，乾脆還原女子本色，要送她往機場的章林一看是個大美女，嚇了一下，突然想到護照上的「一字之差」，提出「一個新煩惱」，即當女主角回到台灣機場出入境時，護照上的「M」與她的穿著又不符要怎麼辦，意思是要女主角再換回「男兒身」，但女主角卻說：「我卡逝來美國揣汝！」兩人大聲笑起來，故事有了詼諧結局，以喜劇收場。

上段中已簡述了本篇的一些優點，但也有幾個小缺點瑕不掩瑜，唯一較大的缺憾是護照上的男性注記是怎麼來的？難道這是一本假護照？這一點雖非本文重點，但很重要，作者有必要交待一下，因為身分證件上的性別注記不是讓官員看外表穿著或申請者的填寫就能登記的，不過申辦護照時，由於手民之誤或一時疏忽而發生登記錯誤是可能發生的，但正好發生在女生「陳向男」身上，提供她一個打扮男性化的掩護方便也未免太巧合些。筆者認為這篇小說的好可介於甲級下等到中等間。

〈沙馬仔空〉應是崔根源最好的短篇小說，故事中的男主角「㞗西」（Jose）是個芭仔媽（Panama）[4]國籍的台、西混血兒，父親台灣人，母親芭仔媽人，但都已亡故，故事由㞗西正搭飛機趕往台灣的空中開始，寫到他飛抵桃園機場為止將近五頁的文字是第一個節段，整篇的伏筆都在起頭這節埋下，包括引起他特地前來台灣的叔父的信，信中提到阿叔罹患癌症，將不久人世，很想再看他

收錄在《人狗之間》裡的〈沙馬仔空〉是崔根源最好的短篇小說，寫作靈感來自吳憶樺事件。

一眼，「嘛有重要的代誌欲加伊講」、父親留下來的「壽險美金一百萬」、常出現在主角腦海的怪夢景象「沖烏煙，罩烏霧，袂喘氣，一個婦仁人抱一個紅嬰仔，蹤過來蹤過去……紅葩葩，霧霧霧，看無婦仁人的面……」、已做為題目的「挖沙馬仔空」記憶、和「但是伊干單會凍記一個阿泰的人名」等五個，這五個伏筆同時也是小說的懸宕，當中以怪夢的景象最重要，「阿泰」是帶戽西捕捉沙馬仔的同儕，他的作用可以由戽西的父親（回想父親曾帶他捕捉沙馬仔的情景）替代而省去之外，其他四個伏筆都不可或缺，少一個，本文的情節結構與牽引力都會大大減弱而有缺損。從主角回到位於高雄海邊的父親家鄉，即阿叔的家後，到最後一段的情節輔排與描述都是在為解開這五個懸宕而設計，小說的前一大部分用於強化伏筆所造成的懸宕，後一小部分情節出現逆轉，戽西接到女友電話而必須提早回國才進入解迷，當戽西回到芭仔媽閱讀完外嬤的遺囑後，所有「懸宕」才集中的徹底解開，也可以說所有題旨到此集中引爆，形成小說的最高潮，讀者讀到這裡必然會有一股被「字浪」衝擊而產生「發現」謎底的快感。接著小說的最後幾段，都用於刻劃主角閱讀遺囑後的心理衝擊，未再編排情節，可說結束得很恰當。

在第一個章節中，作者也安排主角與空姐的對話，用以反映主角雖只是半個台灣人，而且在芭仔媽成長，但具有台灣人意識，所以他此行的另一目的是與台灣僑團一起參加台灣人總統的就職典禮，同時淡淡地反映台灣被外來殖民統治，以致失去主權意識和台語遭弱化的

---

4. 芭仔媽（Panama），國名，本文主角戽西（Jose），由其字母的西班牙語式發音可知應該就是指中譯的「巴拿馬」，位於中美洲。

悲哀，這是作者有意的批判，但非主題所在，作者有做到寫作小說的分寸，未多加著墨，既沒有破壞內容結構，反而增加作品的分量（重要性），至於主角會講台語這個疑點，往後情節的夾敘中知道主角小時候曾在台灣鄉下生活了六年，又必然與在美洲的台灣人密切往來，因此會講台語是可以成立的。

來自吳憶樺事件的靈感

對「吳憶樺事件」還有印象的人如果讀到〈沙馬仔空〉，一定會說這篇小說的靈感來自「吳憶樺事件」，也許有人還以為〈沙馬仔空〉就是在寫吳憶樺事件及其後續事情，這件事發生於二〇〇一年到二〇〇四年間，現實中的主角吳憶樺只是一個九歲的孩童，他的台灣叔父與巴西外祖母為了吳的監護權，雙方展開維時三年多的爭奪戰，此事原本只是親人間的民事糾紛，由於吳的台灣叔父夥同國民黨立委林益世的強力介入，演變成政治事件，甚至民族紛爭，被台、巴兩地的媒體大量關注報導，也引起兩國分別出現群情激憤的情形，這件事台灣這邊的吳家與林益世等人顯然比較理虧，林益世並藉此怒罵當時執政的民進黨政府，而被譏評是利用民粹以累積自己的政治利益，雙方互相訴之法律的結果，台灣法院最後依法將吳的監護權判給羅莎（吳的外嬤），吳憶樺離台時及抵達巴西後的情景，都勞動警方強制戒護才完成，這事連美國的ＣＮＮ都報導了。眼尖心細的讀者也許會發現吳的母親名瑪利莎（Marisa）、外婆名羅莎（Rosa），崔根源只將兩母女的名字調換，小說主角辱西的阿母叫「羅紗」（Rosa）、外嬤叫「媽莉仔」（Maria），以及將巴西改為巴拿馬，而小說中那個「屬於卡早政府的黨，您不管三七二十一道是欲鄙相現此時台灣人的黨」的「邱立委」應該就是在影射林益世，因為小說中藉由孱西堂兄水源仔對邱立委的評論——「邱委員佮鄭秘書利用電視佮報紙搬大戲……」這段話，就是當年有些媒體意見對林益世的評論，因此自然會以為〈沙馬仔空〉寫的就是吳憶樺事件，其實作者只是借用吳憶樺事件來做小說部分情節的骨架而已。如果也把吳憶樺事件視為小說的話，兩篇主題及內容大異其趣，〈沙馬仔空〉的血肉絕大部分是作者賦予的，兩者縱有雷同之處，〈沙馬仔空〉也賦予新的意義了。崔根源的故鄉是高雄縣茄萣鄉，吳憶樺在台灣的親人也住茄萣仔，小說家會將熟悉的事寫成小說自古皆然，但就這件事來說，如果崔根源只如實的將吳憶樺事件寫成小說，則這篇小說的主題分量依其取材的內容將可大可小，大者具有政治性及民族性，小者頂多只是在反映親情的可貴，但作者利用其事件背景及部分情節，再編入新的情節，並且賦予不同主題後，〈沙馬仔空〉的分量就很大，除了反映親情外，更重要的是在反映人性心理，貪婪、猜疑、愧疚、宗教信仰的排他性與狂熱性，都成為本文的焦點主題，反映政治理念只是夾帶的。

這篇小說之所以成為佳作，在於作者純粹以情節來輔陳前述五個伏筆，雖以旁述（他述）寫作，看似全知觀點敘述，實為限制觀點，作者沒有任意編造情節來臨時交待事物，解謎過程，所有敘述很少明說暗指式的文字，幾乎洗盡《水藻仔的夢》各篇的大缺點了。像崔根源這種敘述文字鮮少意象，屬於散文直線型的小說家，就是要這樣以情節反映主題取勝才能寫出好小說，筆者曾在稍前提到崔根源的小說可能宗法史坦貝克，〈沙馬仔空〉就真正掌握到史坦貝克以單薄文字含蘊深刻題旨的精粹了。

筆者還發現崔根源並非完全不能創造形象化的黏稠性文字，在這一篇裡，偶爾也會看到幾句，像「伊的頭殼的神經線好像加足無閒」、「阿叔的目神行到伊的心肝頭……行無入去到屘西的頭殼內」、「樹仔頂的紅花加伊佮行路的人接接羿（iat）手」之類帶有意象或隱喻的文字，說到隱喻，小說最後描寫主角內心衝擊的文字也很有技巧，刻劃出一幕腦裡空空而身外擠擠的對比衝突的場景，末了的一段話：「目睭看進前，影像霧霧；但是頭殼的大腦起死回生，相著趖輾攏的沙馬仔，煞起煩惱，煩惱沙馬仔揣無大海，揣無擴[5]闊的海底！」才揭開小說題目〈沙馬仔空〉的隱喻作用，「沙馬仔空」在這篇小說中大約已構成一種象徵，可能代表者隱藏、驚慌、逃避卻無處解脫的意象。

這篇小說還有其他寫作上的優點，像細部動作的簡潔描述都很貼切，也改善了之前作品的小缺點，但還是存在幾處難圓其說的地方，比如阿叔所稱屘西父親交待要等屘西成人才能說的「重要代誌」，竟然只是「恁爸仔講汝佇遐有惹過事，代誌真大條。我問恁爸幾偌遍，恁爸攏無欲講詳細」這樣不明不白，豈能構成重要，而且何需等十年後主角成人了才講？作者在這裡顯然是為最大的怪夢伏筆再加強懸疑感，也為後來將出現的遺囑鋪路，但這些話只要和之前說到的屘西父親欠了許多債務一起說就可以了。又如外嬤的遺囑得等外嬤死後三年才能公開（大概是為了等主角成年），那麼三年既然期滿了，慢個十天、一個月再看也無妨，何需臨時更動行程，急著千里迢遙跑回頭去看？作者應該變個說法交待有更重要的原因非這麼做不可才比較合理，但這也只是屬事務邏輯上的小缺點，比較怪的地方是遺囑中說的那件吳父曾欲言又止的「大條代誌」，是主角因「嫉妒親愛的阿母偏愛拄出世的小弟」，所以「蹉跎煙火，引發咬唇（gas，瓦斯）爆炸，炸掉恁的厝，嘛燒死拄好佇歇晝的阿母佮小弟。」一個才四歲的小孩會有如此嫉妒心理已不大可能，還會去引爆瓦斯更屬不可能，如果只單純說是因蹉跎煙火，不慎引爆瓦斯就很合理，這樣說，造成主角內疚的效果依舊強烈，不需硬編是出於嫉妒。〈沙馬仔空〉是一篇純屬寫實主義的作品，這種寫實作品的情節事件需要受到人事邏輯的嚴格制約。評述到此，筆者認為〈沙馬仔空〉至少具有甲級中等的水準，若僅單就情節佈局一項的話堪稱甲級上等。

〈烏甲會發光〉主要是寫一個不幸女子「阿枝仔」的悲慘遭遇，阿枝仔自幼即父不詳，只知道是越戰時來台度假的美國黑人，母親是自幼被賣，曾在風月場所當過酒家女。阿枝仔還有一個同母各父的小妹也是父不詳，聽說是美國白人大兵，因為皮膚白皙長相好，年紀稍大後，母親和母親的「牽猴仔」（同居的皮條客）將小妹帶到高雄，打算將來要介紹小妹當舞女。某日，阿枝仔為了救妹與那個牽猴仔起衝突而殺傷牽猴仔，阿枝仔因未成年，只被送去感化院，出獄後母妹皆已不知去向，阿枝仔後來到一家廢料回收場應徵工作，小說的起頭及現實情節就從這裡開始，阿枝仔個性正直不阿，做事頂真，偏偏遇到一個狹邪的同事「同仔」，同仔常暗損回收場的廢料，被阿枝仔發現，兩人便起衝突，事後同仔被辭退。某日地方廟會演戲時，回收場起火燃燒，人們都以為是小孩玩煙火造成的，阿枝仔接到電話趕去參加打火，同時發現兩隻負責顧守廢料場的軍用狼犬都死了，當她在搶救較貴重的廢料時，熊猛的火山崩倒將她燒傷，結果送醫不治，臨終之前說出她的推測：是「同……同仔……放……放……火……」燒的，因為當天黃昏，她在廟會場上見沖天炮的落向，加上風勢，耽心廢料場安危，曾回去勘查過，看到「有寡沖天炮落到老松的樹仔腳，嘛親像有一個人影閃過樹仔邊，伊精足看，人影隨無去。」

---

5. 壙，此字可能筆誤，應做「曠」字，若是作者故意用「壙」字，也許另有隱意。

這篇小說現實情節簡單，寫現實的部分沒大問題，但回敘女主角身世的部分就很不高明，幸好這部分完全不重要，刪除或縮短身世交待也不影響現實情節，但要是能將女主角的身世予以恰當的佈局和深刻的描寫，這篇小說會更感人更具震撼力。我覺得〈烏甲會發光〉的成就列於乙級上等絕沒問題，勉強一些也可歸列甲級下等的位置。

意識型態小說

《人狗之間》書中排在較前面的另外三篇，筆者就不打算多談了，因為這三篇的水平顯然不及前述的後三篇，硬要給予評等，她們頂多只能算乙級作品，〈食糜・ㄉㄡˋㄐㄧㄤ・Hamburger〉甚至可以擺到丙級之列，不過這是以成熟期標準來衡量的，要是和萌芽期、復育成長期的同級作品比較還是好些。

筆者仔細查對一下《人狗之間》各篇的完稿日期，發現本書各篇是按寫作時間反序編排，愈早寫的排在愈後面，可是前三篇較新的反而比後三篇較舊的差，最新的〈人狗之間〉（2010.7.21定稿）足足比最早寫的〈烏甲會發光〉（2005.7.21）晚了五年，水準卻是新不如舊，以前筆者初讀時，可能由於各篇發表的時間距離遠，沒覺得好壞的差距多，這回集中重讀而有此等發現，頗覺意外，納悶作者在寫出好作品之後為何無法維持水平，反而一下子退步不少，仔細探究，認為端倪在於主題的性質種類，凡屬理念、意識這種高層次主題的寫作，崔根源都沒寫好，〈人狗之間〉與〈大員人死好〉的主題是在諷諭台灣政治及台灣人異化的情形，前者以狗代人喻示台灣人遭受外來殖民政權的專制統治後的種種現象：失去主權、尊嚴與自我，變成自私人種，只會牛稠內觝牛母，連悲憫的神仙都感嘆無法伸援解救於一時，需要尋根，重新啟發民智才有救；後者以影射方式寫台灣人被長期洗腦後的奴化狀態，「大員人死好」是台灣俗話中的一句語重心長的痛心語，小說中海龍王長期見祂的子民「土色的大員人」只會當奴才，已不足為人，由失望而絕望，最後憤怒一擊，乾脆來個洪災先滅絕，再重建；〈食糜．ㄉㄡˋㄐㄧㄤ．Hamburger〉以三種食品代表三種飲食習慣，反映台灣人在飲食文化上的變遷，主題層次雖然較低，但仍屬文化理念的傳述。要用文學作品反映抽象的意識、理念本來就很難寫，她們雖然也可以歸為「政治文學」、「政治小說」，但比一般以事件為主的「政治文學」、「政治小說」更難寫，台灣文學中（含華語作品），這種寫意識主題的作品，台語詩最多，但絕大半都流於膚淺的說理敘述，文學性薄弱；小說作品中，將階級的、政治的、民族的意識型態當做主題寫作，而有深刻反映且具藝術性表現的作品也很少，呂赫若、陳映真、黃凡、宋澤萊、張大春及林央敏曾有這類作品，但也僅寥寥幾篇寫得較好[6]，葉石濤晚期的作品也有這類靠意識理念的引導所寫成的短篇，像〈紅鞋子〉、〈牆〉、〈鹿窟哀歌〉等「簡阿陶」系列和「潘銀花」系列，可惜都屬結構簡單、內容單薄，主題也表現得不深刻，這些都是以中文寫的。以台語寫的「意識型態小說」要屬崔根源最多，陳雷的〈李石頭e古怪病〉中寫古怪病的部分也是，兩人都沒掌握好，兩人寫這類作品的筆法及製作上的主要缺點差不多，要托意，卻近於說教；要寓言，卻含有人物寫實

6. 例如呂赫若的〈冬夜〉；陳映真的〈第一件差事〉；黃凡的〈賴索〉；宋澤萊的〈弱小民族〉；張大春的〈將軍碑〉、〈牆〉；林央敏的〈誰是秦尼斯〉、〈大統領千秋〉等短篇小說。

成份；要故事，卻有任意編造的情節。單以陳雷的〈李石頭e古怪病〉來比較崔根源的〈人狗之間〉，兩篇水準在伯仲之間，但〈李石頭e古怪病〉要比〈人狗之間〉更有娛樂效果，而〈人狗之間〉則比〈李石頭e古怪病〉更具寓言性質。

另外崔根源編造〈大員人死好〉中的洪水情節的靈感當然是來自諾亞方舟的神話情節，小說中也提到這則聖經故事，筆者認為作者編的洪水情節與重建頗有破綻，要是能取材自台灣神話一定更佳。阿里山鄒族神話中恰有一則大洪水故事，和〈大員人死好〉寫的一樣，大洪水淹到只剩玉山沒有滅頂，也是幾天水淹不退，也是逃到玉山才活下來，多數情節比這篇小說及聖經故事更人性化、也更合理，比如〈大員人死好〉是海龍王神給老人「李獨台」托夢，叫李獨台裝瘋搬到玉山去，如此只存活一個老人如何重建家園，而鄒族神話是人類自發性的避難，尚有部分男女活下來，所以台語小說應用這則出自台灣本地的神話當然更有本土性，不但更精彩，也更合乎台灣的神祇要重建台灣的主題，而且把台灣文學連結台灣神話，更有歷史感，主題諷諭性與震撼力絕對更強。

關於寓言或托意文學，通常是寓批判於諷刺，尤其政治性的托意文學，其寓意可以明顯，但文字不能直指寓意，角色如果是人以外的動物，就不能讓角色的行為舉止看來與人類無異，《1984》的作者喬治‧歐威爾（George Orwell, 1903-1950）的《動物農莊》（*Animal Farm*）是一本很好的政治寓言小說；台灣中文作家舒暢（舒揚）的短篇〈傳說〉，由人、獸擔任角色混同演出，但裡頭的「獸角色」就可以有人的思想、感情、反應和出現一部分人的舉止，因為那些「獸」其實是被改造成具有野獸外形的人，作者對角色言行的拿捏相當恰當，沒有破壞寓言的格調，這些寫得好的寓言小說值得我們觀摩學習。如果想以輕鬆詼諧的筆調寫寓言小說的話，法國中世紀的動物史詩《列那狐》（*Renart the Fox*）可為借鏡，寓言作家拉封丹（Jean de La Fontaine, 1621-1695）就有不少作品的靈感來自這部敘事詩，古希臘的伊索和古羅馬的費德魯斯兩人的寓言都屬短話型小品，大概不足以做為寫作較長的托意文學的參考，倒是胡長松有一篇〈貓語、烏布合貓e民族〉不錯，主題與〈人狗之間〉和〈李石頭e古怪病〉類似，但寫法迥異，也比較像寓言，是一種新型態的寓言小說，有別於傳統的寓言故事。

無效的動作應刪去

純以意識當主題的小說難寫，因為理念是抽象的，必需編造情節來表現它，情節如果太過曲折，只憑空想像而欠缺社會實證經驗，會讓人感覺空泛不實，難以打動讀者，引發深思。崔根源的小說中，前述三個短篇如此，另有兩個中、長篇也是如此，中篇〈倒頭烏佮紅鱠鰱〉要表現的台灣人民族意識這個大主題是短篇〈水薸仔的夢〉的主題延伸，而長篇《無根樹》則是〈倒頭烏佮紅鱠鰱〉的補充擴大，綜合這三篇的根本主題，寫的是尋根、悟根，及失根、斷根、釘根三者相糾結的故事，〈倒頭烏佮紅鱠鰱〉的主題失了焦，裡面的角色在《無根樹》中繼續「演出」，繼續發展內容，有不少情節算是重複，至少是同質性的情節重複，篇幅擴大一倍多，卻沒有增加小說的深度，反而前面提到的一些缺點都集中到《無根樹》來，有的情節或動作是亞里士多德所謂的無效的動作，可以刪去，有的情節只透過對話來說明、來推展，顯得空洞。關於文學敘事，像文評家那樣的讀者大概都知道，情節的表現和推展，以場面呈現要比概括敘述更寫實更能創造栩栩如生的效果，「因此所有優秀作者都盡量將戲劇性的東西——即我們稱為場面而非概述的東西——投入他們的敘事之中」，而小說的場面幾乎缺不了對話或類似對話的獨白，但不是有對話就叫場面，作者利用角色的對話來概述事件仍然只是概述，這種敘說方式如果用得多，小說甚至比傳統說故事更呆板，崔根源的多篇小說常有這個毛病，〈倒頭烏佮紅鹼鰱〉、《無根樹》這兩個中、長篇都有，就連那篇寫得不錯的〈烏甲會發光〉也有，比如那段阿珠仔引述校長說明女主角阿枝仔身世的話就是一種情節概述，幸好這段概述無關主題，才沒有讓〈烏甲會發光〉的主題及情節遭到減損。此外，〈倒〉、〈無〉兩篇的作者旁述與「不是用來說明情節進展的角色對話」也大多停留在語義的表層，又用對話直接說明「根」的主題，感染力就顯得薄弱空洞，加上文字白淡無味，作品也就談不上美感與深度了。筆者對這兩篇的評價「倒、無」像某幾篇那樣需要再三斟酌，一讀完便認為丙級是恰如其份。

也許崔根源不適合寫這類具有很高層次的主題的創作，但話說回來，台灣作家中能夠像他已經洞見到台灣人及台灣文化的極深層問題，且有意將它化成小說的人少之又少，他肯寫，至少能讓台灣文學增加深度化的主題。《無根樹》中含有史詩般的題材——比如二二八牽手護台灣這節，可惜崔根源的情節安排和題材比例沒剪好，加上他那近於超寫實主義——比寫實主義和自然主義都更「無情的科學化文句」——的敘述文字也無法產生羅馬古典主義批評家郎介納斯（Longinus）所謂的「雄偉文體」（On the Sublime），要是題材的分量能調整，擴大生根及釘根主題的分量，至少可以提昇這部長篇在主題方面的雄偉感。筆者第一次讀完這部長篇時，就在書後寫下這麼一段建議性的話：「此書改名為『釘根樹』更佳，符合本書釘根之主軸及正面意義，又與二條無根之副軸交結對比，可以互相映襯，不過內容題材要重寫。」

我發現崔根源在這麼短的時間內就寫了這麼多小說，感覺起來他的寫作好像在趕稿，急著把心中編好的故事快速寫下來就當做完成了，寫作過程忽略血肉、思想的賦予和詞藻的修飾，以致作品光有情節，讀者的閱讀過程也就快速進行，不會覺得字裡行間有何深度或廣度的內涵。這段揣測性的文字，筆者在評述陳雷的小說時，也說過類似的話，改善之道應該慢工細活，或者把這種快筆寫下的文字當做草稿就好，再假以時日慢慢修補內容，有朝一日一定能把這類主題寫成好小說。我想，像崔根源這樣一個堅持儘量以全漢字寫作的台語作者，對文字的書寫應該不會偷懶，而且會很用心才對，把這種精神也用在情節及角色的描述，進步是可以預期的。

果不期然，看了他的另一部長篇《回顧展》後，崔根源的描寫能力確實大有進步，《回顧展》大約八萬多字，比《無根樹》少將近三分之一的篇幅，但讀起來飽滿得多，雖然主題沒《無根樹》那麼崇高重大，但作品的好壞，形式（含內容的形式）比主題更居關鍵位置，因為形式是判斷作品好壞的主要依據。崔根源書裡的每篇作品最後都有標示寫作日期，我看了一下，發現《回顧展》的初稿到定稿為止，中間足足經過兩年，之前幾時開始寫作本篇則不知，而更早之前的兩年間，崔根源寫了包括《無根樹》、《倒頭烏佮紅鰗鰱》以及《人狗之間》裡的五個短篇，合計字數是《回顧展》的三倍，由此可證，崔根源以前的多數作品沒

7. 引文見華萊士·馬丁（Wallace Martin）著《當代敘事學》（*Recent Theories of Narrative*），伍曉明譯，北京大學出版社，一九九一，第一五九頁。

寫好，應該不是他的寫作神經羅患阿斗症（平庸），而是急就章的結果。

首部長篇小說的佳作

凡是讀過《水薸仔的夢》中的那篇〈娶婧某〉的人，再讀到《回顧展》，將會發現崔根源又把短篇舊作擴大成另一個長篇了。本來許多小說家都會利用舊題材，某個情節片段或某段文字會重複出現在自己的不同小說中，像中國當代小說家賈平凹最重要的長篇小說《秦腔》，至少有一個情節小段和一段描述花木的文字在他的不同舊作中就應用過兩、三次，也曾把短篇中的內容拿到長篇中來寫，但這些只能算是題材的應用，而不是重新改寫。小說家也可能會在舊作新版時稍為修改內容，但仍屬同一篇，即使改了篇名也還是同一篇。很少有人將已發表，甚至已收到書裡的舊作改寫或擴充後，舊作裡的人物和情節都包含在新作中，而讓新舊兩篇同時存在的，台語小說家中，崔根源和陳雷都有這樣的先例，不過崔根源的改寫是值得的，因為《回顧展》比〈娶婧某〉好上許多，除了把〈娶婧某〉中的情節概述放在《回顧展》中演述外，大部分內容都是新的，我們可以說〈娶婧某〉只簡述了男女主角的片段故事，《回顧展》才完整且生動的呈現男女主角的整段人生。

崔根源把短篇舊作〈娶婧某〉中的情節概述放在《回顧展》中演述，成為另一個長篇。大部份內容都是新的，我們可以說〈娶婧某〉只簡述了男女主角的片段故事，《回顧展》才完整且生動的呈現男女主角的整段人生，這個改寫是值得的。

《回顧展》的內容可細分成三條線在交錯進行，一條是男主角「天順仔」自己的病後生活和往日戀情；一條是女主角「明霞」的外遇情慾；一條是天順仔與男配角「雄水仔」的事業和友誼。後兩條其實都和男主角有直接或間接的關係，由於都與男主角為主軸的線索牽扯在一起，而且交融著，因此也可視為一條線，全篇構成一個有機結構體，少了任何一條都將出現無法自圓其說的大缺陷。

整篇故事大約可以這樣概述：天順仔與明霞是一對老少配的夫妻，兩人相差十六歲，有很長一段時間住在美國，原本感情很好，家庭也美滿，孩子成人後搬回台灣家鄉，準備安享晚年，可是天順仔十年來為腰子病所苦，需要洗腎才能活，有空便與舊日好友同伴相往來，好友中雄水仔是他的換帖兄弟，年輕時，雄水仔家境好，一直幫助天順仔讀書，長大後，天順仔也幫助雄水仔的事業發展。天順仔在台時，兩人一直是事業上的夥伴，都是公司大股東，後來天順仔移民美國，公司完全由雄水仔負責經營，除了以上的公、私情誼如兄如弟外，兩人間還隱藏一個共有的秘密就是雄水仔的獨子「文新」。文新實際上是雄水仔與妻子「玉美」（兩夫妻不孕）早年從孤兒院領養回來的嬰兒，而他們之所以會領養文新，除了自身想要有個孩子之外，也是幫助天順仔，因為文新其實是天順仔年輕時與情人「英蘭」的意外結晶，天順仔告知雄水仔，文新才成為雄水仔的獨子，文新的血緣，兩家的親朋中只有天順仔及雄水仔知情。另一方面，長得美的明霞青春尚健，情慾還旺，一次與友人聚會時認識在號子當理財經理的小白臉「忠明」，同時感受了全民瘋股市的情形而開始投資股票買賣，天順仔也給明霞千萬去做股票，一來也是幫助明霞排遣無聊。於是明霞與忠明因股票的牽引而日久生情，起先也賺了不少，但在證所稅造成股市崩盤那次，不但虧空所有，還背了一屁股債。天順仔也一時無力解決，於是明霞與忠明為了躲避銀行、證券公司、丙種金主的三方追討，兩兩私奔去藏匿。天順仔為了解決明霞的債務，只好向雄水仔求助，其中曲折事理，雄水仔不肯全力幫忙，造成兩人關係交惡，天順仔此時身心交瘁而提早一命嗚呼，有高血壓的雄水仔也因氣惱攻心，中風腦充血，但他寧死也不願失去大半財產而相繼斷氣。兩家正在美國求學的子女——天順仔的女兒秀茹及雄水仔的兒子文新都從美國回來治喪，兩人因父執輩的關係，在美國即私交甚篤，幾乎都互相心領對方是愛人了，雙方父親都沒反對兩人往來，只告誡兩人要保持距離，最重一次是雄水仔死前交待妻子「絕對袂使予文新佮天順仔怹查某子講嫁娶之」，玉美還以為這只是雄水仔「是你佮天順仔結冤仇」所說的話，不以為怪，雄水仔也只能強調禁止的原因是「我佮天順仔有不共戴天的冤仇，咱咔會使予後代結姻緣之」，天順仔與雄水仔都不說明真相，這是因為兩人到死都嚴守他們的秘密約定。作者故意留下這個看似與全書主題、情節都無關的尾結不解，徒讓讀者掩卷之餘還有未了的耽憂。

如果作者有意繼續發展《回顧展》的情節，針對那個尾結的處理當然可以有「梟幸」或「佳哉」的安排，不過，筆者認為《回顧展》這部悲劇已經完成了，關於第一主角天順仔的種種已經完整交待了，再寫就變成「蛔蟲發手」的畫蛇添足之舉。其實那個未了的「尾結」，關鍵就在文新的身世，他是雄水仔的兒子，親生父親是天順仔，雄水仔為固守財富選擇死亡（放棄醫療，假裝有吃藥），可是實際上財富仍會由天順仔的親兒子繼承，在小說中，作者有意反映這是命中注定，因為《回顧展》明顯反映一種三世因果的宿命觀，這個人生觀，或者說宗教觀應是作者基於台灣人的傳統信仰大都相信命運天定說，所以才這樣安排，也必須這樣安排才能和《回顧展》的宿命觀相呼應，作者在小說中用不少篇幅來寫童乩神仔具有通靈能力，最後讓天順仔知道自己與明霞的今生之果原來源自前世之因，就是在反映這個宿命觀，也由於人的宿命使然，《回顧展》才算是一部悲劇。這是希臘古典悲劇及莎士比亞「告訴」我們的，《奧狄帕斯王》（*Oedipus the King*）、《特洛伊婦女》（*Troian Women*）、《哈姆雷特》（*Hamlet*）、《羅密歐與朱莉葉》（*Romeo and Juliet*）中，強大的悲劇感就是來自命運對人類高尚靈魂的無情催殘。

《回顧展》除了大大改善了之前作品的缺點之外，還有幾個優點是之前作品較不明顯的：

1. 主要角色的個性、行事風格、人生觀區別分明，其間差別特別反映在角色的話語和動作上，不是單靠作者說明。雄水仔屬自私好利型，嗜錢如命，對弱勢者缺乏憐憫心，很世俗，對社會沒有責任感和崇高的理想；天順仔則是對比，兩人尤其在他們分道揚鑣，各奔前程之後差別更大；雄水仔之妻玉美是個虔誠的基督徒，善良而有度量；天順仔之妻明霞也是善良單純，但行事較糊塗，慾壑難填；其他幾個戲份較重的次要角色，作者也有所著墨。

2. 對話鮮活，動作及心理的描寫比之前作品細膩得多，比如天順仔看畫展的回想與知道明霞虧空及紅杏出牆時的心情、明霞偷情過程的各種心理轉折……，許多地方都有鮮明的刻劃。

3. 哲學思想的小說化。之前，崔根源的作品要碰觸理念性的東西，大約只能利用對話和作者敘述來陳述，本書已經將它故事化，用情節加以反映，這是崔根源的小說往文學深度邁進的一大步。

4. 結構完整。稍前筆者說她構成有機結構體，便表示她的結構很好，引子、伏筆、順逆與發現都有照顧到，情節與主題都做到前後呼應，比如主角吳天順觀看表兄（文哥）的畫展時，畫作上的粗線、圓點所引起的感覺，使他想起自己人生，感覺自己「過往的生命嘛親像是海水的幻夢，回顧，清一色，霧霧霧，只偆幾條粗線幾點圓點，搭袂著頭前的舢舨，嘛泅袂倒轉去岸頂，隨時會消失去！」於是記憶深刻，臨終時，這種意象、感覺再度浮現心頭才斷氣，使畫家的「回顧展」與人生的「回顧展」呼應溶合，變成小說《回顧展》。

5. 敘述技巧提昇與靈活應用。本書的敘述技巧（當然包括文句修辭）比之前他的所有小說用到的總合還多，而且算是用得自然靈活，其中最大的改善是描述，寫景、記事、描心理、繪動作……等等都不錯，例子很多，筆者就不需要費篇幅舉例說明了。記得之前筆者在讀崔根源的作品時，總是覺得他的文字單薄，如把章節段落拆開，光看文句，會覺得崔根源的台語小說和多數台語小說一樣，都是「台語不少，文學不多」，但《回顧展》的文字就大大不同了，筆者在閱讀這篇小說時是邊讀邊做眉批，其中在一處明霞照鏡的文段上方寫了一句「如此描寫才是小說的血肉」，這句眉批其實可以用在本書的好幾個地方，讀到中間時，又加了一句眉批寫道「二〇一一此書大大超越之前各篇，特別是描述技巧」。

以上是筆者對《回顧展》的看法，當然她也有缺點或者尚有進步的空間，比如一開頭，主角夫婦返台後的首次朋友聚會，可說與未來情節的發展及主題的關連很小，不需要用掉那麼多筆墨；又如明霞與忠明相親相愛後，不應再寫明霞對天順仔的性愛依舊很熱情，除非明霞本就水性楊花或出於愧疚而假裝熱情；再如回敘天順仔青年時與英蘭的那段情愛可以補強，並且應該把這件往事寫成主角生命中的一則重要記憶，特別是明霞出軌後，及天順仔與雄水仔交惡之後，最好也設法讓這段愛情包括在因果宿命中……。最後筆者也需為《回顧展》的成就擺個位置，我想台語長篇小說已經少得可憐，篇數十指可算[8]，審美標準倒不需分期有別，可以寬嚴如一，也不必像短篇小品的條件那麼嚴，把《回顧展》放在甲級下等似乎不準確又不公平，放在甲級中等[9]應該比較接近。不過，雖然她是好作品，但離偉大作品還很遠，那麼，什麼樣的作品可以稱得上偉大作品，除了先決條件是好作品之外，依個人的閱讀經驗，覺得還需篇幅夠多、主題夠重，具哲學思想，也許還得加上「精緻文體」，它是綜合體現「美麗文體」與「細膩文體」的一種文體，這種文體是包括內容與文字形式的美麗集合所表現出來的樣子，如果又能表現「雄偉文體」的磅礡內涵或氣勢，絕對是偉大的作品。關於偉大作品，本書將在第七章談到作品的分量時再作補充，在此尚不需贅述。

前述提到崔根源短篇集《人狗之間》中的〈人狗之間〉（2010.7.21定稿）[10]足足比最早

---

8. 台語長篇小說到二〇一〇年為止，已出版的著作僅九—十篇，她們是鄭溪泮(1)、黃元興(4)、崔根源(2)、陳雷(1-2)、胡長松(1)，到二〇一一年才又增加一篇，即林央敏的《菩提相思經》。

9. 《回顧展》在雜誌發表時，筆者雖覺得比《倒頭烏佮紅鰱鰱》進步不少，但要穩坐甲級下等還很勉強，隔年印成書後，發現成書（目前看到的）又有大進步，把原有的許多缺點都改了，現在的書籍版已接近筆者認為的甲級中等水準。

10. 本段落中每個括號裡的年月數字是該作品的寫作完稿日期。

寫的〈烏甲會發光〉（2005.7.21）晚了五年，水準卻是新不如舊，彷彿寫作的筆力開始走下坡，筆者再將崔根源全部作品按寫作時間排一下，發現一個有趣的現象，就是他的寫作有如爬山，作品水平分兩波循環，由《水蕹仔的夢》中各篇（1998-2002）的小浪起伏經過《倒頭烏佮紅鹹鰱》中的三個中篇（2004-2005.3），爬到《人狗之間》中的後三篇時（2005.9）是一波高峰，接著由《人狗之間》中的〈大員人死好〉（2005.12）迅速下滑到《無根樹》（2006）是第一個谷底，然後又開始爬坡，經過《人狗之間》中的〈食麋・ㄉㄡˋㄐㄧㄤ・Hamburger〉（2007.2）後，顯然爬得很吃力才到《回顧展》（2007.8-2009.8），《回顧展》算是登上另一粒山頭，長篇之後的短篇〈人狗之間〉（2010.7）似乎又走下坡了。如此起伏不定，我們已推知這和他的寫作態度是「急郎中」或「慢細工」有明顯關係。期待他未來的作品，都有穩定表現，而且穩在甲級範圍裡。

第三節　縱看胡長松山脈

接著，我們來看台語小說的另一座山脈，山名叫做「胡長松」。

胡長松（一九七三－，高雄市人）在台語文學的資歷與崔根源一樣年輕，都是二○○○年才開始台語創作，但寫小說的年齡則比崔根源老幾歲，他一九九五年就用中文寫小說，次年起陸續發表作品，二○○○年之前就已出版兩部長篇小說集，另有一部未出版的長篇〈烏鬼港〉，後來重新大規模改寫為台語再發表並出版，易名《大港嘴》（2010），在《大港嘴》之前已有兩本台華對照的短篇小說集《燈塔下》（2005）和《槍聲》同時出版，此外還有幾篇未結集的小說和出版一本小品詩集。這種創作量，在台灣文壇雖不是絕無僅有，但若加上品質之精勻則是絕少僅稀，由此可見出胡長松的文學才情很高，所以很快就成為戰後台語文學界的第三代[11]重鎮，甚至單就小說這部分，並看質、量，說他是自古（1870）至今（2010）台語短篇小說的第一寫手應不為過，他的多篇作品在台語小說史裡都具有里程碑的意義和價值，比如《槍聲》小說集可以做為書寫二二八主題的里程碑、單篇〈金色島嶼之歌〉可以做為書寫平埔族主體性題材的里程碑……。以下我們就直接來看他的小說作品。

筆者在前文中曾提到把「二〇〇〇年之後」視為台語小說成熟期的理由之一是此期的好作品很多，「佳作不但密集分布在多位作者間，個別作者所生產的佳作也是密度極高」，作家當中又特別指出「胡長松，佳作之多不遜往年任何時期的總和」，比如《燈塔下》收錄九篇，起碼有五篇是佳作；《槍聲》包含八篇，每篇都可視為佳作，佳作數量比二〇〇〇年之前還多。這些作品如果要一一評論，恐怕要費很長的篇幅，因此只能揀其中比較特別的幾篇和最好的幾篇來談，沒評論的大約是寫得較差或者是題材與寫法比較平凡的小說，像〈一條手巾仔e故事〉寫小女孩的期待心理與失望，動作、情節白描居多，比較沒什麼；像〈矮仔

11. 過去為戰後的台語文學運動分期，通常以一九九〇年或一九九五年當分水嶺，之前是台語文學剛形成運動的散兵攻擊時期，此時開始寫作的作者屬第一代；之後是作品多元化的集體奮戰時期，此時出現的作者屬新生代，新生代作者的年齡未必小於第一代，二〇〇〇年後，新生代改稱第二代；二〇〇〇年之後才參與台語寫作的，很多就真的是年齡小了一輪（一紀年）的青年，他（她）們被歸為第三代。不過到了現在（2011），若以歷史的長時間距離及台語文學的成績、發展背景來看，以二〇〇〇年當分野比較恰當，如是，胡長松就屬台語文學的第二代作家了。

吳文政〉寫矮子的悲哀處境，只因一失足就遭受家庭、學校、部隊、社會所排斥和欺負，寫法平實，較近於說故事；…，說她們較差或比較平凡，只是相對於胡長松自己的作品，她們最差的也都還有乙級水準。

〈燈塔下〉這篇是由一九九六年就發表的中文小說改為台語的，改為台語後，文字依然顯得精緻，關於這篇小說，筆者只想提出二點：

第一點是她的文字簡潔有力又精確，對表層的、現實的、眼睛可見的光景及心理的、歷史的、抽象性的背景都有深刻的描寫。這篇的主題及情節雖然簡單、平常，但透過深刻描寫，使作品顯得有分量。這是胡長松的小說文字的主要風格之一，往後的以台語直接創作的作品也可以看到許多細緻描寫的文段，具備這種描述能力才能把小說寫得有血有肉，也較容易使小說成為好作品，否則，好作品只能偶爾得之。胡長松的好作品之所以密集，這是因素之一。

第二點是語言問題。很多人初寫台語文章，會先用華語寫好，再譯成台語，要練習台文的書寫能力當然可以這樣做，但是如果一直這樣，連創作都如此，反而會限制台文能力及台語詞彙的應用，因為台語和華語同屬漢語，由中文譯成台文的過程，我們的語言思考無形中會受到中文的限制或影響，而不易讓台語趨向純化，於是

胡長松的小說集《燈塔下》收錄的作品，都屬社會寫實的小說，題材多樣，敘事法也多樣，其中〈死e聲嗽〉是一篇看似小題的大作。

原本自己會用的台語詞彙、台語語法一時轉不回來，就會留下中文化的痕跡，痕跡愈明愈多就愈不像台語，這種現象與有意引入華語詞來豐富台語不同，它是被華語綁住，而不得不中文化。胡長松的漢語（華、台語）能力應該是很好的，但中譯台還是留下些許中文痕跡，就以本文的第一頁為例：「吞吐e是台灣海峽e空闊」、「漁船仔隨著波浪起落浮沉，搖搖晃晃有歌e旋律」、「值島南光燦e日光之下，十足e明耀美麗」、「閃熠有堅定e生命活力」……等都是。但是往後再看其他以台語思考直接創作的小說，這種中文化現象就很少，乃至相當純化了，如果還有中文詞彙，那是已經轉化為台語詞彙的台華語通用的詞彙。這一點屬於語彙、語法的問題，雖然與作品的好壞關係微少，但如果問題嚴重的話，恐怕連是否可以稱為台語作品都有疑義時，怎能叫做好的台語作品。筆者在這裡特別指出這一現象，用意在於說明台語文學創作，最好直接以台語思考寫作，一旦有需要將自己的或別人的中文作品翻成台文時，也比較能駕輕就熟，譯得好。這個問題，以及漢字的台語味既不遜於羅馬字，反而更有文學味的問題，本書將在第七章再談。

〈偷〉這篇小小說讀來頗有詼諧感，作者應用諷諭詩常有的機智（wit）寫作為情節製造驚奇、轉折，好像故意作弄小說中的兩個偷車賊，讓他們在偷了一台舊車後，直奔「宰肉場」（拆解場）途中，卻最後落空的過程裡，受盡喜樂、驚嚇、猜疑、幻想、耽心、憤怒、失望等各種異常心理糾結在一起的折磨，作者同時也以動態的方式描寫外在環境來襯托這些心理的進行，外在環境，尤其太陽也變成在揶揄他們，終於兩人棄贓而去，由偷變逃，「般e影，縮做腳底e兩個跳動e烏點，最後，值路尾蒸起來e熱氣之中，融化。」這句以超現實主義的技法寫成的現代詩結尾，不易理解，但可以感受出這兩個「消風去」的偷兒在正午的日頭下充滿慌張，變成落荒而逃的「術仔」。這篇故事的情節及人物都簡單，主題似乎很小，其實也反映一個存在已久的社會問題，即中古車零件市場中的一種共犯結構。這篇小小說的水平應是介於甲級下等到中等之間。

解構手法

以前台灣有一個電視歌唱比賽的節目叫「五燈獎」，每當「賽歌手」唱完後，都會由一具用來顯示評審結果的大型燈座「發表」該賽歌手的得分燈數，亮五個燈是滿燈，表示歌唱水平在最高級，亮燈時，主持人和現場觀眾都會齊聲吆喊「一個燈、兩個燈、三個燈……」。筆者寫這系列評論，每當要為作品評定級等時，除非那篇明顯很差，否則常有拿捏不定的猶疑，但是當筆者讀到胡長松的兩個短篇後，心中都立刻有了定見，彷彿喚起五燈獎的記憶，心裡直喊「五個燈」，其中一篇就是收錄在《燈塔下》裡的〈死e聲嗽〉。

〈死e聲嗽〉比〈偷〉還短，約三千五百字不到，以前沒注意她的寫作日期，現在看一下，隨即驚一下，從初稿（2000.10）到定稿（2004.10）竟然足足隔了四年之久，胡長松當然不是為他的這篇「孩子」一天只餵三個字，也不知是擺了四年才想到要照顧，還是細心呵護四年才滿意，總之這篇小小說是被精心慎重所設計出來的。第一行，也是第一段：「空氣內面有一陣歹鼻e煙硝味。」是整個故事「從中間開始」的全部文字，只用一句敘述味覺的話間接暗示一個造成情節逆轉的動作。接著第二段只有兩行，改用視覺描述光景的文字，是故事的終點。第三段起到結尾的倒數第四行才是故事情節的始末。

這是一篇以黑白兩道合流參與商會選舉為背景的小說，反映白道背後的黑金運作，主題焦點設在暴力解決的片段。小說中的兩個角色從小就是一起長大的同伴好友，兩人都行走黑道，成為富商門下的特種員工及抬轎者，後來其中之一，即小說敘述者「我」可能已自立門戶，也想參選理事長；另一角色「伊」代表背後的主人劉董來和「我」談判。作者在這場談判——其實是雙方互相威脅勸退——的過程中，插敘兩人小時候與另一玩伴偷抓魚被一個看顧魚池的老翁發現，而害死老翁的回憶情節來襯托兩人都是狠角色，這些現實情節與回憶情節都經過大解構，幾乎不露痕跡的讓它們以交叉溶合的方式重新結構在一起進行，讀者如果稍一「失察覺」就會覺得情節混亂或不知所云，幸好文章短，也沒有解構得太零碎，讀者細心一點還能知道小說（敘事者）的意識流動的軌跡，讀完之後，我們才恍然大悟，原來故事是由這位隱藏作者「我」中槍後開始倒敘，講的是兩個角色見面後的短暫互動及「我」在彌留狀態時的腦識雜想及所見所聞。小說第一句的煙硝味，代表對手裝著消音管開槍，第二段見血，血汁噴到玻璃上，然後「烏暗將伊（按：血跡）擦掉」是敘事者死了。小說最後再以更動態的文句描述「我」死亡的感覺，重現「煙硝味」是在呼應開頭，也是隱喻黑道暴力的恐怖。「伊」顯然比「我」還要狠，兩人小時候曾同夥偷魚的那位阿狗的幕後老闆林董也曾因為要競選而慘遭不測，可能就是「伊」幹的，而「我」畢竟想「染白」，對好友也難以下手。這篇小說用解構手法，讓碎裂的情節交錯出現應該是很恰當的，因為一個人臨死前的意識可能也處於混亂狀態，無法集中把一件事完整想過，但到底是不是這樣，沒有科學實證，也許有人只會執著於一個意念。

　　這篇小說看似「小題大作」——小主題的大作，其實主題也不算小，反映黑金治國所衍生的一個嚴重的社會問題，即民間私權力的黑暗面，這個黑暗面其實就是過去黑金政權在地方公權力運作的片段縮影，只是作者沒讓兩者相連結而已，裡頭的「理事長」改為公職的什麼長也曾有若合符節的故事。

筆者雖直接給她五個燈——甲級上等的評價，但仍然不到滿級分。從前那個「五燈獎」節目，當挑戰者與衛冕者同燈時，還要看誰分數高，表示同級同等之中還有一些差距存在，〈死e聲嗽〉本身有一個可算重大，也可屬微小的缺陷，即煙硝味出現的時機，如果兩人一見面時，「我」就中彈了，將不可能再有後面的談話情節，「我」是否還能回想那麼多事才死也令人懷疑，所以煙硝味出現的時機應是在過程中間產生的，最恰當的時機大概在「我」不退讓且拔槍做勢威脅之後，小說後半部有一段話，也是只有一句「我一時捎無伊e靠身」時，接著「伊」邊講邊開槍，於是「伊」變得從容，「我」的動作與口氣也開始變弱。所以如果把小說即將末了的這句「我才想起著伊**入門晉前**彼陣煙硝味」，改為「我才想起著伊靠身的時彼陣煙硝味」，就輕易解決了這個有害情節的矛盾。其餘的，如果還硬要挑剔的話，題目本身似乎有一點點不是毛病的病狀，筆者總覺得「聲嗽」一詞不夠準確，要是改名「死e聲感」不知道會不會準一點？把小說內容含蓋多些？不過，這個問題完全不影響這篇小說的好，我們就不必理會了。

〈茄仔色e金龜〉也是一篇有甲級上等水準的小短篇，比〈死e聲嗽〉還短些，描寫兩個小孩一起抓金龜子，這件事由現實場景的唯一角色「我」敘述出來。

某日黃昏，「我」在路上看到菩提樹及樹葉上的金龜子，而想起這件童年往事。敘述者「我」是地主之子，「我」的同伴「兩齒章仔」是「我」家的佃農之子，兩人從小就在一起，兩齒章仔好像「我」的隨從或童僕，幾乎一切都要聽「我」的主意，凡是他們共有或私如有許多角色，可以全部角色或多個角色都具有寓意，也可以只把寓意寄託在一個角色身上。一般說來，傳統的寓言故事，大多會選擇人以外的動物來當角色，把人的思想、性格、心理、觀念……寄託在動物身上，由牠們來間接演述題旨，雖然角色的生理行為仍然是動物的，但心理活動則是人類的，如果被用來寓意的物，連外在的行為舉止都像人，這篇作品就不是成功的寓言故事。

〈貓語、烏布佮貓e民族〉是一篇新型態的寓言小說，她與一般的寓言故事有很大的不同，因為她的角色有人有貓，而且人類還佔大多數，看來這篇小說只能算是托意文學，不像寓言故事。但仔細分析，我們會發現〈貓語、烏布佮貓e民族〉的角色雖然大多數是人類，但他們只是不特定的人物、人群，作用彷彿戲劇裡的路人甲乙丙而已。具有意志，可以發言、可以動作的角色只有兩個，一個是主角貓，另一個是始終不曾現身、不曾發言，卻在背後操控貓以遂行意志、行動的貓主人，所以整篇作品可以算是角色的只有一個，也只有這隻貓被用來寄物託意，其他不特定的「人類角色」沒有別的寓意，仍然只扮演身為人類的角色。像這種只寄寓於一角的作品，向來較少，所以稱她是新型態，其實古亦有之，韓非子的《外儲篇》中有一則小故事，寫有個宋國人酒釀得很好，做生意也很老實公平，便懸掛酒旗賣起酒來，但總是沒人買，酒都放到酸掉了，他覺得奇怪，便去請教老者，老者告訴他，原因在於你的酒店養著一條惡犬，才造成客人沒敢來，來了也被嚇走。這個故事中只有狗是寓意之所託，被用來暗指朝廷惡臣，其他角色都是人類。韓非子在這則故事下面另外用齊桓公問管仲關於「社鼠」的典故來說明猛犬的寓意，在這裡，「社鼠」就只是比喻而已，不算寓言。屈原《離騷》中的兩隻鳥，鳩（斑甲）只做象徵用，代表愛情；鴆（蛇鷹）則有寓言味，暗指惡物。喬伊斯的《尤里西斯》（*Ulysses*），用各種古文體及模仿許多古代散文家的文字風格所寫成的第十四章裡，當人們正高談闊論美妙的性事，有個人提到他的情婦寧可在大洪水中跳舞，也不願在方舟上挨餓時，有隻翩翩起舞的蝴蝶出現，筆者以為這隻蝴蝶也有寓意，只是作者以倒反語影射牠是偷聽者，故意造成寓意不明。

胡長松這篇〈貓語、烏布佮貓e民族〉的寓意很深也很豐富，人類猶如其他動物，弱肉強食；一旦群眾（國民）被假相蒙蔽且信以為真後，反而不願知道真相，因為假相讓人活得好好的，也和個人沒有直接關係，因此排斥真相，統治者也樂於見到這樣的社會；與幕後的神秘統治者同路的媒體就算知道真相，也會幫忙掩飾；人們在被有計劃地改變思想觀念、語言習慣等等，也就是改變民族意識，不但不反抗，還趨之若鶩，努力接受；然而，有一天操控者也許為了某種緣故而放棄操控、放棄群眾，暗中跑了，已經深受其害到自相殘酷對待的人們也只能傻乎乎以對，自己承受痛苦。這些都是〈貓語、烏布佮貓e民族〉所要告訴大家的寓意，她反映的正是台灣的政治、教育、族群、文化的現象，同時也是社會上時而發生的某種一窩蜂事件的現象。在小說中，主角貓可為獨裁統治者、殖民者、背後控制者、煽風者、宗教大神棍或五千年活文化……的化身，也可以只是這些惡質人物之一的表面代表，烏布代表掩飾，貓的民族其實是被同化、被愚化、被改造的受害者族群。

上述這麼深而多的寓意，作者用比較平鋪直敘的方式來寫，沒有將它深藏，我們才容易了解，事實上這類高深的意識主題也不容易以純粹的寓言體故事完整表現，筆者覺得作者在編造情節方面，有些地方稍微天馬行空，內容雜述過多抽象的東西，較缺乏戲劇化情節，造成文字的美感經驗減弱了，而那隻貓的影響力擴大到全世界還能保持隱密有點誇張，如果只讓小說場景侷限在動物園及動物園所在的國度，即使這個國度是杜撰的，應該更能提高這篇小說的寓言性。所以筆者對這篇寓言文學的評價，認為她在乙級上等到甲級下等之間。

取材及剪材的要領

《槍聲》與《燈塔下》是胡長松的同期作品，收錄八個短篇，全部作品的題材都和二二八事件有關，幾篇是直接寫二二八在高雄市的情形，幾篇是以二二八當故事背景，本書可能是作者的計劃性系列寫作，要不然就是結集時把同類主題的作品集中在一起出版。從這幾篇作品可以看出作者頗了解文學寫作過程中關於取材及剪材的要領，即寫小說不同於寫歷史，從歷史取材，以事件為主軸時只取主題所需的一點或一個片段就好，而以人物為主軸時也是只取和該角色有關連的部分就好，縱使要寫一部比較能完整呈現事件的長篇，也必需斟酌主題的需求。古今所有好的歷史題材的小說和偉大的歷史小說都如此，特洛伊戰爭前後打了十年，參戰國十幾個、參戰人不計其數、大小戰役也多、其間雙方各自發生的事情也多，但史詩《伊利昂之歌》（音譯「伊利亞特」）的作者只取第九年尾的四十天事蹟來寫，因為荷馬要的是最能表現本詩憤怒主題的部分就好；史詩《奧德賽》也只要主角奧德修斯返鄉過程的幾個片段，大

《槍聲》與《燈塔下》是胡長松的同期作品，收錄八個短篇，全部作品的題材都和二二八事件有關，幾篇是直接寫二二八在高雄市的情形，幾篇是以二二八當故事背景。

約是最後五十到六十天裡所發生的事來當現實情節就好，雖然他流浪了十年才到家；另一本托名荷馬的史詩《埃賽俄比亞的英雄》也只取戰役中部分片段當題材，為的也是歷史文學的創作時，合乎主題需求的重要性高於歷史實際人事的完整性。

胡長松在《槍聲》中各篇的取材有掌握到這個要領。

〈槍聲〉中的「槍聲」是留存在主角許正雄醫生腦裡的記憶，有他父親被彭孟緝的軍隊槍殺的槍聲以及他本人幾天前被關在彭的軍營中聽到台灣人「囚犯」被槍決的槍聲，故事就由這兩起槍聲的事件加上主角正為彭的母親治療牙病的情節交織進行，而主角之所以不死是因他的齒科醫術救了他，本文寫出國民黨軍隊的兇殘與自私，對比台灣人的無辜、善良與高尚的醫德。

〈金鋪命案〉以金仔店外面（市區）的軍隊鎮壓為背景，襯托屋內個別軍人槍劫又殺人的事件，映現出一幕二二八時全市籠罩在有如羔羊（台灣人）面對惡虎（老蔣軍隊）的恐怖氛圍。

來發嫂仔吳陳罔腰拿著里長大木伯仔所開立的丈夫的〈死亡證明〉到公所辦理登記，證明單上的死亡日期卻讓公所的職員「我」（水泉仔）頗為疑惑，不敢依樣造假，而暫時擱下吳來發的死亡登記，但最後「我」基於良善與憐憫仍然不得不按照這張死亡證明來登記，這時來發嫂已經被火車撞死了。她其實是為了保全名節才不得不請里長將丈夫病死的日期「延後」三個多月，更不想生下那幾個一九四七年三月在高雄掃蕩台灣人又輪姦她的某個中國兵的骨肉，才選擇被火車撞死的方式來自殺。本文中，台灣男人的無辜遭遇擺到背景敘述間接反映，台灣女人的不幸擺到前景焦點直接反映。

在〈只要放伊出來〉這篇裡，二二八鎮壓雖不是造成受害者死亡的直接「殺手」，卻成為貪污成性且互相勾結的阿山仔警長與法官用來「殺害」正直台灣人的藉口。家屬在營救受害者的過程中被阿山仔騙去大把金錢後，也只能得到受害者被埋在山裡某一棵樹下的消息，獲准自行去挖出來。

〈阿貓不孝e故事〉選擇讓染了中國性格的台灣人來當主角，一九四五年國民黨接管台灣後，酒家老闆蔡阿貓成了投機者，但二二八時，他的中國心仍然無法維護他的酒家免於被阿山兵闖進來搜查，當他倉惶逃走再偷偷回來時，發現無辜的老母已中彈死亡。

〈請問，阮阿爸……〉寫國民黨官方假托開會騙人參加，再濫殺台灣人後，先搜刮死者身上財物，才潦草處理屍體的情形。作者以死者遺孤長大後，訪尋父親屍骨的過程來反映二二八的片段史實。

〈人力車夫〉與〈總司令最後e春天〉是書中唯二超過萬言的短篇，前者以人力車夫的角度和遭遇反映二二八事件之前，國民黨人的惡形惡狀及因阿山官員的貪腐已造成社會充滿怨怒之氣的梗概，雖然只寫高雄一帶的情形，卻是全台灣的普遍現象，這是釀成二二八事件的前因；後者以高雄地區青年抗暴軍領袖「杜劍英」的人生經歷反映二二八事件在高雄市的情景，這是本篇小說的主要部分，當然還有次要內容一併被作者寫到，諸如日本統治末期的台灣、台灣人的祖國情結、國民黨不同系統的特務爭功內鬥等等，筆者覺得本文的主角應該就是李喬筆下原名叫「涂光明」的「杜公明」[12]，不同作家寫同一歷史人物，取材不同及寫

---

12. 杜公明，李喬長篇小說中的人物名，見《埋冤・一九四七・埋冤》（上）第六章。

法不同，自然樣貌有別。〈人力車夫〉與〈總司令最後e春天〉兩篇合起來，加上前面各篇，可說完整表現高雄地方自一九四五年到一九四七年，乃至更後面的二十年間，所有關於二二八事件的面相。

這些精心選擇的題材，由點、線組合成面，配合作者已然靈活熟練的現代小說的寫作手腕，以各種敘述法交互運用，使本書各篇都屬佳作，最差的也有甲級下等的水平，但筆者很難說出哪一篇最差？哪一篇最好，因為本書各篇水平很穩定，硬要細分，大概〈金鋪命案〉最差，可是又覺得她比心目中的甲級下等稍好；而以〈槍聲〉、〈人力車夫〉及〈總司令最後e春天〉屬最好的三個伯仲，〈人力車夫〉又勝出一點點，可以列為甲級上等。

〈總司令最後e春天〉是全書表現形式最特別的一篇，主要由七個訪問記錄構成，所以作品中有多個隱藏作者來敘述主角的事蹟，訪問記錄中還夾用新聞報導來敘事。這種小說結構法有其好處，可以有多個限制觀點，來分別呈現主角（或主題或事物）的各個內、外在面相，使內容更寫實更深刻，筆者以前也曾用過類似的寫法寫過一篇以精神分裂為主題的中文小說[13]，因此讀到這篇時頗有相逢如故的感覺。不過本篇內容有一個筆者認為的小瑕疵，即訪問「大砲議員」的內容，寫「郭某某」自述生平的部分中，與二二八無關且與主角無關的話語可以少一點或省略，因為郭大砲是被訪問來談杜劍英的，不需「讓他講」那麼多與主題無關的私人生平及祖先事蹟。我想，這位已成鬼雄的「總司令」也可以自己走到「甲上先生」的屋前叩門，甲上先生願開門就走進去。

讀完全書，覺得「槍聲」已經成為整本《槍聲》的共同意象，不只在〈槍聲〉中可以聽到槍聲，許多現場及背景都有槍聲，好像二二八的槍聲不只在台灣史中迴盪，還傳到現實讀者的耳際，顯示這本二二八小說集寫得很成功。

行文到此，忽然想到兩本去年同時出版的文學選集，其一是《火煉的水晶》——二二八台語文學展（2010），其二是《天．光》——二二八本土母語文學選，前者是民間的台灣文學藝術獨立聯盟所編印，只有台語詩和台語小說；後者是官方的國立台灣文學館所編印，除了七首客語小品詩外，也全為台語作品，比前者多了散文和劇本兩類，篇幅接近前者的三倍，光看台語小說的部分，也有二倍之多，後者好像更豐富，但稍加一讀，馬上發現《火煉的水晶》是精選，《天．光》是好壞雜陳，有不少作品不該被選進來，尤其散文部分，多篇作品的文學性低，有的甚至不能叫「文學散文」，卻也選了進來，然而編選者表示他們的編選標準之一是「sui-khui e（按：媠嘳的）文學手路」，依作品驗證，這要不是編選者的文學水平不高，就是寫二二八的台語好作品很少，因此只好濫芋充數，好讓外行人以為台語文學很蓬勃。**無論哪個原因造成《天．光》這麼粗糙，都會傷害台語文學，這會讓懂文學的人誤以為台語文學的創作水平還很粗淺，這麼差的作品都可以被選為佳作，當然也會折損國家級台灣文學館的信譽。**《天．光》如果只稱「台語文選」，不要掛名「文學選」還說得過去。

由前文關於《槍聲》的評論可知台語小說要編二二八主題的選集時，胡長松的作品絕不能遺漏，因為這個主題的小說，他寫出最多佳作。在《槍聲》砰砰的三年後，胡長松又扣板

13. 指林央敏作〈控告書〉，原載一九八二—一九八三年《中外文學》，前後分別收錄在林央敏著《不該遺忘的故事》（一九八六，希代）、林央敏著《蔣總統萬歲了》（二〇〇五，草根）。這篇小說由讀者投書、新聞報導、訪問、主角日記、與醫生談話錄音、主角獨白等形式的文字所組成。

機，打了一槍二二八的弦外餘音在〈監牢內外〉（2008），因有選集收錄這篇小說，使她也合乎本文審視的範圍，接著我們就以〈監牢內外〉的原始文字[14]為準來看這篇小說。

歐亨利式結尾

〈監牢內外〉的場景分成兩部分，前半章寫嫌犯在牢內等待審訊及被訊的情形，這些老少嫌犯都是某次反政府的抗暴事件時，軍方搜捕進來的，當中很多人都是冤枉被亂抓的，包括女主角的兄長蔡文達及愛人劉阿明兩人，由於他們個個被反綁，加上不時聽到牢外傳來的槍聲，牢內氣氛充滿驚恐、哀痛、不滿與氣憤，劉阿明憤於看守他們的軍方之殘暴，乾脆來個與其等死，不如奮勇殺敵的莽動，趁吃飯時，以綑綁他們的粗條鉛線出其不意的刺殺一個衛兵，當然也當場被其他衛兵以軍刀刺死。後半章寫嫌犯進牢前及進牢後的家裡情況，場景擺在女主角蔡秀美結婚當天，內容有秀美回憶她和劉阿明約會的甜蜜，阿山仔張隊長帶兵進蔡家抓人的情形，當天會講一點點中國話的秀美出面向張隊長求情，解釋兄長的無辜但無效，不過張隊長把人押走前留下一個脅迫式的條件：「妳答應嫁給我，我就相信妳，立刻把妳的大哥放了」，這句話後來「打動」秀美的大嫂苦求秀美考慮答應，於是秀美為了成全大嫂的幸福及營救自己的兄長，終於同意嫁給敵人張隊長，大哥馬上被釋放，張隊長也馬上把秀美娶走，臨行前，兄嫂一再表示感恩及歉疚，可是秀美卻反常的說「這是我家己揀的尪婿」、「我會嫁張先生是因為甲意伊」、「我會一世人愛伊！」。

以上是小說的情節簡要，依內文描述，熟悉二二八事件的讀者，大約一看便知小說的背景應是二二八，但如果因此就將〈監牢內外〉當做書寫二二八的文學作品就看走眼了，因為這篇的主題不在二二八，也不是要反映二二八事件下的台灣人的不幸遭遇。〈監牢內外〉是一篇很棒的心理小說，反映監牢內、外的相關人物的心理、性格才是這篇的主題，故事頂多只能解釋是借用二二八事件以造成有人被阿山仔兵胡來亂抓的事當背景而已，這個背景也可以用白色恐怖時期，國民黨軍事統治下所發生的搜捕所謂「叛亂犯」的不特定案件來代替。作者可能也不希望這篇作品被簡單的看成是二二八小說，反而忽略心理主題，才在行文遣詞中儘量避免與二二八有直接或明顯的連結。

整篇小說，無論監牢內、外都在反映人物心理，寫情節進行的文字反而很簡省，因為故事性情節不是重點，重點在於心理性情節，本篇用於反映心理的描述文字很多，一些「裝飾性明喻」多數也不是用來比喻事物，而是在比喻心理狀態，比如「遐緊張的面容洩漏出一款特別的興奮，道親像夆點灼的火種燒起來，干那是恁生命最落尾的火焰（道算落尾猶是化去的火）」、「許菊『一切攏無像啊！』的話，干那一枝五吋長釘，釘入蔡秀美的心」。角色的動作、對話很多也是在表現心理，例子不勝枚舉，為了省筆，筆者就以小說結尾處的「歐亨利式結尾」[15]來說明這個女主角為何有這種人們意想不到的行為反映？她是出於怎樣的心理？

---

14. 指〈監牢內外〉原載於二〇〇八年一月《台文戰線》第九期的文字樣貌，因這份雜誌不修改作家文字，而《天・光》選集的編者修改作家用字，改以拼音替代，造成閱讀困難及部分字詞失去原有的文字張力。

15. 歐・亨利（O. Henry, 1862-1910），本名威廉・西德尼・波特（William Sydney Porter），美國小說家。他的短篇小說構思精巧，內容以表現美國大都會（背景紐約居多）中，下層人民的生活為主，故事的結局往往出人意表，人稱「歐亨利式結尾」，頗能產生驚異效果。

近十年來，每次紀念二二八的活動，主辦者及參與者都會強調「走出悲情」、「愛與和平」之類的主題或口號，我們不知道作者胡長松是否受這個主題的影響或者為了反映這個主題而設計出人意表的結局，當然也可能因為台灣確有受害者家屬後來嫁給迫害族群，或是為了權與利而依附迫害集團的實例帶給作者寫作靈感的，也可能是單純為反映這個心理主題而安排的。從小說本文中，我們可以看出軍事政權的殘暴本質與不人道行為，按人事常理，那位代表野蠻政權且本身行止粗魯、個性急躁的張隊長本應讓受害者家屬之一的女主角恨之入骨才對，而她也確實看不起張隊長這個男人兼敵人[16]，並且也明知張隊長要娶她，不是出於愛，而是出於脅迫、出於獸性本能的性慾及征服者的心態，但她卻不只答應，還主動表明自己是出於自願及真愛，告訴兄嫂「恁是無資格講話的！」這些話，由小說的間接性描述，我們可以感覺這是違心之言，但秀美仍這麼說，要合情合理的解釋這個轉折，讀者也許可以用：

一、「愛你的敵人」的基督教信仰的反應；

二、台語所謂「愛著較慘死」的奇特反應；

三、斯德哥爾摩症候群（的女子）的反應。

如此，必須小說本身提供足夠的情節鋪排或有蛛絲馬跡能做這樣的解釋，可是沒有，從小說中有跡可循的唯一合理解釋就是女主角的心理轉折——秀美是出於對其大嫂於她答應嫁給張隊長後的「再三表示感謝卻只顧自己幸福並想以鑽石減輕愧疚感的言行」的一種嫌惡感覺的反作用及反諷式抗議，可能她也真的想減輕兄、嫂的心理自責和愧疚，甚至還可以加上她是故意說給張隊長聽的。筆者覺得應該是出於這些心理作用，才促使女主角有那種異於常情的舉動——故意說是真愛及主動牽張隊長的手並微笑。這也符合人類會以自欺欺人的方式來因應內外環境的心理學解釋及事實。

總言之，〈監牢內外〉雖不很長（約萬言左右），卻能栩栩如生的表現出人類在這種不幸遭遇下的種種心理狀態，能如此，除了作者對人性心理的掌握及寫作時也能注意到角色心理的描述之外，在描述技巧方面，不管是記憶的回敘或現實場面的順敘，作者雖以第三人稱他敘（作者旁敘）的方式進行，但絕不充當全知全能的上帝，作者僅守限制觀點，有時化身角色以角色的角度來敘述，這樣做可以使文字深刻到角色的心靈層次。筆者認為這篇小說是台語文學中難得的心理主題的佳作，至少有甲級中等的水準。

胡長松的短篇小說，還有三篇散落的佳作也符合本書的觀察範圍，她們是〈鳥鼠夾仔〉（2007）、〈金色島嶼之歌〉（2009）及〈雨佮戰鬥〉（2010）。

〈鳥鼠夾仔〉寫一個罹患腎臟病的年輕記者在洗腎期間的見聞與遭遇，小說分四節。第一節由主角以類似意識流的自述方式，混合敘說老鼠被夾落陷和自己的失戀，以此引出本文的困境主題及兩條主要情節線，一條是敘事者（「蕭記者」）與診所護士「林美雪」的新戀情，一條是敘事者在病房認識的一個外省老芋仔「楊萬鈞」的夫婦情，敘述間穿插多個事件綱要以烘托主題，作者在這一節裡塑造多個或隱或明的比喻，都指向同一困境主題，包括人被職業所困、病人被病痛（含病房、洗腎機）所困、台灣被中國所困等等，猶如老鼠被夾子

---

16. 於公於私，張隊長皆為女主角的敵人。於公，張隊長代表壓迫鄉土、壓迫社會百姓的政權；於私，張隊長是直接抓走兄長及愛人，並間接造成愛人慘死牢中的人。

或籠子所困一樣，好像都在困境中苟活等死，因此「鳥鼠夾仔」成了隱喻，病房、洗腎機、「老楊」娶的年輕大陸妹都成了同一主題的困境隱喻，受困的老鼠也就成了人類、台灣人、敘事者自己的明喻。在這一節中，作者也順便諷刺今日台灣醫界把醫德放一邊，賺錢擺中間的現象，和媒體人不把台灣當家的牙刷主義心態，文字的內在含量[17]可謂相當高。第二節起，開始鋪排前述兩條情節線，敘述上雖然仍屬主角自述，但已在自述中逐漸增加像是由主角旁述的場面情節，文字密度也逐漸放鬆，到第四節解開老楊自殺之謎的驚奇式「發現」後，就變成很平常的單線敘述了。作者似乎有意安排這篇小說的文字密度、敘述法及情節內容都由緊密模式走向寬鬆模式，以迄主角與護士的愛情明朗順利，受困的老鼠也得到解放的結局。無論是否如此？這個有意或無意的敘述模式很成功，但也出現主題無以為繼和文字鬆弛的反效果。作者在最後安排基督教的虔誠（或狂熱）信仰者路過以傳播復活節福音，而促使主角產生赦免老鼠、還牠自由的想法以轉喻主角心靈解放的情節顯得有些突兀，雖然作者留個懸結，老鼠之重獲自由在小說裡僅止於主角的心象，但可想見那隻老鼠將會被釋放。小說最後這個「解放」情節（或許象徵「重生」）的安排完全破壞了前三節所塑造的困境主題，它們（主題意旨）雖不至於產生矛盾衝突，至少是主題的轉移，也許這個主題轉移——由受困變解放——是作者寫作這篇小說的本意，但這樣做，使作品的嚴肅性及深度都降低了，同時也降低了作品的審美價值，不過筆者認為她至少還有乙級上等到甲級下等間的水平。

伏筆的呼應到發現

凡是愛好台語文學，特別是小說的人絕不能錯失〈金色島嶼之歌〉這篇優異的作品，先前筆者提到五燈獎時，曾說有兩篇是筆者讀完就直喊「五個燈」的作品，當時沒指明的另一篇就是指〈金色島嶼之歌〉。這一篇應有一萬五千字以上，故事以台灣本島南方一個叫Lamey島[18]的一對原住民（平埔族）青年男女的愛情為主軸，中間穿插拉美（Lamey）人對荷蘭紅毛官兵（由紅毛人及其他紅毛轄下的平埔原住民土著組成）的一次保鄉抗敵戰爭，及拉美人、紅毛人、漢人、日本人、別社平埔原住民間的事蹟為副軸，主副軸交結發展，形成一個很有歷史性的動人的故事，從頭到尾都以限制觀點寫成，敘述法與德國小說家亨利・鮑爾（Heinrich Boll, 1917-）的長篇小說《一言不發》（*Cund sagte kein einziges Wort*）很類似，從頭到尾都由角色當主觀敘事者，《一言不發》以一對分居的夫妻（男女主角）輪流講了十三個章節，整篇故事就由這兩種不同視角交替並行的內容所構成，而〈金色島嶼之歌〉的視角更多，由四個主要角色輪流敘述：

第一個名叫「大斑鴿」（Tapanga），是拉美族的少年英雄，也是本篇的男主角，戲份最多，所以敘述的部分也最多，基本上大斑鴿可視為拉美族除了頭目之外最重要的代表人物或象徵人物，所以關於拉美島的金色風光、歷史、傳說、文化以及關係拉美族存亡的女巫預

---

17. 筆者所謂「文字的內在含量」是指一篇、一段或一句文字所能表現的意義及美感的多寡分量，類似新批評詩學所稱的「文字密度」，含量愈高，密度就愈高，句子章節的文字就愈精緻。
18. Lamey 島嶼大概是指今之小琉球，土著為西拉野（華譯西拉雅）的一支。

言等等，也由他在敘述主軸故事時順便帶出來，幾乎可以說他是拉美族的下一代頭目，如果不發生那場戰爭的話，這場被大時代的命運所作弄的戰爭造成拉美族的悲劇，及男女主角的悲劇。

第二個敘事者是大斑鴿的愛人，女主角「莎瓏」（Salom），莎瓏是拉美族大頭目的女兒，在外敵入侵那次戰爭中，她與包括大斑鴿兄嫂在內的許多婦女都被抓到荷蘭人統領下的新港社（今台南新市）淪為女奴，最後被送到紅毛的行政中心大員（今台南安平）去，因此雖然大斑鴿及其兄千方百計的設法營救，結果慢了一步而落空，導致大斑鴿傷心欲絕奔向海邊，不知去向。

第三個敘事者是來自福建泉州的漢人「李發」，李發是生意人，早年曾隨著鄭芝龍的海賊船奔走海上，而與大斑鴿的大哥「阿兔」認識，後來因故離開，到大員做生意，往來打狗、熱蘭遮城間，和平原幾個番社也有交易，包括阿兔在內的幾位土著曾經當他的雇工。這回阿兔與大斑鴿兄弟動之以利找他幫忙打聽阿兔的妻子「烏瑪」（Uma）及莎瓏的下落，可是在最後關頭，奸狡的李發不只怕被連累臨陣退走，還為了賞金背叛阿兔兄弟，洩漏兩人的藏身處。

第四個敘事者「我」是大斑鴿的大哥「魯兔」（Rutok），即李發口中的「阿兔」，魯兔雄心壯志又有頭腦，行事沉穩冷靜，了解李發重利輕義的品格，預先閃避才免遭不測。兩人得知烏瑪與莎瓏都被囚禁在新港社時，大斑鴿想直接進村去找人，但被魯兔阻止，待他們等到新港社男番出去打獵的時機才行動，抓了新港社年輕頭人「利卡」（Lika）的妻女，準備和利卡交換人質時，才知道莎瓏已不在，只能救回自己的妻子烏瑪，最後兩夫妻面對拉美島的方向，想著拉美族人的不幸遭遇皆悲哀不已，魯兔告訴烏瑪：「莫哭！總是有一日，咱會閣來掣恁轉去。」

〈金色島嶼之歌〉就以這種嚴格的限制觀點寫成，雖然敘述角度多，但只是輪番上場，沒有忽左忽右的變換，而且每個角色講的內容不是很長，事件也分配得宜，因此情節線索顯得有條不紊。第一節獨白展開情節，同時也埋下許多伏筆和懸宕，之後每節獨白各自敘述一部分場景和情節，四人說的內容可說都沒有累贅式的重複而且互相補足情節不明的地方，也就是說四節文字合起來形成一個完整的故事，對讀者來，所有伏筆和懸疑次第被解開，得到知的滿足。故事始於愛情也終於愛情，配上穿插的內容，構築出一幕幕十七世紀前期的台灣住民的生活與歷史。筆者覺得〈金色島嶼之歌〉是胡長松最好的短篇小說，描寫景物的文字具體而美，情節有深度的營造，屬於故事骨架的外在情節中有內在（心理）情節，以及大情節中有小情節，兩者交溶無間，幾乎沒有造作的痕跡，角色的個性、情感也了了分明。作者絕對是費一番精心設計和苦心寫作才有這麼完美的表現，甲級上等應可受之無愧，如果硬要派個缺點的話，只能說 Rutok 與 Lika 兩人在日本時，曾發生過一件事，是什麼事？小說至終都沒交待，也許那件事在這裡是無關緊要的，無需交待。

另一篇〈雨佮戰鬥〉的審美價值逼近〈金色島嶼之歌〉，只差主題分量遜於後者，不過文字密度遠在後者之上，這是作者為不同作品安排敘事者的種種差異所使然，應非作者（胡長松）只隔一年，寫作型態就大異其趣、修辭技藝就突飛猛進。

〈雨佮戰鬥〉以一個因「政治罪」而被關在離島監獄的死刑犯當主角，由主角敘述全部故事，和「我」同監的是一個曾任特務機構高階主管的「羅光」，可能也是死刑犯，兩人都非一般市井人物，「我」是個有高遠抱負及人權理念的文藝愛好者，應是詩人；羅光雖具狗類性格，對人性充滿不信任，但也屬國家社會的菁英分子。故事主要在表現主角的意識流動，反映「我」的心理狀態及「我」回憶的事件，時而穿插主角眼下的羅光的言行。「我」入監後可能先是假裝瘋癲，後來真的有一點失心瘋了，常常沉浸在怎樣逃離監牢的幻想中，想像自己曾經在海島監獄的下方已佈置了機關，用以爆開牢房，因此把羅光搓揉內衣布條而成的「弓索」也當做是羅光計劃逃亡、用以破壞牢房的武器，更幻想牢外的島上有個時而在眼前、在山崙上、在牆外的女子會伺機幫「我」執行爆破工作，這個不知名的「查某人」（可能是主角對「麗娜」的投射）出現後，小說情節轉入主角的一段寫實的回憶，是他和一對朋友——「春君」、「麗娜」這對也愛好藝術（音樂與圖畫）又有同樣政治立場的夫妻間的往事，這段過往情節包含兩個重點事件，其一是「我」本無意卻難以抗拒的和麗娜通了姦，而造成「我」的罪惡感；其二是春君被特務約談刑求，把「我」的某個政治計劃供出來，造成「我」被捕，雖然春君「已經夆刑甲毋成人矣」被釋放後，曾叫麗娜通知「我」逃走，但「我」也許出於內疚不安、也許自知劫數難逃，終至成了「死犯」。這兩件事在異地同時發生，使情節氣氛出現一種「（朋友）情誼對擊」的衝突感，頗

《台文戰線文學選：二〇〇五—二〇一〇》選錄這五年來發表於《台文戰線》雜誌的作品，其中收錄〈雨佮戰鬥〉是筆者所知胡長松在本書評論範圍中最新的一篇，也是最講究詞藻的一篇，全篇皆屬精緻文體。

為深刻，這與同房的兩囚身分、性格之「矛盾對比」產生一致性的諧調。這一切幾乎都有雨伴隨著，雨在小說中，是外景、是悲淚、是力量、是信號，是可以除去監牢的悶熱，把一切都消解的力量，含有破壞及解救雙重隱喻的意象。因此小說情節再回到牢外的雨與牢內的兩個死囚後，「我」以為羅光的弓索武器完成，興奮的蹲下來讓羅光踩著肩膀，幫羅光進入所謂的「戰鬥的時刻」，結果發現羅光的「戰鬥」是以吊掛牢窗的自縊方法解除無盡的牢災時，主角「我」與讀者我都同時有了「發現」而感到驚奇的喜悅或撼動，雖然筆者在讀到中間一段，當主角（實為作者）再次描述羅光的弓索，並提議和羅光合作而未獲應允時已預感到弓索可能是自經工具，當我看到這個預感被角色「實踐」，依然會有好像得到（角色說的）「尚大的賞金」那樣的快感，這是閱讀好小說的快感之一。

寫小說，處理「伏筆」的「呼．應」到「發現」的過程相當重要，它們是構築小說是否成為好作品的主要因素之一，高明的作者總是將它們埋化於無形，或者讓它們的痕跡猶如雪泥鴻爪。胡長松應是深諳其妙，或是箇中能手，要不然不會常常這麼幸運巧合，把許多短篇小說寫得這麼出色。〈雨佮戰鬥〉就是把伏筆與呼應處理得像羚羊掛角的一篇，全文僅約六千字，讀者自行細品一番便知〈雨佮戰鬥〉的幾個伏筆、轉折與發現都處理得渾然天成。

〈雨佮戰鬥〉是筆者所知胡長松在本書評論範圍中（2001～2010）最新的一篇，也是最講究詞藻的一篇，從頭到尾，每個段落的遣詞造句都很細究，全篇皆屬精緻文體，處處都有詩化的文段，在台語小說中，除了二〇一一年才出版的《菩提相思經》之外，這種精緻文體的質量之多之濃，恐怕沒有一篇能出其右，僅舉片段如下以見一般：

總是，我已經欲絕望矣，就算有人去共彼个機關抵落，我嘛無法度離開這个該死的島。彼个查某人今徛佇遠遠山埔的苦苓樹跤，苦苓仔花紫色的火燄位伊的眼神裡伸出來，予我鼻著土底的氣味。奚氣味鑽入我的血管，內面有一款對得未著的物的鬱熱，假若規个天地的熱攏交含佇樹葉，凋蔫甲予人抱心。……（引自《台文戰線文學選——二○○五—二○一○》，第二四三頁）

……閣來，遐顧監狗出現一陣龜怪的表情，怹的啡仔聲大作，所有鐵鐐的聲，佇啡仔聲了後對牢房徙過，包括我的跤鐐。……只是想袂到，雨聲愈來愈大，袂輸天頂的大海咧反絞。陰沉的雨共逐个人箍圍，成做一个新的枷牢，咧共每一个人教示，予我位尚懸的所在跋入新的地獄。（所引同上，第二四七、二四八頁）

第二段例文中包括兩個「旁敲側擊」的描述，亦即以寫彼物的方式來間接呈現此物的狀態，前者寫所有犯人在移動，有點類似提喻修辭；後者寫恐怖情境，像西洋古典史詩常有的裝飾性譬喻，是相當細膩的描寫手法。綜觀全篇，自角色、自事件、自語言文字的角度來看，都屬高模仿的虛構型敘事模式的作品，筆者認為她該有甲級上等的評價。這篇〈雨佮戰鬥〉的尾巴一如之前的兩篇，「照例」又留給讀者想像的空間：「……佇雷聲裡，伊（按：指吊頸的羅光）成做箭，阿這一切成做是恬靜的戰鬥。我假若嘛加入佇這場戰鬥，一直到烏影完全恬靜落來。／雨猶咧落。」到底「我」是否效法羅光的方法加入這場「戰鬥」？作者只有兩度暗示，一句也沒交待。

不過，在結束「縱看胡長松」這一節前，筆者還需交待一下胡長松的一本重要的台語小說集，即前文提過的長篇《大港嘴》（2010），《大港嘴》是作者的第三部長篇小說，由未出版的中文長篇《烏鬼港》（1998）大幅蛻變而成，全文十二萬字，由於文章長，這裡就不多介紹故事的完整情節，把重點放在她的主題及寫法，筆者認為《大港嘴》的主題在於男主角的尋根。讀者如果沒忘記前文曾提到〈金色島嶼之歌〉的男主角大斑鴿最後「奔向海邊，不知去向」的話，再讀《大港嘴》後，可能就會聯想或懷疑《大港嘴》中「烏索庄」的潘姓家族大概和大斑鴿有血緣及地緣的關係，《大港嘴》的男主角即敘事者「我」——讀了一百頁才出現「我」的名字叫「煙」——從都市到南方海邊的烏索庄探尋自己的身世，終於發現自己有一半的血緣來自潘家，小說即將結束前，當主角最後出現在鏡頭中的那一幕，海水高漲，幾乎要淹盡烏索庄時，「我」在母親的鬼魂——實為幻相——及潘姓村女、湯雅各牧師、紅牌風塵女「瑪莉」（Ugla）的引領下，到烏索仔港嘴搭乘一隻名叫「Nanang」的船離開，就是要前往更南方的金獅島，這個金獅島就是〈金色島嶼之歌〉中的Lamey島，「我」的血源地，〈金色島嶼之歌〉中那場紅毛滅村的歷史在《大港嘴》中因主角問起烏索村的由來再度被提到，流散的拉美人來到烏索仔這個地方居住始

胡長松的長篇《大港嘴》由未出版的中文長篇《烏鬼港》大幅蛻變而成，是一部魔幻寫實意識流的解構小說，通篇散發一種陰暗、灰色、沉鬱、迷惘、絕望的氣氛。

立村得名，在後來的漢化過程中有人受賜潘姓。所以筆者認為這篇小說寫的是男主角尋根到精神回歸的過程，他找到了自我，尋回民族的歷史記憶，正動身要回到自我認同的血跡地。我想本書主題應有台灣人重新探尋自我民族認同的隱喻。小說中，在烏索庄傳教的湯雅各牧師似乎象徵救贖，最後的現實情節是完全失去光明公義的烏索庄被惡水吞沒，屍、棺漂游的情景，而最後的魔幻情節是男主角的法定父親——已死的土豪惡棍「李碌」——沉淪地下，意識消失之前好像良心出現一點光，期望明天海水退去，可能作者在這裡也要隱喻什麼？

魔幻寫實意識流的解構小說

〈金色島嶼之歌〉亡島後，平埔族拉美人離散到另一個地方建立新家園的故事，很像特洛伊人在「木馬屠城記」後，國王直系赫克托爾、巴黎斯的族人流亡到法蘭西建立法國及旁系伊尼亞斯的族人流亡到拉丁阿姆建立羅馬那樣，但台灣平埔族沒那麼幸運，他們只能在強大的外來勢力下求生存，最後被同化，以致消失，忘了傳統、忘了身分、忘了根，《大港嘴》的大半內容也在反映這種現象，不過，《大港嘴》另有一部分故事有點像是〈金色島嶼之歌〉的延續，尋根、悟根，想要「回到根的所在」[19]，〈金色島嶼之歌〉最後那句話：「總是有一日，咱會閣來掣怹轉去」，好像由《大港嘴》來實現。《大港嘴》在主題之外，還明寫暗藏許多母題（motif），諸如洋教傳入並與阿立祖（Alid）信仰結合、傳統民間信仰的拜物主義、抗日失敗、地頭蛇之傾軋惡鬥、外來政權的分化與壓迫、賭博橫行、肉慾橫流、婦權低落……等等，這些母題把烏索村烘托出一副灰色無望的破敗景象。

上述這些主、副題的內容，作者以非常特異的方式來寫，效果上有成功和失敗的地方。

綜合說，感覺上《大港嘴》類似一部夾雜台灣史的村落傳記，但她不是傳記，作者也不是在寫村落傳記，而是一部魔幻寫實意識流的解構小說，其中寫實的部分也蒙上一層濃厚的魔幻色彩。其敘事結構很複雜，分做兩類來說明比較清楚：

其一是故事的情節線索，主角探尋身世是主軸，隨著主角與村人接觸交談後，烏索庄的人物、歷史故事分別成為幾條副軸，其中較重要的有主角法律上的父親李碌的情節線、潘姓家族本身及林大貓抗日的情節線這兩條，較次要的大約都和這兩條副軸有關係，人物之間包括官民互動、村民互動、古今人物互動的情節。本書寫實的部分大約是台灣盛行大家樂簽賭愛國獎券及香港六合彩的年代，也就是主角返鄉尋根的時間點，所以有些內容很現代；而本書又具很強烈的魔幻性質，所以人與鬼魂可以有互動，有的情節也好像回到過去，讓已作古的人好像依然活著在演出；本書同時又是很激烈的意識流寫法，同時應用「間接情節阻斷聯想」與「內心獨白」兩種意識流，所以現實情節、歷史情節（包括主角回憶、角色述說往事）不時輪替。

其二是內容的敘述線索，可分成：

1. 主角「我」的一般性敘述（對讀者的獨白），包括對場景的描述，這條是敘述線索的龍骨（主要敘述線）；

19. 本句套用林央敏散文〈回到根的所在〉的篇名，原載《鹽分地帶文學》二〇〇八年七月，第十六期；及嘉義縣刊《最佳之邑》二〇〇八年七月，第二十一期。

2.「我」及古今角色的場面演出和對話，是「我」和村人接觸後發展出來的副線，較重要的有三條副線，分別由三個村人敘述烏索村的往事；

3.「我」給前女友「蝶」寫信的敘述。

上述情節的主副線索由各個敘述線索來傳達，傳達的方式並不是條理分明式的普通敘述法，而是將《大港嘴》的各個情節線解構成許多零碎分散的描寫、場面、對話的情節片段，再糾結組合成整個故事，組合的過程，同一線索間的情節片段之跳接或相異線索間的情節片段之跳接很少引導性的指示文字，打個比方來說，就是甲線情節的某個片段之後忽然接續乙線情節的某個片段，之後又忽然接續甲線或丙線情節的某個片段，於是讀起來好像一篇文章在排版時出了技術上的差池，把段落、字句的位置排錯了，或是某頁文字提前、往後插到別頁去了。這樣的敘事結構顯得很亂，要讀懂她很難，光讀懂她的故事情節就很不容易了，作者應該也清楚作品會有這個「亂象」，所以才安排主角給前女友寫信的這條好像在報告尋訪過程及感想的敘述線索，以幫助讀者閱讀，可是這封斷續出現的長信當然不可能概述各個情節線的內容，所以整部小說的情節依舊是混亂的，「亂」在這部小說裡，應該也是作者有意塑造的特色，就像各個重要角色的關係也是亂，比如主角的父親李碌並不是其父母的婚生兒子，而是李碌生母和日本人的「雜種」；主角本身也不是李碌的親兒子，而是主角的生母林金釵被迫嫁給李碌之前就已和漢化的平埔族人潘宗保有的「結晶」；而李碌的另一個已被殺的兒子李東俊也不是李碌的法律上的兒子。如此血緣關係之亂，也是權勢暴力、社會治安、人際關係的亂所使然，書中重要角色的家史、相貌、心理狀態好像也都有某種缺陷或混亂。

如果「亂」是特色的話，這一點算是很成功。

還有一點也是很成功，就是作品的氣氛，《大港嘴》通篇散發一種陰暗、灰色、沉鬱、迷惘、絕望的氣氛，很符合小說內容，長期被外來殖民統治的烏索村及人格、人性也被扭曲的烏索村人正呈現這樣一副破滅、腐爛的景象，作者藉由角色的眼睛，不時描寫烏索村的景物風貌也散發著黑暗色調，「日頭一落海」之後，整個村落、港口都被黑色籠罩，這一點可以說是作品的風格塑造得很成功。

另有一點，回到故事情節的部分，如果作者有意將故事朦朧化，認為讀者閱讀本書時，是否清楚故事的情節並不重要，是否知道某句話是哪個角色講的也不重要，只要讀者有所感受，不管感受到什麼，進而讓讀者任意想像，乃至任意詮釋的話，這本小說也算寫得很成功，反之，《大港嘴》的結構方式，或者說傳達給讀者的方式就變成是失敗的。筆者相信作者也希望讀者能讀懂《大港嘴》的內容，每個讀者想讀某一本書，都希望能讀懂，並且從中有所收獲。然而斷裂情節的應用如果過於零碎，敘事線又太多，跳接點也離得太遠的話，勢必嚴重阻礙讀者閱讀，甚至降低閱讀興趣，筆者覺得《大港嘴》的敘事結構正有這個現象。要讀懂《大港嘴》的情節，我想讀者必須要有很強的記憶力及將文字很快具象化的能力，加上一些閱讀耐心才能比較順利的閱讀，所謂「要有很強的記憶力」是當從頭讀起時，讀完甲線A段、乙線A段、丙線A段後，再讀到甲線B段時，還記得甲線A段，好讓兩段甲線內容順利銜接，其他依此類比，即使順敘、倒敘，相異情節線交互出現，也能辨別並在腦中加以重新組合；所謂「將文字很快具象化的能力」，是指把抽象的文字敘述迅速化做具有視覺效果和聽覺效果的構圖轉化能力，比個喻說，就是把看書變成像看戲、看電影。某種程度的斷裂情節的跳接技巧用在演戲、電影還不至於阻礙觀眾欣賞，但用在文學創作，由同一批觀眾當讀者時，極可能就變成看不懂，這是抽象與具象在同等瞬間留給人們記憶深度有別的關係，這也是建築理念的蒙太奇技巧用在電影頗順利，用在文學容易造成隔閡的原因。此外，一個讀者記憶力再強，理解力再好，對於一部長篇故事的情節認知度，絕對不如創造這部長篇的作者，除非他肯讀到滾瓜爛熟。

筆者覺得這種比蒙太奇還要斷裂的跳接式意識流，胡長松在〈死e聲嗽〉中用得很好，在〈金色島嶼之歌〉中可謂恰到好處，那是因為她們是短篇，且用得不多，德國小說家格拉斯（G. Grass, 1927-）的長篇「但澤三部曲」中也有運用到這種不明示的斷裂式意識流寫法，以製造一種陰暗氛圍的背景效果，但用得不多，同屬長篇的《大港嘴》幾乎通篇如此就過度使用了，一旦過度就變成一種破壞，好像作品本身一如她裡面的角色也罹患了「精神錯亂症」。筆者覺得《大港嘴》的題材、主題及描寫都很好，單純看她的語言文字，這是一部「台語不少，文學又多」的台語小說，但同時也覺得她的敘事結構存在這個傳達上的大缺點，如果長篇中僅在少數章節運用，且是適合使用這種技巧的地方運用，或者有些時候加入適度的引導提示，應該比較理想。對於《大港嘴》，也可能是筆者記憶力與文字具象力，以及閱讀耐心都有所不足才以為有這個大缺點，如是，自然無法給《大港嘴》以公正而適當的級等，因為我不敢肯定自己讀懂了嗎？或者讀懂了多少？我想本書的好壞就留給讀者自己去見仁見智好了。

第六章 台語小說的成熟期（二）

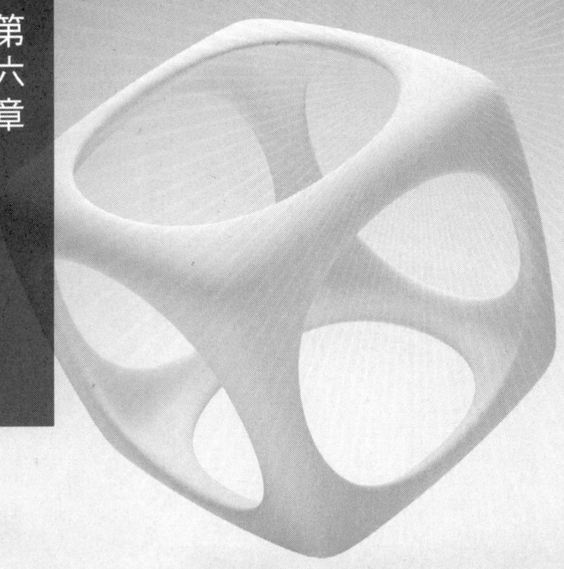

第一節　女作家的虛構型模仿

女性作者的人數一向都比男性作者少很多，這在古代，重男輕女的社會觀念是造成這種現象的主要原因，而在現代，已經改善許多，不過仍舊男作者多於女作者，這個現象在台語文學界特別明顯，就以二戰後的台語文學運動算起（一九八〇年代）到現在（2011），筆者粗糙的估計一下台語文學的男女性作者，比例大約是四比一，至於台語小說的女性作者似乎更少，大約是五比一。在筆者極有限的閱讀印象中，最近三十年間，發表過台語小說的女性作者有八人，她們是王貞文、張春凰、毛美人、清文、王薈雯、林美麗、小城綾子、慧子，感覺上人數並未比發表過台語小說的男性作者少很多，但後兩位頗具創作天賦的新秀猶在本書的評論範圍之外，因為她們到二〇一一年才有台語小說零星問世，其他六人中，小說寫得較多且已經結集的只有兩位，她們是王貞文與清文，如此，相對於有出小說集的男性小說家，人數比也是五比一，這個比例似乎懸殊了一點，不過稍可安慰的是兩位女作家的台語小說集都很值得看。這一節我們就先來看這兩位女性小說家的兩本好作品——《天使》與《虱目仔e滋味》。很恰巧，兩書又在同年出版，其中《天使》包含一篇台語小說復育成長期的佳作，為了方便

王貞文的《天使》各篇都很著重角色的心理描述，記述體散文的味道很濃。本小說集是台灣百年來基督教文學的首部佳作。

集中評述，我們將她移到這裡才來看。

王貞文（一九六五－，嘉義人）與胡長松一樣，也是一位由中文回歸台文的作家，由於年歲較長吧，開啟文學創作的時間要比胡長松來得早些，在一九九二年就有中文作品出版。開始跨足台語小說寫作的時間，在戰後的台語文壇中算是很早的，〈天使〉是她的第一篇台語小說，據王貞文自述是發表於一九九四年的教會刊物《新使者》，這篇小說遲到二〇〇六年才和作者的其他台語小說一起結集出版，書名也叫《天使》，共收錄十一篇作品。綜觀《天使》各篇，具記述體散文的味道很濃，這是王貞文小說筆法的特色之一，其中〈熱天的墓〉及〈行佇結冰的湖面〉應該只能算是散文，〈麻油雞佮芳草橄欖雞〉勉強可視為散文式小說，但不管屬小說，還是屬散文，《天使》各篇都很著重角色的心理描述，於是「心路歷程」成為王貞文小說的重要內容，接著我們就選擇其中幾篇佳作來看看。

筆者認為收在前面的三篇都是可以穩坐甲級座位的台語小說，其中〈天使〉一文發表於台語小說的復育成長期，是該期難得的佳作之一，筆者第一次讀到她是在一九九六年十一月的《台灣百合論壇》（第九期）[1]，這是一份比《台文通訊》、《茄苳》、《島鄉台語文學》還要小的報紙型台語期刊，筆者初讀〈天使〉時大有「驚艷」之感，當時即認為〈天使〉一文是自一八八五年台灣開始有基督教文學以來最好的一篇台語基督教小說，一年後忽見該文又刊於宋澤萊主編的《台灣新文學》（1997.12，第九期），此時筆者正策劃編輯

1. 作者在《天使》一書的自序中稱〈天使〉的首次發表是一九九四年，未提到一九九六年的刊載，不知《台灣百合論壇》是轉載，還是作者記錯首次發表的時間和刊物？這一點尚待查證。

「台語精選文庫」[2]，央託宋澤萊主編其中的《台語小說精選卷》時，特地推薦〈天使〉並告知曾在一年前讀過的印象，果然「慧眼所見相同」，該選集名副其實的收入〈天使〉，所以要評賞台語小說，這一篇不能錯過。

基督教文學的小品佳作

〈天使〉以宗教信仰為主題，所傳達的宗教觀念是信仰產生力量或者神因信仰而存在。小說不長，才五千多字，作者王貞文和早期的賴仁聲、鄭溪泮一樣，都具基督教長老會的牧師身分，但她把教義寫成故事的方式要比賴、鄭兩人高明得多，賴、鄭兩人寫宗教小說像佈道，幾近直接說道理，王貞文才是在寫小說，把神愛世人的宗教理念化於故事中，一點也沒有說教意味。

〈天使〉的情節很簡單，寫一個複製畫的老畫家兩度為同一幅「天使畫」的圖相複製的過程，題材極富傳奇性，兩次作畫的時間前後相隔三十七年，第一次描製是教堂要他把畫冊上的天使圖按比例放大，複製在牆上；第二次是一個年輕女子拿著一張畫作相片，要他將相片複製在畫布上，這是年輕女子要送給母親的禮物。畫師一看相片立刻發現相片上的畫，原來是拍攝他第一次複製的壁畫，此時作者開始描寫畫師當初作畫的經過。這幅畫的焦點圖像是一位長翅膀的天使保護著兩名走在破木橋上的小孩免於掉落。起初畫師不知如何表現天使及小孩，卻因為當年有個跛腳的小女生常來看他作畫，並且問他：「是嘸是有一個天使匿佇內底？」女孩天真、虔誠的態度給他畫天使的靈感，終於順利完成壁畫。其間畫師與常來教堂的青年有了互動，後來與幾位教堂青年同遭白色恐怖的政治迫害，他雖然不再相信真的有天使，但在獄中，仍希望真有天使能扶持、保庇那位跛腳女孩能平安長大。好不期然，某日當畫師再臨教堂觀摩他自己的天使壁畫時，那位委託他複畫相片圖的女子也帶母親來看壁畫，畫師聽到該母親對女兒說：「……這個天使伴我經過人生痛苦的崁站，每擺冷心倒退的時，我就想著這張圖。」畫師發現這位拄著拐杖的母親正是三十七年前的那位跛腳女孩，於是重拾信心，他決定把相片複製在畫布上，並且作畫時，把畫裡的兩個小孩，一個在衣服上要寫「五一四號」，就是畫師最悲觀絕望時的囚犯編號，另一個要畫成跛腳，拄著拐杖，而天使的眼神也要照著那位跛腳母親的眼神來畫。本文結尾時所暗示的是失去信心、信念的畫師又重拾了信心、信念了。

小說情節雖然簡單，卻包含伏筆、逆轉、呼應與發現等完整戲劇化的環節，加上作者的文字風格——像把思想沉澱在字裡行間的文字風格，感覺起來頗為厚實，對圖象、景象的描寫也細膩，文字不帶說教，卻能把教義發揚於無形。這篇小說出現於一九九〇年代中期，絕對具短篇小說的甲級中等的藝術成就，也是到二十世紀為止，台灣基督教文學中最好的一篇台語小說。

基督教在台灣的傳教過程，自荷蘭時代起曾有過轟轟烈烈的故事，比如荷蘭時代，政教合一的殖民當局為了領土主權、經濟利益、宗教文化上的擴張，對平埔族原住民進行多次爭戰，這些史事以及清代長老教會在台灣南部的傳教史中，像甘為霖牧師在店仔口蒙難、彰化遇險的事蹟與馬偕牧師在法軍兵臨淡水下的處境，都相當具有宗教性及歷史文學性，這些史

---

2. 台語精選文庫共五冊，包括詩、散文、小說等三冊文學創作選集，前衛出版社一九九八年十月出版。

事應可以成為台灣基督教文學的重要題材，如能將之寫成具藝術美的史詩或小說，必能成為可歌可泣的宗教文學。

王貞文的〈天使〉是第一篇台語宗教小說的佳作，但只是宗教文學的小品，筆者希望未來有小說家能取材自歷史、基督教在台灣的傳教史，將之寫成偉大的作品，像華萊斯（Lewis Wallace, 1872-1905）的《賓漢》（*Ben Hur : A Tale of the Christ*）、顯克維支（Henryk Sienkiewicz）的《你往何處去?》（*Quo Vadis?*），把聖經故事與政治、歷史結合；像彌爾頓的《失樂園》，單純把聖經神話「歷史主義化」，寫成史詩，以象徵人類文明的衰亡與再生；像但丁的《神曲》，將基督信仰與自己所處的時代社會結合，寫成自傳性質的史詩；像塔索（Torquato Tasso, 1544-1595）的《被解放的耶路撒冷》，以第一次十字軍東征為題材寫成史詩，頌讚基督教信仰的力量。這些都是偉大的基督教文學。熟悉基督教義與台灣基督教歷史的台灣詩人和小說家，若有意寫作宗教文學，這些鉅作是觀摩學習的最佳捷徑。當然，台灣的宗教文學並不限於基督教文學，其他宗教的教義、哲學、史事也能成為該宗教文學的題材，像東年的《我是這樣說的》與《地藏菩薩本願寺》兩部中篇便是純粹的佛教小說，甚至李喬的長篇《情天無恨》雖寫思凡及愛情，但其哲學主題應屬佛教文學，而林央敏的大長篇《菩提相思經》台語小說，內容包含歷史、革命、愛情與修行等重要主題，基本上也可以視為佛教文學，雖然她同時也是歷史文學和政治文學。

集子裡的第二篇〈自由時代〉發表於二〇〇一年，也是一篇寫信仰與信心的小說，比〈天使〉長一倍，主題也比〈天使〉重得多，因為她結合宗教信仰與政治信仰，在〈自由時代〉裡，政治理念一如宗教信念，皆因信仰而產生信心與熱誠。篇名「自由時代」，這是台灣一九八〇年代後期的一本政論與新聞週刊的名稱，負責人鄭南榕，《自由時代》是當時最主張且實際追求言論自由、思想自由……等基本人權的雜誌，因此當時也最受國民黨獨裁政權的特別「照顧」，幾近每期查禁該「時代」系列的刊物，鄭南榕最後因該刊登載一篇許世楷寫的「台灣憲法草案」而被國民黨官方的軍、警、特、法院逼到「寧為玉碎，不為瓦全」的地步，而以自焚為自由殉道，這篇〈自由時代〉也就從紀念鄭南榕烈士的出殯遊行寫起，雖然這部分因不是小說的主要內容，作者只是輕描淡寫，但讓筆者讀來頗有具體感，因為筆者時任鄭南榕治喪委員會中少數幾位文學界的代表之一，正是身歷其境，當天筆者距離這篇小說所描寫的「忽然轟一聲，一葩火柱蒸懸起來」大約五十米，中間擠隔「烏烏暗暗的人群」，確實只能像小說寫的「鼻著汽油味佮臭火焦味」及看到小說沒有描寫到的那柱黑色烽煙如一尾黑龍往天空竄升而已，這是詹益華在總統府前的介壽路[3]上，追隨鄭南榕的腳步而以自焚犧牲的情形，王貞文在這篇小說裡頭這樣寫道：「無人料到阿楠會做出這呢壯烈的代誌——放火燒家己，跟綴南榕，將深深的疼佮永遠的怨慼掖佇同志的心肝，將焦的身軀放佇人間，認真的靈魂作家己去。」文中的「阿楠」就是歷史上的詹益華，詹益華在〈自由時代〉中不算角色，但他點燃的火焰卻不時燃燒著男主角「阿河」的心：「阿楠的火，這世人會隨他隨著著，三不五時就佇他安寧的日子雄雄灼起來，互他的心未安寧。」

3. 介壽路，日治時代原名「東門街」，一九四五年國民黨政府代表盟軍接管台灣後，以慶祝蔣介石生日為由改名為「介壽路」。一九九六年，陳水扁任台北市長後，再改名為「凱達格蘭大道」，以紀念台北盆地的平埔族原住民凱達格蘭族。

男主角阿河是一個懷抱民主、自由的政治、社會改革理想的熱血青年，他的這些理念來自一個長者「嚴牧師」的啟發，因此也參與了這場送別鄭南榕的遊行，之後並熱心投入台灣的民主運動，但當台灣的言論自由徹底解放後，言論自由反而被當初壓迫言論自由的「賣台集團」充分利用來打擊本土陣營，加上政治選舉的利益糾葛，台灣人的理想、信念似乎消失了，為此，主角感到痛心，由於本身經濟狀況差，時時面臨生活壓力而長期陷於自怨自艾的心境，某日出門散步，路經自己從前賃居的地方，被嚴牧師門前一張音樂會的海報所吸引便登門拜訪，在嚴牧師的邀請和門票贈送下，也出席了該場音樂會，他之想要去看音樂會，主要動機其實是想去看看音樂會的主唱——一個他以前在嚴牧師主持的教堂認識且心儀的女子，音樂會結束時，這位女子特別請嚴牧師上台致詞，因為這場以「紀念台灣建國先烈」為主題的音樂會是嚴牧師大力奔走促成的，年紀老邁的嚴牧師致詞到一半時，突然心臟病發而倒在舞台上，此時男主角看到這位音樂系出身的女子原來已投入台灣建國運動，並且看到嚴牧師依舊支持台灣人爭自由的理想，現場老少一群人都沒有像他那樣失志的，於是阿河想起音樂系女子曾經轉述的一句話：「無論著時無著時，應該做的就愛去做」，阿河再次被這句話所鼓舞而重拾生命的熱誠與信心。

這篇小說的現實情節其實是從阿河出門散步才開始，可說比〈天使〉還要簡單，有半數以上的文字都是在回述男主角的過去，而這些回述，作者都以概述的方式敘述，讀者可能會覺得較抽象，缺乏具體情節的動態感，可是實際上〈自由時代〉仍存在著一種抽象的內在情節，即鋪陳主角的心理活動，特別是主角在政治信仰上的思想性流動。

小說裡的思想情節

通常小說的情節是由一連串的動作所構成，但有一種思想性的情節是由心靈的動作構成，筆者稱之為「思想情節」或「知識情節」，這種情節很類似弗萊（Northrop Frye, 1912-1991）所謂的「假設性的模仿」或「語辭模仿」中對「論述性文章」或「思想」的模仿，弗萊說：「詩歌的事件和思想分別是對歷史和論述性文章的假使性的模仿，歷史和論述性文章反過來又是對行動和思想的語辭模仿。」[4]，所以思想情節含有角色的心智活動，有些小說的內容像是在評論某事物，或者在敘述角色的心境變化，縱使角色靜止不動，我們也會覺得有動作在進行、在變化，這就是思想情節（知識情節）。喬伊斯的名著《尤里西斯》就有很多這種意識性的思想情節，筆者印象最深刻的是關於莎士比亞（W. Shakespeare, 1564-1616）與《哈姆雷特》及主角「哈姆雷特」的那些長論，以及對時間與歷史的描寫；在當代作家中，大江健三郎也是個擅長運用思想情節的小說家，他的《静かな生活》（中譯《靜靜的生活》）便是一本思想情節的小說，其中「小說的哀傷」一節就有許多屬討論性質的文字，角色之一的敘述者（「我」）與她的也是角色之一的小說家父親（「K」）的書信及「我」的敘述中，討論「重生」（復活）在生命上和宗教上的意義、探討布萊克（William Blake, 1757-1827）的神秘預言詩《耶路撒冷》，也討論其他以耶穌被釘十字架再重生為主題的小說和電影，另一本約三十萬字的大長篇《燃燒的綠樹》裡有更多思想情節，《燃燒的綠

4. 引自《批評的剖析》第二篇之「神話相位：作為原型的象徵」，第一一八頁。陳慧、袁憲軍、吳偉仁譯，中國百花文藝出版社，一九九七。

樹》是一本後設小說，角色間的對白、隱藏作者的敘述及小說內容所敘述的那本由角色來寫的「小說」（小說中的小說）中，都大量引用或討論靈魂與生死的問題，又以葉慈的晚期詩作、杜思妥也夫斯基的《罪與罰》、《卡拉馬助夫兄弟》的內容為題，談到人類某種意念可能與另一個宇宙相感應的想法；捷克作家赫拉巴爾（Bohumil Hrabal, 1914-1997）的《過於喧囂的孤獨》（*Prilis hluena samota*）就是一本很典型的哲學小說，全書可說都由思想情節組成，由主角（一個住在地下室的廢紙廠工人）當隱藏作者從頭到尾獨白整部「小說」，小說以主角的「生活、工作觀感」為主軸，穿插古今多本著作的主旨，也就是在主角的生活與回憶中，加入很多「讀後感」，而敘事者即使說到一些具有動作情節的事件，也都似乎在隱喻某種思想或某種行為的批判，比如寫達文西目睹自己苦心雕塑的騎士塑像被法國兵當練習靶子摧毀，與小說中，主角目睹珍貴的書籍在雨中被當做廢紙運走，主角覺得這是「天道不仁慈」，才造成「有頭腦的人（類）也不仁慈」。赫拉巴爾賦予主角因興趣及工作的關係，讀了很多好書，也熟讀耶穌和老子，想必作者本人也讀過莊子，所以小說中多次出現的「天道不仁慈」哲思應是來自莊子說的：「上天不仁，以萬物為芻狗」的理念。其中，赫拉巴爾寫老鼠被「屠殺」，沒死的耗子都有事後立刻遺忘的特性，很快便又玩了起來。這段獨白，筆者讀來感覺就像在「隔空遠喻」台灣人！

讀者如果想深入了解思想情節，以上這些作品可當範例參考，同樣捷克作家，米蘭・昆德拉（Milan Kundera, 1929-）的《生命中不能承受之輕》（*The Unbearable Lightness of Being*）也含有思想情節，不過沒《過於喧囂的孤獨》那麼濃厚，後者的行動情節少了些，反之思想情節就稍嫌過多。至於在台語小說中，運用最多思想情節的是林央敏的《菩提相思經》，這部長篇包含多種思想情節的表現型貌，讀者也可自行了解。

思想情節如果寫得成功，可以強化內容及文字的哲學深度；寫得失敗就變成在說教、在寫論文，必需處理恰當才不致破壞小說的藝術性，中國近代學貫中西的學者作家錢鍾書的短篇小說幾乎全由思想情節組成，但由於他那極富幽默性「潑辣」（活潑而隱含辛辣諷刺）的筆法，使含有深度思想的內容也顯得趣味橫生。王貞文當然不具錢鍾書那種奇巧又靈活操控文字的技巧（實際上王貞文小說的主題內容偏於沉鬱氣氛，也不適合「潑辣式」文字），不過筆者認為王貞文這篇〈自由時代〉的思想情節應是成功的，因為她沒有讓短篇小說使用過多知識性的敘述，而且思想情節融合在動作情節中進行，主題深入淺出，讀者易懂。小說最後寫主角夢見自己的後代，由嚴牧師及心儀的女子牽著，這是一個隱喻，表示未來的自己將重燃追求自由的熱誠與信心，也可以象徵自由的種子有了傳承或台灣人的子孫將走在自由的路上。小說末段最後那句「總是他真確定這是靜珠（按：主角之妻）佮他的後代，欲佇一個紛亂的、憂愁的、總是有活命的自由時代來大漢。」不必單純的解釋成主角的孩子。

〈自由時代〉這種表現高層次理念的小說，可以寫得如此自然而不說教，基本上是很不簡單的，雖然她的技巧看起來很平常，其實不易做到。我想她如果放在二〇〇〇年之前，可以說比〈天使〉還好一些，但擺在成熟期來評看，水平就只能介於甲級下等到中等之間。

王貞文擅於寫心理的意識活動，這些情節常以倒敘法敘述，高明之處就是倒敘時很自然，其修辭方式往往可以將讀者在不知不覺中帶入倒敘的情境，而且讓內在與外在情境合而為一。

〈欲吃 phang〉的文字及寫法與前兩篇一樣，在簡單的現實情節中，以概述方式穿插較複雜的回憶，概述回憶時，加入意識情節，有時深入角色的心理描述，有時表現深刻的思想、情感。這種文字及敘述幾乎可以說是王貞文小說的最大特色，如此一件小事或一個小東西，蘊藏深沉的情思，這些回憶情節可以襯托出現實情節的深刻主題，加上描寫細膩，足以感動讀者。這篇的內容是由一對台灣人父女角色輪流當主角，敘說他們兩人一起在德國的博物館看畫展的情形。父親的意識型態屬中間偏右的小資產階級，女兒有無產階級的左派信仰，他們對國家、對社會、對人類、尤其對台灣人「出頭天」的想法有別，最後女兒在父親說起「阿嬤（按：父親之母）」當年在國民黨白色恐怖下的孤苦無助的心境時深受感動，從此解除對阿嬤具有重男輕女的老舊封建觀念的輕視，而懷念起阿嬤。作者在這篇小說中，對於小資產及左派的理念似乎都持肯定立場，但也保有一些批判，年輕的女兒諷刺小資產階級尚存的自私心態，而自認具左派思想的年輕人卻享受著資本主義的物質，不知麵包（pàng）對窮人的意義、不懂曾經受苦受難者的心理，這是一種反諷。

以上三篇是王貞文《天使》集中最出色的小說，書中最後二篇也不錯，〈橄欖情〉寫愛與性的掙扎，最後真愛戰勝官能，也克服女主角童年時受到性騷擾的潛在恐懼；〈門前有大樹的病院〉寫精神病患的心理及其病因與治療，還兼及反映白種人的種族歧視與戒毒患者的心態。這兩篇都應有乙級上等到甲級下等的水準。至於其他也可視為小說的另外五篇就比較平庸，大約都在乙級的上、下等間，筆者就不細談了。

綜觀王貞文的小說，無論主題是否屬於宗教的，內容都偏重在反映人類異常心理的解脫或療傷。其敘述結構，除了前面講到的充滿散文筆法及意識情節兩個特色之外，還有一個特色就是喜歡以「發現」當小說的結尾，也就是說作者喜歡把情節的主要懸宕或最重要伏筆安排在結尾時才解開，這也是一種機智（wit）寫作，往往可以產生類似歐亨利式結尾的驚奇或震撼效果，而可喜的是她的這種機智佈局顯得自然，即情節理所當然如此，不會予人突兀感，《天使》中的各篇小說都是。

語言中文化的痕跡

最後筆者要附帶小談王貞文的台語問題，這屬語言及用字用詞的問題，與作品的好壞關係不大。我想，凡是讀過王貞文的台語小說的人大概都會覺得她的台語比較中文化，或者說尚存濃厚中文化的痕跡。這一點其實包括文字訓讀與真正的中文化兩種現象，前者是所有台語作者使用漢字寫作時必然都會有的現象，不能說它中文化或台語不純正，比如王貞文的台語文字常仿照中文用法以「他、她、祂、它」等來分別寫台語的各個第三人稱代名詞「伊」，又如「舉頭、氣力、打球、打拚、高高、俯頭、吃飯、吸管……」這類字彙，作者很可能是訓用中文字彙來表示字義相當的台語字彙，只要將它們訓讀成實際的台語音都屬純台語。但有些字彙確實是中文化，比如「想像、讚美、肌肉、長大、障礙、沁人心脾、忽然、輸送、掙扎、總是、抬頭、明媒正娶、追揣、穿透、呼吸、罌粟、亞麻花、薰衣草、蒲公英、躁鬱症……」等等，當中有些是台語本就沒有的中文新詞，借用中文字彙是不得已，也許也是一種必要，只要台語用得多、用得習慣了，它們也可能成了台語的新字彙，性質就像日治時代的台語化日式語詞，但有更多是台語本就有的同義字彙，卻使用中文字彙的情形，這顯示作者的那些台語字彙可能忘了而不會使用，或者台語的語言能力尚待加強，並且反映出作者在書寫台語時還明顯受到中文思考的束縛。

在前文寫胡長松那一節中，筆者曾談到台灣人的台語思考被中文束縛的這個問題，王貞文的小說應該也是明顯的例子，但看這些文句：「校園中無擱有多馬的形影」、「頂面貼有手繪的水彩風景圖」、「總是猶親像無有燈火的暗暝」、「混著火山灰，濁濁若牛奶的溫泉水」、「微小的小血管」……，我們甚至懷疑有些作品也許是原以中文草寫初稿再翻譯成台文的，因此才出現部分和台語頗不搭調的中文語法。

高模仿與低模仿

王貞文的小說之所以有這個中文化現象的問題，除了作者本身的台語能力及台語思考尚有很多空間待她努力充實外，還有一個原因可能出自題材問題，那就是王貞文的小說比較偏向「高模仿」的題材，內容含有不少思想情節，要用被長年迫害的台語來表現這類題材，除非有極高的台語文創作才華和長久的寫作鍛煉，否則必然有所不足，要勉強表達時，往往需要借用外語詞彙（在目前的台灣，自然以借自中文最方便，其次借自英語）。讀者可以試著比較台語文學中的「高模仿」作品與「低模仿」作品的文字差異及風格，便能看出這一現象，「低模仿」的題材比較容易以看似「更純正的台語」來表達。這就不是個別作者的台語能力問題，而是整個台語使用環境與台語本身的表現能力問題了。這個問題，尚待以專文才能細論，此處不再贅言。

前段用到「高模仿（high mimetic）」與「低模仿（low mimetic）」兩個術語，這是筆者借自弗萊的文學理論中，用來表示文學作品的兩種「虛構型模式」的稱法。高模仿模式是指作品的中心人物的權力或權威高於我們自己（一般人）的水平，但仍處於自然秩序之內，並服從於社會的評判，如大多數的史詩和悲劇就屬於高模仿的作品；低模仿模式是指作品中的人物所顯示的行動力量大體上比一般人（做為讀者的我們自己）的水平低或相當於一般人，如多數的喜劇和現實主義的虛構作品，都屬於低模仿作品[5]。弗萊的這兩種（模式）分法原是從亞里士多德所謂「藝術的本質是模仿」引申而來的，亞里士多德在其《詩學》的第一章開宗明義的說：「史詩的編製、悲劇、喜劇……，這一切總的說來都是摹仿。」又說：「有一種藝術僅以語言摹仿，所用的是無音樂伴奏的話語（筆者按：指散文）或格律文（或混用詩格，或單用一種詩格），此種藝術至今沒有名稱。」[6]，指的就是今天稱為「文學（literature）」的作品，接著第二章便說明藝術（文學）所模仿的人物（角色）有高下、優劣之分。弗萊據此而定出高模仿與低模仿兩種相對的虛構型模式，它們只是模式之別，並非作品的好壞、優劣之分，但可能和作品的重要性或分量有關。筆者基本上也大致認同弗氏和亞氏的看法，不過，筆者覺得這兩個術語的含義有必要做些修訂或擴大解釋，即我所謂的高模仿作品是指：

(1)作品的主要人物的品格、智能方面是優秀的、高尚的或具有比一般人更崇高的權勢地位的人，這一點大約相當於亞里士多德和弗萊的說法。這類人物的行動力量大約也會

5. 詳見前注《批評的剖析》之第一篇「歷史批評：模式理論」這一章節。

6. 引自亞里士多德《詩學》（*Peri Poiētikēs*）第二十七頁，陳中梅譯注，台灣商務印書館，二〇〇一。

高於一般人，所以就有下列第二種關於題材的性質。

(2)作品所寫的事件與人類的歷史、國家、命運等對國民全體的影響具有較密切關連者。

這一點大約可化約為具表現崇高的、重大的主題的作品。

(3)文字內涵具表現深刻的哲學思想及文化理念者。

凡具備以上三種性質的其中之一的作品，就屬高模仿作品，反之就是低模仿的作品。一般說來，上述三種性質的內涵在一篇作品中總會如影隨形的同時具備（指高模仿）或缺如（指低模仿），尤其(1)和(2)的因果關連性更高，十七世紀之前的古典文學幾乎(1)與(2)是合一的，所以亞里士多德與弗萊只提第(1)種來分別高、低模仿也足堪勝任，但十八世紀之後，史詩、敘事詩、悲劇、喜劇、諷刺劇等具備故事情節的作品紛紛蛻變成小說後，各種主義、風格、題材、寫作技巧的作品進入百花齊放的境界後，再要分別高模仿與低模仿，反而以第(2)和第(3)種性質來看比較恰當。此外高模仿作品的第(3)種性質還需靠作家的寫作偏好和能力來完成（低模仿作品不必表現深度的理念或所表現的理念並不深刻），所以兩者在文字風格上便極可能出現差異，即高模仿作品的文字風格大多傾向莊重嚴肅，低模仿作品比較傾向詼諧滑稽，諷刺風格大約處於中間而趨近低模仿。

然而兩者有時難以分別，因為世人普遍是小人物，他們也能成為一個集團，其行動也可以產生大力量、成為大主題；而大人物也是人，自然也會做無關緊要的小主題的行動，所以有些作品我們只能說她偏向高模仿或偏向低模仿，特別是在為作家做歸屬時，我們只能以該作家的大部分作品屬於某一種而稱他偏向某一種，比如雨果、巴金、李喬……較偏向高模仿，而巴爾札克、茅盾、黃春明……則傾向低模仿，至於台語小說家中，胡長松、王貞文等人以高模仿作品居多，陳雷、陳明仁等人以低模仿作品居多。就單一作品來看，宋澤萊的大短篇〈抗暴个打貓市〉與林央敏的大長篇《菩提相思經》都屬高模仿，尤其後者更是完整具備高模仿的三個要素，而崔根源的小長篇〈回顧展〉與清文的大短篇〈虱目仔 e 滋味〉都屬低模仿，尤其後者，連同以該文篇名為書名的小說集《虱目仔 e 滋味》中的每一篇小說都屬低模仿，而且可說是最典型的低模仿作品。接下來，我們就來看清文的小說。

女性文學

前文談到的王貞文可能是戰後第一個寫台語小說的女性作家，從廣義的女性文學——泛指女作家創作的文學作品——來說，她的作品當然都是女性文學，但就嚴格的意義來講，女性文學僅是她的小部分，因為受一九六〇、一九七〇年代的女權運動所影響並崛起於一九九〇年代的女性文學，一般都指反映男女不平等且要加以改變為題旨的作品，這樣的作品，通常是以女性人物當中心角色，作者及角色具有鮮明的女性意識，勇於表現女性自我和從女性立場觀察社會，並可能含有反對或反抗男性中心主義（或稱「大男人主義」）的企圖。這是當代西方女性文學的重要特徵，在台灣，有人將女性文學所發揚的女性角色稱為「新女性」。王貞文的台語小說中固然有幾篇都是以女性當主角，比如〈鳳凰飛到溫泉頂〉、〈阿母過身的早起〉、〈橄欖情〉、〈門前有大樹的病院〉，但這些作品的主題都不在女權意識的覺醒，〈自由時代〉中的女主唱及〈欲吃 phang〉中的女兒算是最具有女性意識的角色，但她們的女性意識的情節在作品中只是次要的。至於清文的《虱目仔 e 滋味》一書，可說全部以女性當主要角色，雖然多數在反映傳統女性的受迫面相，但女權意識也是其中隱約或明顯的要旨。

清文（一九五九—，本名朱素枝，高雄人）的小說可說是台語小說中最具有女性文學面相的作品，但筆者不想單純以女性文學的角度來看她的小說，仍然將她們等同所有小說來看，因為我們是在閱讀文學、評賞台語小說，不必因為作者的性別及作品的女性題材而有特別的審美方向或標準，誠如中國當代女作家張潔，她的作品從《方舟》、《只有一個太陽》到《無字》，都相當有力而無情的撕破男人的人性面具，特別是反映那種所謂男人「菁英」的自私、虛偽、庸俗……等真相，可說是中國女性文學頗具代表性的作家，但她一直不願被歸入「女權主義」的流派中，她認為這樣做是「畫地為牢」[7]，會限制文學自身的豐富性和可能性，她的《無字》與中國百年變革的歷史交結在一起，作者正是以超越性別的立場和視野來寫她的作品。此外，以女性當主角，或在反映女性遭到不平待遇，或在展露女權意識、反抗封建社會歧視女性觀念的作品自古即有，隨心想來就有好幾篇，像漢代民間文學〈古詩為焦仲卿妻作〉（又名「孔雀東南飛」，無名氏作）、唐代傳奇〈虯髯客傳〉（又名「紅拂女與虯髯客」，杜光庭作）、〈會真記〉（又名「鶯鶯傳」，元稹作）及宋元時代脫胎自〈會真記〉的一系列以「西廂」為名的雜劇作品、明代白話小說〈杜十娘怒沉百寶箱〉（馮夢龍編）；再如古希臘悲劇《安提綠》（*Antigone*，索福克利斯著）、英國悲劇《安東尼與克麗奧佩特拉》（莎士比亞著）及小說《簡愛》（布朗提著）、法國小說《脂肪球》（今譯「羊脂球」，莫泊桑著）、美國小說《紅A字》（霍桑著）、《飄（亂世佳人）》（米契爾著）等等，這些從西元前到二十世紀的作品，裡頭的女主角都是頗有個性，理想、能力與意志皆不輸男人，特別是《安提絳》中的「安提絳」及〈孔雀東南飛〉中的「劉蘭芝」，都是勇於反抗男性權威及傳統觀念的女性，這些作品，論主題、談技巧都屬上上之作，似乎也沒人特別將她們視為女性文學。因此清文的小說表現了什麼，筆者就說什麼，不因為她可以歸類到女性文學而有特別的看法。

《虱目仔e滋味》共收錄七個短篇，應該有十萬字以上，其中包括兩篇近三萬字的大短篇，筆者認為除〈勝吉e離緣書〉稍差之外，其餘各篇都在水平以上，即最少也有乙級上等的水準，其中有三篇佔半數的篇幅屬於甲級佳作，堪稱是二〇一〇年之前，以「漢羅文體」寫成的台語低模仿小說的最佳作品。

該書各篇發表於二〇〇一至二〇〇四年間，但筆者無緣閱讀，直到二〇〇五年初，因筆者負責「火金姑台語文學出版基金」的補助事宜才有幸讀到清文的小說[8]，由於書名叫《虱目仔e滋味》，我便優先選讀〈虱目仔e滋味〉，這篇長約一萬八千字，算是篇幅較大的台語短篇小說，內容主要在寫女主角犧牲個人幸福以幫助全家人脫離貧苦的不幸人生。小說的背景由文中提到初中改制成免試升學的國中判斷，應是一九六八年前後，主角「秋雪」是窮家六個兄弟姊妹中排行第二的大姊，大哥「添丁」是個浪蕩子，沒給家裡增益，還把母親的

7. 參見鐘紅對張潔的訪問，二〇〇六年二月二十七日，中國《文匯報》。

8. 二〇〇五年三月，清文將《虱目仔e滋味》的打字文稿寄來筆者處，申請火金姑台語文學出版基金，本書通過該基金的出版補助，於二〇〇六年出版。王貞文的《天使》也是同年度申請、通過並出版的其中一本。參見「林央敏文學田園」部落閣，http://blog.yam.com/tw_poem/article/5325277。

會錢拐去，但在母親的眼中仍有如神明般的地位，已長年滯外未歸，因此為了減輕父母的家擔，阿雪小學畢業後即投入職場，先是「滯工場」，後來父親（「阿財」）的好友「阿魁」由路邊攤的生意轉型，開了一家平價餐廳，生意很好，阿雪被雇去幫忙，此後阿財家裡才開始有較好的三餐。然而，有一天，阿雪在阿魁姆（阿魁之妻）的設計下被阿魁夫婦的智障兒「孝仔」強姦了，阿魁得知後，為了補償阿雪，除了以二十萬元替阿財「洗門風」外，並有條件的幫阿財買下目前賃居的舊房子，再提供優厚待遇給阿雪，條件是一樁買賣式的委身契約，即阿財同意女兒阿雪當孝仔的形式上的「某大姊」（年紀大的妻子）五年，如果孝仔因唐氏症提早病死或五年期滿，要留要去任憑阿雪。期間，阿魁很照顧阿雪，供應學費讓她繼續受教育，也把餐館的會計及部分業務交給阿雪負責，阿魁私自的用意是希望阿雪能看在餐館的好處不要離開孝仔，可是五年一到，阿雪還是選擇離開，準備嫁給暗中相戀的瓦斯行少東「天來」，這時孝仔不肯讓阿雪離去，在房裡苦求阿雪留下而不可得時狂性大發，以一具瓷製的尪仔重擊阿雪頭部致死。阿雪死後，神主牌礙於「女人是外頭家神仔」的傳統觀念而落得「無家可歸」，只能被安放到「菜堂」。

這篇小說把自古到一九六〇年代，台灣窮家女子所遭遇的（阿

清文的《虱目仔e滋味》收錄七個短篇，其中佔半數篇幅的三篇堪稱是二〇一〇年之前，以「漢羅文體」寫成的台語低模仿小說的最佳作品。

雪的）個別不幸，與因男尊女卑的傳統社會觀念所造成的集體性不幸幾乎很完整的反映出來，文字不帶批判或說教，光以情節表現就能予讀者感受到主題所在而感動。由於本文是用台語寫的，對台灣人來說，語言的感染力不下於廖輝英的〈油麻菜籽〉，在表現台灣女子的不幸命運，絕對比中文寫的〈油麻菜籽〉更貼切、更寫實。筆者認為這篇小說可以得到甲級中等的評價，如果純以低模仿題材的表現且不講究文字的美感享受來看，已幾近上等。

場面、概述與描寫

〈虱目仔e滋味〉之所以是好小說，並非由於寫實主義及女性主義的主題、內容，而是在於〈虱〉文的情節佈局及表現方式，其次是作品的語言（文字）很恰合這種以市井小民的生活世界所交織成的低模仿的小說。故事從中間開始，先寫阿財夫婦的小生意及為房子煩惱之事，再寫阿雪返家表示餐館工作太忙，不想再去了，接著第三到第六節回敘阿雪及家人的生活情形。小說的重要伏筆已在前兩節埋下，之後便開始變換場景，以阿財家和阿魁家（兼餐廳）輪流當地點，筆者於第四節時覺得阿雪工作意願的改變應和智障的孝仔有直接關係，果然第七節以阿魁夫婦的到來接續第二節阿雪的返家並加強伏筆的懸宕感，第八節才解開阿雪不想回餐廳工作的真正原因，以及醉後被孝仔強姦的過程，此後大約以順敘方式寫阿雪在阿魁家的新生活及與孝仔、天來的互動，到阿雪死後，阿魁家自然不會再承認阿雪是媳婦，原先準備娶阿雪而造成阿雪被殺的天來也在其母的反對下，不能和阿雪冥婚，最後一節（第二十節）骨灰即將被其弟「阿貴」送往菜堂的臨行片刻，因其母「杏也」有為阿雪備辦生前愛吃的虱目魚而想起某次家裡祭拜祖宗時的祀品也是虱目魚，引出阿雪及其祖母的一段對話，祖母告訴她女孩子是外頭家神仔，「大漢愛嫁去人兜，是別人e」，當時還小的阿雪回答祖母：「我無愛做別人e，我beh kap（按：漢字做「欲佮」，kap應是kah之誤）阿嬤、阿爸、阿母 toa 做夥 --a。」作者利用順敘、倒敘、插敘等手法把各個情節組成一個具單一主題的故事，尤其是阿雪的五年婚約及死後的情節，都集中在反映主題，即一方面曝露傳統倫理裡的歧視女性的觀念和做法，一方面表示女性也應有選擇婚姻（自由戀愛）及歸宿（包括生前歸宿及死後歸宿）的自由，小說最後那句阿雪小時候的期望，話雖天真，卻隱含女子自主的理念，作者並在第十九節安排阿雪的妹妹「阿蘭」主張讓姊姊的神主牌位留在自家的自發性提議，便是暗示較年輕的新女性已有追求男女平等的女權意識。

佈局之外，作者的敘述方式也別具一格，那就是充分運用場面法來表述故事。關於故事的模仿（表現），柏拉圖在《理想國》中已經大致將它分成兩種，其一是敘述，另一是表演，前者大約就是我們所謂的「概述」或「平述故事」；後者原指戲劇的演出，化為文字表現時，我們稱為「場面」或「場景」，而以後者優於前者，不過，好的小說通常都不會忽略這兩種方式，並且還會應用一種介於兩者之間的表現方式，稱為「描寫」或「描述」。通觀《虱目仔e滋味》各篇幾乎全面應用場面來組述故事。這種寫法很適合低模仿的題材，好處是小說的情節動作簡要而緊湊，讀起來不會拖泥帶水，以情節表現主題，表現得當的話，較容易觸引讀者了解主題並受感動；但由於較缺乏描述，文字的美感及思想的深度就較缺如或較淺薄。不過，場面法優於表述法，一個故事，用場面法總是比用表述法更保證可以寫成好小說，因為這種連結場面的顯示（showing）像電影蒙太奇的剪接法，動作直接而明快，讓讀者閱讀時有如看戲一般，比較不費力氣就能感受到動作構成的畫面。

清文的台語書寫形式和幾位主張台語書寫應先由「漢羅混用」並逐漸加多羅馬拼音字的作者一樣，雖然仍以漢字為主，但也夾用許多由羅馬字母拼成的注音字。由於以拼音記寫漢語，並且要人家讀懂語義，覺得語言很純正、很有台語味的話，便只能使用已經口語化的詞彙，無法創造新的詞彙和新的句型，這是漢羅體的台語作品大多屬於低模仿文學的原因之一。清文是漢羅體的作家，很重視台語的口語化也擅於口語化，寫作題材自然就趨向低模仿，這一點可以說明她的《虱目仔e滋味》全屬低模仿作品的原因之一，也許是主要原因，此外作家個人的生活、興趣、關懷、學養、思想等等也會影響作家的虛構型模式的走向，這些就不細談了。

總言之《虱目仔e滋味》的平均水平，是筆者所見的低模仿的台語小說中最好的一本，**也就是說：**《虱目仔e滋味》與筆者所見的（二〇一〇年之前）其他同屬漢羅體的低模仿小**說集相比，**她的好作品的比例最高，最重要的原因就在她的場面法敘述結構運用得很好，當然也有少數瑕不掩瑜的疵陷就不提了。筆者不知清文在寫《虱目仔e滋味》之前，是否有其他文學作品，據說她是「素人作家」，如果本書是她初試文學創作的小說作品，著實不簡單，從她的敘述結構來看，清文具有專業的手法，如果說她之前沒有寫小說的經驗屬實的話，應該也讀過不少優秀的中文小說或中譯小說吧。

慣用場面演示及講究情節佈局絕對是清文寫小說的兩大修辭特點，〈虱目仔e滋味〉如此，其他多篇也大致不脫這種敘事法，唯有〈查某孫仔〉這篇算是例外，〈查某孫仔〉是全書最短（約四千字）的，不知是否因為篇幅短，作者選擇不同的寫法，全文都由同一個角色講述，幾乎沒有任何文字節段可以單獨構成場面，而是整篇文字形成一個場面。敘事者「阿淑」是個老婦人，她在丈夫死後，開始自述丈夫的某些往事，作者先以現在進行式讓阿淑回敘丈夫死亡當天騎車載她到白馬寺的最後一段相處，接著轉為過去式的遠程回敘，從她與丈夫「青梅竹馬」的時光說到長大後兩人經父母主婚成為夫妻，以及兩夫妻的家庭生活與工作情形，當中敘述丈夫與其外甥女「蜜e」的親切互動是全篇最重要的情節，在蜜e開始「出現」那段（第二一三頁），敘事者說「蜜e是in（按：您，意指「丈夫的」）大姊e查某囝，比阮大漢後生大leh二個月。In阿姊有夠糊塗，講beh生--a，才知影有身，阮大漢—e做度晬，in阿姊才抱蜜e來阮厝，伊（按：指丈夫）抱蜜e hit種歡喜e眼神，比伊抱家己e後生kok-khah暢，我to ng望，後胎看會tang生一個查某囝—無。」作者以這句敘事者誤解丈夫比較喜歡女兒當伏筆，丈夫之姊的糊塗是隱性暗示，丈夫抱蜜e的歡喜態度是顯性暗示，都在暗示蜜e的身世以及甥舅關係非比尋常，此後甥舅間的互動都在加強這個伏筆的懸疑，筆者原本以為敘事者是女主角，但當文字敘說一些甥舅互動的情景後，覺得蜜e這位「查某孫仔（外甥女）」才是女主角，猜想蜜e應是丈夫與別人所生並交給其姊收養的女兒，果然，當情節再回到現在進行式的丈夫之死後，由丈夫的一封留書解開丈夫與蜜e的父女關係。這層關係，蜜e也知道，只有敘事者不知，但「蜜e有講過，若無你（按：指敘事者阿淑）e允准，伊千單會當置心肝底偷偷仔叫。」原來蜜e的生母是男主角（死者）婚前的戀人，男主角在留言中請求妻子（敘事者）讓蜜e以實際的女兒身分來為死者自己送行，敘事者才知道。小說就在伏筆解開時達到高潮，情節與讀者因此有了發現而結束。

這篇〈查某孫仔〉幾乎全為敘述，寫法迥異於清文的其他以場面表現的小說，主題也不是很重要的，若要深究意義，也許可說小說反映傳統社會缺乏婚姻自主的現象，但由於佈局講究，伏筆到發現的解開過程鋪排得不錯，每個事件皆緊扣懸疑的焦點，筆者覺得她接近甲級中等的水準。

這本書還有一篇也很講究佈局且把伏筆到發現的過程處理得不錯的小說叫做〈Phah面者〉，「phah面」的文字可能是「拍面」，原意指以化粧品粉飾臉部的動作，就是化裝，所以「拍面者的意思就引申為專門隱藏真實的自我，而以虛飾假象面對他人、與人往來互動的人。〈Phah面者〉是全書最長的一篇，大約三萬字，寫紅塵女子的感情與生活，中心主角「張天燕」曾經是一個紅牌酒女，年歲稍大後轉任「媽媽尚」，也沒幾年為了女兒的將來，選擇從風月場所退休，自己開了一家服飾店，主要顧客仍是風塵女子，包括多位她的「姊妹淘」，故事幾乎以服飾店為中心在進行，起自花店的小弟受客人委託送花來給服飾店的「張小姐」，由於沒有指名，因此理所當然的這束代表愛情的玫瑰花被認為是送給與老闆同姓的年輕女店員「阿娟」的，因為阿娟新近才婚定，背後的「表情花主」自然是阿娟的未婚男友「阿泰」，然而實際上做為仰慕者的花主另有其人，真正的受贈者是老闆「阿燕」，這一答案要到小說進行一半後（第九節）才解開。第一節的這個送花情節是引子（起頭），也是伏筆（懸宕），目的在引出一個存在張天燕的感情世界中與其關係最密切，卻也傷害張天燕最深的男人「江阿正」。故事以張天燕的感情世界為情節主線，中間穿插多位風塵姊妹的愛情當輔線，主線與輔線交織成一段一九六〇年代到二〇〇〇年的一面台灣風塵女子的滄桑與奮鬥的人生。這些風塵女子除了身世不幸外，也都經歷一段不幸的愛情，卻也堅強獨自負起撫養子女的責任，相對於和她們交往的男子，這些女子更值得尊敬。小說開始的送花情節，作者應是有意安排讓兩種婚姻互相映襯，以阿娟和阿泰這一則一般男女由相戀到結婚的愛情來襯托風塵女子也想追求幸福的想望。小說中只有兩個男性角色，一個是台灣人江阿正，代表虛情假意；一個是有一半台灣人血統的日本人「小林」，代表誠心真愛。前者由「真」而假，最後被拆穿其偽裝的「真」，始終是個愛情騙子；後者由「假」而真，從假夫妻到真喜愛。這兩個男人分別與女主角阿燕先後交往，構成阿燕一生曲折愛情的全部。阿正之假會被拆穿是因為他騙取的對象大多是已「退役」的風塵女郎，其中正有阿燕從前的姊妹淘。作者設計江阿正在中國投資失利，來附帶反映中國人及中國官方對台商的巧取豪奪，以此諷刺台灣人依賴中國的愚蠢想法。小林是日本公司派駐台灣的高級職員，太太已亡故，在台期間，因阿燕長得像他死去的太太，便以優渥的條件雇請仍在酒店當媽媽尚的女主角同居，兩人說好扮演假夫妻，後來發展出真感情，小林希望女主角能成為真妻子，但女主角不願意，原因是日本社會及男人存在濃厚的大男人主義，作者設計這段來傳達現代女子寧可不婚，也不願失去自主的女權意識。

〈Phah 面者〉的情節佈局有其全面性，每個重要角色都是某種性質的拍面者，風塵女子是出於職業性需求的假裝，兩個男人是出於邪惡人性的假裝，但小林顯得光明正大，顯示人性尚有真善的一面。至於女主角及其他風塵女子，當她們脫下職業面具後，便恢復真誠平實的一面。我想這一人性與愛情的面相應是作者暗藏的主題。這篇也具甲級水準，唯一的缺點是部分場面的文句敘述過於簡略，以致造成部分動作呈現得不完整，以及時間與事件的邏輯不夠合理，比如有一場阿正在阿燕家裡，光去看水龍頭出問題也沒修理的時間長度，絕對不夠阿燕與「阿苓」（按：阿正與阿燕的私生女）談那麼多的話。但這些只是細微的缺點，筆者認為這篇的水平介於甲級下等到中等間。

以上是《虱目仔 e 滋味》中最好的三篇，都具有甲級水準，其他四篇雖比較差，但也值得一看，尤其排在最前面的〈khiang 姆仔 beh 起行〉，這一篇至少有乙級上等，甚至可視為甲級下等的作品。本篇是全書最早寫的[9]，敘述法異於其他各篇，當然也是經過作者特別設計，可說綜合清文小說的兩種敘述方式，先以限制觀點來寫，由主角剛離體的靈魂向陰府派來拘押「她」的差官講述她的見聞和感受，這部分約佔四分之三的篇幅，是全篇的重點，旨在反映一些傳統台灣人的觀念與老舊民俗。主角是個精明幹練的老婆，死後看著圍在自己遺體前的子孫們，以詼諧的口吻簡要的回述一生，道出鄉下人的憨俗、婆媳不合的舊社會常態、好虛榮愛面子的人性，又以新舊女性的差異代表新舊時代的女性地位和觀念。小說最後轉為作者旁述，先寫幾房兒媳爭分死者的「手尾錢」，再寫死者對兒媳的絕望，於是提早結束先前向「陰官」提出讓她逗留到送殯後才離開人世的請求。原本慶幸自己長壽，能活到九十二歲，此時反而怨嘆自己「實在是老歹命 oh！」。

小說的主題淺顯，主要部分雖然都是在概述見聞及心得，但文字活潑，對事件的簡要描述很生動，充份表現出角色的形象，也是一篇成功的低模仿作品，最成功的地方是生活語彙、語氣的運用與主角的身分相契合，唯一稍有不契合的地方是個性，通常彊女人總是嚴肅的，但這篇小說把「彊姆也」（按：主角的綽號）寫成話語輕鬆，略帶幽默的人，與傳統的「彊跤婆仔」的講話形象不大一樣，不過，她話語中藏著諷刺倒是符合的。此外有一句敘述

9.〈khiang 姆仔 beh 起行〉發表於二〇〇一年九月，在《虱目仔 e 滋味》書中屬最早發表的一篇，因此可能也是最早寫的一篇。

似乎與彊姆也說到其台北媳婦的內容有所矛盾，在子孫圍靈的場合，彊姆也說「我茲的新婦，干單台北彼个赤查某較甘錢予我，若無叨買金仔（送我）。」稍後有很多地方都在數落這個台北媳婦最不配合她，也未再說到這個台北媳婦比較願意給她金錢的事，如此造成一個不諧調的敘述矛盾。如果作者能稍為交待一下「台北彼个赤查某」反而比較甘願給她錢的情形，就可以輕易解決這個小矛盾。如果這篇是作者的小說處女作的話，顯然作者頗有現代小說的敘述技巧。

第二篇〈米國e「巧克力」〉以一個家境不錯的小學一年級女生「阿足」當主角，小說情節由阿足與小孩同伴的互動、阿足與家中大人的互動，及阿足與別家大人的互動組成，這些情節都很簡單，大約都只是動作的場面呈現，不加文字描述，卻能清楚表現出小孩的天真心理，並在天真中夾有一點點虛榮心。本文就以小孩的天真反襯大人的偽裝，小說裡的大人世界，人人各有不能公開的秘密，這些秘密包括父親的金屋藏嬌、母親另藏的私房錢、女僕「阿碧」的愛情、「阿琴」之姊「阿麗」與情人的親蜜交往等等。大人們為了保守私密，分別對阿足使出「利誘、酬勞、瞞騙、驚嚇」等各種無害的手段來達到目的，「巧克力」——源自英語的中式台語——成為守密的誘因與酬謝，同時也是展現小小虛榮心的具體物。情節乾淨俐落，把小孩的天真寫得栩栩如生，也反映一九六〇年代的保守而純樸的民風，小說的語言也相當貼切，不少一九五〇、一九六〇年代的台語，特別是某些活靈活現的日式台語，使筆者憶起童年與同伴玩「辦家姑夥仔」的情景。不過，部分情節或人物使筆者懷疑作者除了應主題的需要之外，似乎還為了把童年的生活經驗及語彙加以運用才編造的，以致有點虎頭蛇尾，像「賣甘蔗e」幾乎是「路人甲乙丙」之類的角色，「闊嘴姆也」與「賣甘蔗的」

閒言閒語這一節在於顯示男女私相授受的自由戀愛已不是「只此一家，別無分店」的特例（因為闊嘴姆也的女兒也是），但民風仍不允許，會恥笑男女相戀等於風騷。這一作用，其他情節已可以達到，阿碧與阿麗的事件都具有同等的效用，實不需要再編「闊嘴姆與賣甘蔗的」這一節。

小題材的低模仿小說本來就比較易寫，情節簡單，不拖泥帶水是本文的優點，但過於簡單也有缺點，會使小說變成止於反映表層面相，不易激發讀者深入面相的底層意義，不過，這篇小說應該還有乙級上等的水準。

〈生 kap 死 e Melody〉是繼〈khiang 姆仔 beh 起行〉之後寫的大短篇，篇幅比後者長逾三倍，將近二萬八千字，略少於同書最後寫的〈Phah 面者〉。內容寫三個罹患紅斑性狼瘡的女子在生與死之間掙扎的故事，全文以女主角「阿卿」因病發而失戀、進入困厄的婚姻到解脫婚姻桎梏的過程為主軸，中間加入阿卿住院期間結識的兩位同病相鄰而相憐，並成為好友的女子的事蹟為兩條副軸，三個女子都很善良、熱誠，求生意志也很強，可惜都遭到死亡的威脅，紅斑性狼瘡除了威脅著她們的肉體生命之外，也分別影響著她們各自的婚姻。患者之一的「純純」有個真心愛她、負責、體貼又觀念開明的好丈夫，也許因此更加讓純純自我受制於傳宗接代的傳統婚姻觀，一心想要為丈夫生個孩子，雖然最後如願以償，自己卻命喪於生育之刻；另一位患者「阿鸞」最堅強也最有愛心但卻最不幸，婚姻生活不美滿，絕症病發時又得不到丈夫照顧，最後為了解脫病魔，選擇跳樓自殺。相較起來，阿卿算是不幸中的幸運患者了，她因有富裕的娘家（醫療照顧及生活無虞），及新女性觀念（選擇不生），病體得到控制而活下來。

若要以女性文學的題旨來看清文的小說，則這篇應是全書中意圖表現新女性意識最多、最明顯的一篇，人物、情節、對白都含有反映女權主義的「設計」，主角阿卿本身、阿卿的麻吉好友「阿眉」（一個抱持獨身主義，好自由、愛旅行的女子）、阿鸞死後才出現的十八歲女兒「阿雯」都是，甚至阿鸞也是。除了這項意圖之外，作者可能也想用本文來探討生命的意義，也許有這個更深層、更嚴肅的主題意圖，本文除作者慣用的場面敘事之外，也有比其他各篇稍多的描寫文字及比擬法的簡單式詩化語，可惜表象式的低模仿文字比較不深刻，簡要式的場面情節也未能突顯生命主題，因此作者特別設計最後的節段讓正在澳大利亞度假的阿卿，與來去台灣、日本兩地的阿眉進行 E-mail 的通信對話，一方面補足之前情節中部分未解的懸宕點，一方面抒發對生命的感觸，可是這些通信文字雖然比較美麗，卻像在說明題旨。情節既連不上題旨，文字也就缺乏感人的張力。再者，過於簡要的場面及情節跳躍太大，也造成一些敘述不夠清楚、動作的因果關係不盡合理，並予人虎頭蛇尾的感覺。加上文字部分，作者可能為了讓小說的敘述語言顯得更純正、更有台語味，好像有意儘量使用舊式的台語詞彙及日語式詞彙，而刻意編造劇情及對白，以致有些情節及對白不很貼切，更不符人物和時代的語境，讀來有些不實感，像小說的背景顯然放在一九九五年之後的年代，這時的年輕小姐就算她們都出身南台灣的台語家庭也不會像小說中的對白那樣講話了。作者用音樂的「旋律」來比喻現代女性在病痛生死間掙扎、在新舊女性觀間掙扎的過程也不怎麼貼切。也許作者是首次處理這麼長的小說，缺點較多自是難免，本篇水平介於乙級中等到上等之間。

〈勝吉 e 離緣書〉是典型的低模仿，男主角「勝吉」是在廟口擺攤的烤香腸小販，女主角是曾經當妓女的「阿女」，兩人成了夫妻，其他陪襯人物全為鄉野小民，這篇小說也有女性自主和女權抬頭的意味，一來諷刺好面子的大男人主義，批判社會上向來把夫妻不孕直接歸究女方的錯誤「習性」；一來表現女性主權，女主角不想或不堪歧視跑了，一年後寄來一張小孩子的相片直接證明自己能生育，並反證「昧生的」是男人，同時以一紙給男主角簽的離緣書間接戳破勝吉休妻的假話。這個驚奇結尾頗有張力，可惜作者編了一大段關於村人誤揣勝吉殺妻的情節，不但無助於展現小說主題，且因造成揣測的強度不足而破壞了全文的緊湊結構，使本文變成全書最差的一篇，不過也有乙級中等的表現。

清文的小說使用漢羅體書寫並且大量夾用注音字，這種書寫體式如果用於低模仿的虛構型題材，通常可以維持或使用非常口語化的小說文體，要是再配以「史卡茲（skaz）」的敘事方法，小說語言會更讓人覺得很有原汁的台語味，清文的小說便具有這些效果，特別是〈khiang 姆仔 beh 起行〉和〈查某孫仔〉兩篇。接著我們要談的作品——陳雷的《鄉史補記》也是這種題材模型與書寫體式的小說，所以也會讓讀者感覺作品文字的台語味十足，當然這是一種語感，並非一定要夾用拼音才有台語味，不同書寫方式也可以有原汁原味的台語，只是所產生的語感也許相似，也許迥異。

陳雷的《鄉史補記》分〈西史補記〉與〈東史補記〉兩部講古式的長篇小說，在寫幾個西拉雅平埔家族的故事，全部事件所含蓋的時間自十八世紀末到一九九七年大約二百年之長。

第二節　說書人講古

我們在前面「台語小說的復育成長期」的章節中已經談過陳雷在當期的短、中篇小說，那時曾預示把長篇的《鄉史補記》[10]擺在這時才談的原因，並非指這本長篇小說集寫得好，符合「台語小說成熟期」的標準，而是她的絕大部分內容寫於二〇〇一年之後並成書、出版於這個時期。全篇成書於二〇〇四年[11]，但遲到二〇〇八年才出版。

《鄉史補記》的內容在寫幾個西拉雅平埔家族的故事，全部事件所含蓋的時間自十八世紀末到一九九七年大約二百年之長，主要故事起自十九世紀初，清代時官衙設於山區的一處防範生番的隘口，其中平埔族的隘丁因不堪漢人官長的欺凌虐待，便殺死隘長而分兩路逃亡，一路向西走，回到他們的原鄉即今台南學甲一帶重新生活；另一路向東進入山區，先到今之玉井（小說中稱為「二社」、「噍吧哖」），再跋山涉水到今之高雄縣的內門鄉與甲仙鄉一帶的寶隆村（小說中稱為「美麗鄉麭仔寮」）定居，其中有些人遠走後山，最後到達舊名「卑南覓（va）」的台東。《鄉史補記》就在寫這些小說人物及其後代的事蹟，他們的祖先所流傳下來的一些「傳說」也是這本書的重要情節。

兩部同質性的長篇講古

《鄉史補記》分為〈西史補記〉與〈東史補記〉兩部，「西史」連作者的「話頭」前言合計將近十四萬字（含標點符號），「東史」含「話頭」共約九萬多言，作者及一些論者大約都將這兩部合併做一部看待，所以「這部」長達二十三萬字的《鄉史補記》是目前

（2011）可見的第二長的台語長篇小說（按：僅次於林央敏的《菩提相思經》），也是本書討論範圍（自古至二〇一〇）裡的最長的一篇小說，但實際上，從文學作品的有機體結構來看，《鄉史補記》只能算是兩部性質相同的系列長篇講古的合集，因為東、西兩地的兩線人馬各自平行發展，其間情節（人事）沒有堅實的交集，作者只在〈西史補記〉中數度提到〈東史補記〉裡的地名匏仔寮和幾個人名（如「青暝吉仔」、「畚箕」），並在「西史」末章安排台南城的「春花（春a）」與「月光」這對母女「會飛」的奇幻情節與匏仔寮的「目肚」神話有關，再安排與「東史」有血緣關係的月光（外祖母是「東史」的匏仔寮人）嫁給來自「西史」的學甲青年「東和」，再說明她們三人曾一起回到「東史」的匏仔寮聽族老「畚箕」說起目肚神話，然後刻意把這個聽目肚神話的事移到〈東史補記〉的末章與目肚神話的內容一起敘述。如此而已，好像東史、西史有了交集，或代表兩線重新回歸到共同的源頭，這樣的安排若用於短篇還有不少的結構力，但用於長篇，結構力顯得太薄弱，就好像兩列火車到站，有乘客從甲車轉搭乙車，在乙車上遇見熟人，或者分別從兩車下車的乘客中，有人在月台因故而相識，然後一起出站，這只是兩人交會，不是兩車合一，無法讓分別發生於兩列火車中的兩線故事產生有機連結的效果，這東、西兩部，讀者如果只讀其中一部，而

---

10. 長篇的《鄉史補記》，指二〇〇八年出版的《鄉史補記》，而非一九九八年的短篇〈鄉史補記〉和中篇〈鄉史補記〉，以下未特別標明時，概指長篇這一本。

11. 成書日期是根據附在書前的兩篇文章所推斷，其一是作者自寫的短文「《鄉史補記》是 teh 寫啥？」，文末標注寫作日期是「二〇〇四年五月」；另一篇是李勤岸的評介文章說到「二〇〇四年六月已經寫二十萬字，最近交 ho 筆者註解、寫序」，該文名為〈平埔族主體性論述 e 重現：以陳雷 e 長篇小說《鄉史補記》做例〉。

不讀另一部，都不會有故事未了的感覺。因此要將陳雷的《鄉史補記》說成一部長篇，與將吳敬梓的《儒史外史》或李寶嘉的《官場現形記》等組合式的「長篇小說」說成一部長篇同樣勉強。這也是筆者將《鄉史補記》稱為一本「長篇小說集」的原因，如此一來，《鄉史補記》就不是台語文學到目前為止的第二長的長篇小說了。

《鄉史補記》如果要構成一部完整的長篇，在寫法與佈局方面至少要像白樺的長篇《遠方有个女兒國》（1988）那樣，雖然也是使用分流的兩條線，到第二十一章的末尾才滙流為一，可是二十一章之前的兩條線是以交叉敘述的方式進行，讓漢族與摩梭族的生活形成對比，以映襯作者（白樺）有意對漢人社會文化與政治文明的諷刺，並且最後的四章（22至25）寫男女主角的歡聚再悲離都是合一的單線，如此全篇具備完整一體的結構。以前筆者在閱讀這部《遠方有个女兒國》時，覺得這部長篇加強了筆者曾經有過的一個寫作靈感——想寫荷蘭時代或東寧、滿清時代的台灣平埔族小說。陳雷的《鄉史補記》的主題、內容有一部分也是在反映台灣人「有唐山公，無唐山嬤」的題旨，可惜結構和題材都沒處理好。關於《鄉史補記》的敘事結構，本書稍後還會談到。

史卡茲式講古敘事法

筆者在前一節末了曾提到一種叫「史卡茲（skaz）」的敘事方法，它是「指一種帶口語特質，而非一般書寫文字的第一人稱敘事法，在這類小說或故事裡，敘事者稱自己為『我』，稱讀者為『你』，且這個『我』使用的詞彙與句法都帶口語特色，看似自然地敘述著故事，而不是發表一個精心建構、修辭的文字報告。」[12]《鄉史補記》的作者正是化身為一個「講古先仔」在敘講一齣白話本章回小說，雖沒有常常自稱「我」，也沒常常喚讀者為「你」（偶爾有），但小說中有許多地方可以看到敘事者跳出來說話的文句，那些文句的意思和語氣，正是將讀者當做觀眾或聽眾而對讀者說的，比如「TaN 這个郭甲，咱今仔無人諳伊」、「……taN 害啦……」、「……是怎樣講？這我著先給你說明」、「是安怎呔會遐無彩欲死擱吞金？叨是咱古早……」[13]等等不勝枚舉，而且整本《鄉史補記》的作者敘述，完全模擬說書人正在「講古」的說書樣子，包括介紹角色、說明劇情、解釋名詞、描述場景動作、複述情節、簡短式句型、口頭慣用語及一再重複出現的形容詞子句等等都是，例子遍地皆是，讀者只消隨手翻讀一兩頁便可發現這些模仿講古的語言特徵，筆者就不舉例了。這種講古式的長篇小說，之前我們已談過黃元興的四部長篇也都屬這一類型的作品，現在加上陳雷這兩部長篇，於是到目前為止講古式的台語長篇小說在數量上佔台語長篇的最大比例，顯示台語白話長篇也很像明清時代的華語白話長篇，在發展初期都是通俗性的講古話本先有並且佔最大宗，不知這是不是所有漢語文學正常的發展過程和共同現象？接著我們就來看陳雷這兩部講古。

既然《鄉史補記》是兩部同質性長篇講古的合集，其同質性的部分可以一起討論。她們的同質性，包括前述說的族群源流、小說類型、作品主題、敘事方法與結構。

12. 引自大衛．洛吉著《小說的藝術》（*The Art of Fiction*），中譯版書名《小說的五十堂課》，李維拉譯，第三十二頁，木馬文化出版，二〇〇六。

13. 所引文句的原文以漢羅夾用，筆者基於打字方便，有時習慣直接改以相對應的漢字。

何謂歷史小說

在小說類型方面，就廣義來說，《鄉史補記》也許可算是歷史小說，因為她們的內容傳達一種歷史意識，以偏代全的虛構故事，完整表述西拉雅平埔族曾經有過類似的歷史變遷，就這層意義來看，很多台語作品都屬歷史小說，像黃石輝的〈以其自殺，不如殺敵〉、宋澤萊的〈抗暴个打貓市〉、崔根源的《無根樹》、胡長松的《槍聲》、〈金色島嶼之歌〉、《大港嘴》……等等。但就狹義來說，《鄉史補記》絕不是歷史小說，因為她們的情節概屬虛構，幾乎完全是作者依據主題的需要杜撰的，其中也許有些是聽來或搜集的鄉野傳說，這些傳說出自古人或古代作品的虛擬人事也是虛構的一種，縱使小說裡有真實人物（真實人名）出現的劇情，比如〈西史補記〉中有一個節段寫政治異議人士在台南的小北市場行刺蔣經國這件事應該也是虛構的。這樣當然不符歷史小說的真正內涵。

通常所謂歷史小說，故事的主要人物與事件都是真實的，但作者可用不同於別人的（包括史書裡的）角度、觀點來寫該人事，並賦予人物思想、性格，添加事件的枝葉細節，這是為了「擬實」，使故事更具體、更有「真實感」，甚至應需要而虛構一些人物或情節，但大骨架不能改變歷史的已然。這是《三國演義》屬歷史小說，而《水滸傳》不是的差別，現代作家的作品像唐人的《金陵春夢》、邱家洪的《台灣大風雲》等超過二百萬字的超級長篇也屬這類歷史小說。從這層意義來看，台語小說中，林央敏的長篇《菩提相思經》、陳金順的《Formosa 時空演義》中的部分短篇都比《鄉史補記》更像歷史小說。如果以中國作家郁達夫及日本作家菊池寬的看法為準，他們認為必須以歷史上有名或大家所承認的事件、人物為題材，再配以歷史背景的小說才是歷史小說。由此看來，《鄉史補記》中除了簡單提到的朝代變天、廖文毅的台獨組織、美麗島事件等文字是史有其人其事之外，所有屬於小說故事的情節（包含人物、事件）都不是從歷史取材的，當然就不是歷史小說。有人說「《鄉史補記》是第一本台語歷史長篇小說」[14]這句話必須是單就歷史小說的廣泛說法而言，但也只說對一半，真正第一本台語寫的，而且是長篇的歷史小說，應該是黃元興的《彰化媽祖》，此外，黃元興還有兩部也是台語長篇歷史小說，她們甚至合乎歷史小說的嚴格定義。《鄉史補記》書名中的「鄉史」或「史」字，當做小說名稱的一部分則可，把它看成是「補記」某鄉的正史或野史就差多了。

作者寫這兩篇「鄉史補記」都是採平埔族（西拉雅族）主體意識的觀點來看台灣的族群演化與社會變遷，具有濃厚的反殖民和反漢族主體的意味。台灣文學於一九九〇年代，開始出現這類觀點的作品，到了二〇〇〇年之後，這類作品更多了，出自山地原住民作家的所謂「原住民文學」之外，也有出自平地所謂「漢人」作家的作品，像葉石濤、林央敏、胡民祥、方耀乾、胡長松……等人的詩文小說，都可看到從平埔族主體性立場發聲的痕跡，到了陳雷的《鄉史補記》，可說更全面的以平埔族為中心來書寫台灣社會。筆者以為《鄉史補記》一書所要傳達的根本主題，應該是台灣平原的原住民族受到歷朝歷代的外來統治，其中尤以漢人（從滿清中國到國民黨中國）的欺凌、剝削最烈，時間也最長，導致他們被迫逃亡或遷徙，為了生存而逐漸漢化，終於忘了自己的文化根源及血統，到二十世紀末期，因政治的、文化的、知識的因緣衝擊或啟發而覺悟，了解本身的原民身世，不再誤認自己是漢人，

14. 引自《鄉史補記》封面之「關於本書」的介紹。

並且不以自己的「熟番」身分為恥，開始回歸族群文化與族群歷史的認同。西史和東史雖然故事內容不同，幾乎沒有交融之處，但都含有這條根本主題的意旨，作者大約是依據這條根本主題的需求來編撰故事情節，西史內容偏多古代事件，寫較多「漢番」衝突與抗爭，所以將造成家族流遷的「隘寮事件」（平埔隘丁殺漢人隘長「洪青番」之事）放在西史寫；東史偏多現代事件，寫較多諷刺國民黨的情節，也為了「完成」平埔族的身分回歸，將「該族群」（西拉雅）[15]的神話傳說及「去漢認番」的覺悟情節（泰雄與秀麗的相關事蹟）都放在東史寫。

以上是兩篇「鄉史補記」的主題，主題之外，還有許多副題，諸如「平埔番」之善對比「漢人番」[16]之惡、宗教上的阿立祖信仰與基督信仰、母系社會的女性地位高、國民黨政權的專制與兇殘……等等也都存在兩篇中，而用以表述這些主、副題的敘事法，兩篇一模一樣，都是模仿說書人的「講古（說故事）」。這種帶有「史卡茲」性質的講古式敘事法，用於單人主演的真正講古很好，除口語特質外，聽起來會覺得故事生動活潑，而且可以大大掩蓋掉敘事上的許多有意無意的缺陷，因為聽覺稍縱即逝，聽眾無暇感知或無暇思考內容、情節及文句深層的問題。可是用於文字書寫，如果寫作過程沒有小心處理的話，很可能會使作品破洞百出，這些破洞經由文字閱讀便一一現形，《鄉史補記》就出現這種狀況，最大缺陷在於她的故事結構非常鬆散，其次是部分情節內容不合理，並與表現風格極不協調，再次是所有人物的扁平化，乃至同型化。

前一篇〈西史補記〉分十一章，前六章的內容大約如下：

第一、二章主要在寫平埔族出身的顧監小卒「黃慶餘」得到賊匪「陳直」之報恩而逐漸發跡；大地主「郭甲」家遭「陳鴨」、陳直等賊眾連番搶劫；以及八卦會匪類「吳大獅」抗租又殺官的過程。

第三章倒敘舊事，主要寫平埔勇少女「賴蒽（賴包心）」殺漢人隘長洪青番事後，背著父親與家人西奔，逃到平埔村落「加根砂」受到收留，並與社頭「段地」之家結為姻親，賴蒽之姊嫁給段地之姪「龜加」而生下「毛龜義央」，即後來人稱「阿餘毛龜」的黃慶餘。接著敘述賴蒽因好學而離家到漚汪，先是跟隨漢文先學漢字，婚後再因婆婆「阿月母巒」的關係接觸到基督教義，轉而學習羅馬字書寫西拉雅語，期間還幫助村民打退搶匪、打敗械鬥的敵方主將。

第四、五章是更詳細的補述前幾章的情節，包括黃慶餘的身世及發跡過程、漢人詐奪平埔番地、北頭洋抗租的官民戰鬥。

第六章開始先以黃慶餘當主角，簡述他經商有成變大地主，死後人稱「學甲公」，繼而寫黃慶餘後代與佳里興的郭甲後代聯姻等情節，以迄黃家沒落。

以上六章的篇幅佔整部〈西史補記〉的三分之二強，即後五章的兩倍多，是「西史」全篇寫得較好的部分，雖然結構不大緊密，也還不至於散亂無章，筆者覺得西史稍加修改，只寫到黃慶餘及郭甲相繼老死，或者寫到兩家聯姻為止，至少具有長篇小說的乙級水準。可是

15. 書中講述的神話或傳說，依該書所述是西拉雅族的傳說，但也可能是地方傳說或只是作者編造的。筆者未加考證，僅括號注明書中所述。

16. 漢人番：新造詞，漢人之別稱，特指欺壓外族的漢人或品性兇殘、手段惡劣的漢人，不是指已漢化的平埔族熟番。語出林央敏著《菩提相思經》第九品，第一四四頁，草根出版社，二〇一一。

在六—二章的高潮之後，小說時程大約進入日本時代起，結構與內容開始崩散，類似清代譴責小說的章回接續法，亦即在末了造個新題，再依此新題寫下去的方式，從第七章進入國民黨蔣家統治開始，小說的結構及敘事法可謂全面崩潰，那個「講古」的敘事者開始語失倫次，讓不協調的意識流竄，東拉西扯，想把一九四五年到一九九七年間，台灣的政治演變概述一遍，小說變成類似筆記小品的集合，彷彿魯迅所謂「如集諸碎錦，合為帖子。」藉以反映國民黨的白色恐怖、政治專制、戒嚴黨禁、新聞扭曲、黨化思想等等，也加入暴警鎮壓美麗島事件的小市民活動、黨外的抗爭運動與選舉、美中建交（美蔣斷交）、刺殺蔣經國未果等情節，因此不少人物角色就隨意編派。這些寫實的「擬史」內容缺乏小說的場面情境，連同有意用來寓指「同情與救贖」的基督信仰都深度不足。

〈東史補記〉的情節也同樣寫得很不深刻，主要原因是文字大多只敘動作，很少描寫、刻劃，比如「泰雄」想辭掉小學教職這件事，若按李勤岸在序文中的簡述——「師範教育給泰雄教互戇戇。第一名畢業分配去山頂教原住民，伊攏認為『蕃仔無一个正經的』，所以逐冬攏申請欲調出來平地，毋過攏昧准。想欲辭頭路矣，學校拄有一个自願來茲的新老師段秀麗，給伊吸引牢咧。」[17]——泰雄只是個會歧視原住民的膚淺的青年，而實際上，泰雄想請調的原因是他住得遠，「早暗騎點外鐘的軛多拜（o-to-bai）通勤」[18]太勞累，可是每年請調都未獲准，不准的原因相當具有震撼力，可惜作者僅輕描淡寫校長坦白說的山上偏僻學校「無人欲來」，只好留下泰雄，而且泰雄師範第一名畢業，竟然被分發到山上的真正原因、也是請調不准的真正原因是「才知影原來叨是因為老爸的關係（按：泰雄之父曾因政治因素被關），特別指定，永久山內服務，不准調換。」這時，要是能針對國民黨的政治暴力及泰雄的心理、思想加以著墨刻畫，絕對能使文字及情節變得很深刻。再說泰雄想要辭職的原因，按小說的敘述是泰雄的思想產生了族群意識與政治意識的新覺悟，發覺：「我置學校讀遐的冊攏是騙人佮互人騙的……。TaN今仔我嘛佬仔（lau-a）騙仙仔，裝做老師佇騙囡仔。」[19]這是何等嚴肅、重要的母題，可惜作者也沒抓緊題旨做深度的心理動作的描寫，卻馬上敘述泰雄回到學校，「校長給伊介紹：『這是咱學校新來的段秀麗老師。』……泰雄看伊，伊嘛看泰雄，四蕊目睭遂佇（suah teh）相咬，身軀昧輸通過電，欲辭頭路的話遂昧記了了去。」如此設局與敘述，本來能產生力量的情節、文字都變得膚淺了。

結構鬆散的通俗文體

筆者覺得第七章之後的內容，作者應是以「月光」為中心角色，作用在於牽引出小說中的西拉雅族的久遠傳說，並與東史產生連結。那麼上述這些「擬史」的內容最好刪除或大大縮減，頂多只簡要敘述真史來當時代背景，讓和月光有直接相關的情節更集中、更突顯，如此一來敘事格調就會與前六章比較協調，縱然無法挽救整篇結構不夠嚴謹的缺點，至少不會出現結構鬆散，乃至崩垮的現象。

---

17 引自李勤岸作〈平埔族主體性論述e重現：以陳雷e長篇小說《鄉史補記》做例〉，《鄉史補記》序文，第四頁。

18. 引自《鄉史補記》本文，第三三二頁。

19. 引自《鄉史補記》本文，第三八三頁。

筆者閱讀這本書，讀到西史的六—二章末節時，發現小說結構開始出現大問題，再讀第七章後更加確認，這個問題可說一直到終了。曾思考為什麼會這樣，認為原因之一除了筆者在前兩段說的剪材（取材）不當之外，還懷疑問題是否出在新、舊題材的組織方式（即「補記」充填舊作時）沒處理好？因為舊版本的短、中篇〈鄉史補記〉會大幅膨脹成新版本的〈東史補記〉，那麼〈西史補記〉也可能有較短的舊版本作品？果然，陳雷早在兩三年前即發表了〈學甲公〉、〈吳大獅〉、〈賴蔥〉、〈阿月母戀〉、〈阿餘毛龜〉、〈大武山魂〉、〈阮 hia 菜寮溪〉、〈黃啟 e 結劇〉、〈暗殺者〉等九個獨立的小短篇及一篇更早的小短篇〈飛車女〉，不知作者是否覺得這些短篇的內容也可以組成一個中、長篇的稗官野史性質的小說？至少作者應是企圖將〈鄉史補記〉擴充成長篇？便將這十個短篇加以剪併，並做某種程度的重新改寫，再額外編進許多內容，有補充、有新增，舊版本的「鄉史」也是有補充（如目肚的情節）、有新增（如月光的部分情節），然後為了合理化東、西兩篇的關係，都寫一篇「話頭」來說明東、西史的源流。

大凡作品的擴大或結合，古今皆有，唯過程最需注意的是情節結構，有的作品，其敘事結構本就容許增加內容，像喬叟的《坎特伯里的故事》，再加入幾則故事也不影響大結構的完整性；有的作品，必需大量解構再徹底重寫才能建構出新的有機結構，《鄉史補記》（東、西史）的新、舊內容就屬這類性質的題材，我想，作者在組構新的「鄉史補記」時，可能因設定模仿講古的寫法而忽略結構統一性，或者不重視有機結構的因果邏輯以致未能做到故事溶合一體，劇情的因果好像都隨時應需要編排，想要寫什麼就編進什麼，人與事的發展總是非常巧合，全無懸宕、阻礙、逆轉、發現等效果；同時也忽略了情節的合理性，以致出現許多「幻古」（指不合情理的情節），比如第二章郭甲之妾「紅蓮」看到「金山」時，怎可能初聽金山的聲音會覺得「面熟」（熟悉之意）？金山在一歲時被賊抱走了，二十多年後「返鄉」搶劫本家，聲音豈能依舊？而金山竟然也能想起一歲時母親（紅蓮）戲弄那塊佩掛在他身上的紅玉的情景？又如月光母女跳樓而不傷，以及阿良載著月光（按：在〈飛車女〉中叫「阿英」）與人在高速公路賽車，當機車飆進山間野路後不慎摔落，竟能飛翔著地而不傷，原來是月光的平埔族先人目肚的靈魂在庇佑。作者於舊版本〈鄉史補記〉中只寫匏仔寮社頭目肚被漢人殺害，到了新版本〈東史補記〉，將這件事增補目肚的頭顱飛升而去的後續神話，也許是想要用它來象徵民族記憶存在後代子孫、影響子孫，卻因寫實而變成幻古。

再如東史中狗會講話並喊萬歲的「狗民黨」情節、消滅豬災、抓鬼、「躲藏壁孔」、「奇萊」與「秀姑」、「春天」（月光的母親）打盹竟夢見別人的百年事蹟，包括夢見海外黑名單人士返台後被謀殺……等情節都是幻古。

小說可以寫傳說或類似幻古的事件，但要講究敘事方式以符合作品風格，即使《鄉史補記》不是在補記正史，也不是在補記野史，但從她的人物、事件、時空背景的安排來看，她的風格屬於寫實的，寫實小說中處理寓言、傳說或幻古的事件就應當做寓言、傳說來寫、來轉述，但在《鄉史補記》中，作者將它們當做現實事件來寫，安排這些傳說中的人物、狗類等與現實人物一起生活、一起互動，如此寫法就太幻古了，又如大糖商黃水順丟擲整車的棉布糖袋將河水變甜，引起眾人爭相跪拜及感念的迷信情節也有一點幻古，早期台灣的河流，縱使旱季，也比現在的水勢強，尤其小說背景的學甲、佳里一帶，已靠近海口，「一時仔久，牛車空空，奚糖夯了了，攏 tsoh tsoh ti 溪裡」，就算能使溪水轉甜也只能「一時仔久」，豈能讓「學甲堡的人，位下社、中社到後社，位過港仔、西廍、東寮到草坔」等六、七個村庄的「人人帶念黃水順的功德，菜寮溪王爺請食甜」？作者想製造驚奇情節總不能偏離現實邏輯太多，這也是作者改自他自己的另一短篇小品〈阮 hia 菜寮溪〉中的情節[20]，把誇張的民間傳說（也可能是作者杜撰的情節）當做現實處理的一例。另外，**當作者把某些事件擺在夢境當做夢中情節來敘述，卻和現實情節的敘事模式毫無兩樣，因而失去夢境允許奇幻的特權**，一旦夢境變成寫實，其中的奇幻情節就變成不合理的幻古，於是整本小說的性質成了民間通俗故事或傳說故事，缺乏真實感。這一點，在舊版本的〈鄉史補記〉（即〈東史補記〉前身）中反而缺陷較少。大概「鄉史」虛構得太多、「補記」得太多，就像土堆愈高，水瀉愈快，但防洪沒做好，土石流沖垮建築，使兩部「鄉史補記」都落在丙級水域。寫到這裡，筆者突然想起去年某日才浮現的一個關於小說創作的經驗感，這個感覺使筆者產生一個未必正確而願意奉行的結論，即：**寫小說，尤其是寫長篇小說，在修訂或改寫作品時，瘦身比加胖較有可能養出勇健的體格**。

至於《鄉史補記》的其他缺陷，讀者可參閱本書對中篇〈李石頭 e 古怪病〉的評述，那些看法大致也可以用在《鄉史補記》上，在此就不贅述了。倒是其中以詼諧的方式盡情諷刺國民黨的殖民統治、辛辣嘲弄異化台灣人及挖苦漢人殖民者的情節，有點類似都德（Alphonse Danudet, 1840-1897）的《達達林三部曲》[21]，特別是第三部《達拉斯貢港》（*Port-Tarascon*），把殖民活動寫成滑稽的鬧劇。不過都德同時也是詩人，雖然在這三部曲中經常穿插普羅旺斯方言以增加作品的鄉土色彩，但他的小說文字是比較精緻化的，陳雷這兩篇《鄉史補記》的文字（語言）則完全屬於通俗文體。

陳雷的《鄉史補記》類似黃元興的四部長篇，都像在講古，兩人的敘述語言也相當口語化，都是史卡茲敘事法，內容都淺白易解。但兩人還是有別：筆者認為黃元興的講古，是作者直接在作品中現身，writer 與 author 不分，是同一人，從頭到尾幾乎是評介式寫法，很少戲劇式場面。而陳雷的講古，是作者化身做說書人間接在作品中現身，講述（telling）與演述（showing）參半，較多場面，所以較有小說樣，也較有文學性。可惜，兩人講古話本的結構都很糟。

手路奇特的小品佳作

由於《鄉史補記》概述性質的文字很多，有情節場面的文段大多只是動作敘述，加上內容淺白，很快就能看完。不過，這時期的陳雷還有短篇值得看，特別是他的一些短小精幹的小短篇。如果陳雷在這一期也像過去那樣勤於生產，那麼除了前述兩部「鄉史補記」外，應該還有不少短篇小品，二〇一〇年他有三本短篇小說集同時出版，分別是《阿春無罪》、《無情城市》、《歸仁阿媽》，都是一百頁出頭的小書，裡頭約半數作品屬二〇〇〇年之前

---

20. 筆者按：這段以布袋糖包填溪的情節先見於〈阮 hia 菜寮溪〉一文，在該文中，擲糖袋的理由起於一句地方傳說「王爺生日的時溪水攏會甜」，而在《鄉史補記》中，作者加以改寫，將理由編成黃家不堪郭家歧視，蓄意展威兼破除郭家信口開河的話：「等咱溪仔水會甜才來講（說媒）」。

21. 《達達林三部曲》包括 "*Tartarin de Tarascon*"、"*Tartarin sur les Alpes*"、"*Port-Tarascon*" 三部小說所組成。

的舊作新集，另外半數較新的作品寫於二〇〇一至二〇〇六年間[22]？這些較新的短篇小品，水平普遍不如二〇〇〇年之前的舊作，而且其中又有一些作品已被《鄉史補記》所「吸納」，因此本文就不評述了，至於二〇〇六年之後的最新作品，筆者只能就已收集在手頭上的一些選集來觀察，因此可看到的篇數很少，不過有發現兩篇寫得很好，她們是收在《火煉的水晶》選集裡的〈Thai狗〉（2006）和〈紅牡丹〉（2007）。

〈Thai狗〉（刣狗）只四千五百字左右，背景放在一九四七年初的基隆鄉下，以一個小孩的眼光來看事情。全文分兩節，第一節寫村裡派出所的外省主管喜歡吃狗肉，看到村中有長得不錯的狗，便利用警察威權，叫村民「大頭仔」伺機將狗牽到派出所去，有時看到某人家有養狗，被他看上，也會以暗示、明說或帶威嚇的方式要飼主貢獻狗隻。小說中可以看到外省官員的蠻暴及台灣人的純樸善良，也有人狗之間的感情流露。由於這些都透過小孩的眼睛和心思所敘述出來的，文意簡單含稚氣、氣氛詼諧帶諷刺。第二節，敘事者「我」這個小孩由客觀旁述者變成主角自述者，內容進入「我」的故事，作者以小孩的眼睛來看七堵村在戒嚴下的人事變化，先寫村人群起抗議好食狗肉的外省貪官污吏，然後所有被抓未殺的狗都被放出來，因為貪官先被嚇跑了。過沒多久，來自唐山的「國軍」從基隆港開拔到七堵，許多村人與狗都被殺了，驚嚇的「我」還誤以為戒嚴令就是要殺狗，而七堵人疼愛狗，將狗牽去藏匿才慘遭「國軍」毒手。長大之後，才知道「這刣人佮刣狗無關係」，最後一句「事實刣人佮刣狗真相仝」及「狗仔有靈，比人較有情義」暗諷國民黨軍隊的殘暴無情，簡直禽獸不如。

〈Thai狗〉的寫法是作者故意轉個彎，讓二二八事件時，正要前往台北鎮壓台灣人的國民黨軍，在行經七堵、八堵途中濫殺無辜的暴行好像被「殺狗事件」掩飾於無形，實則更加映襯出其兇殘。這裡，作者的間接映襯很成功，很有反刺效果，帶有政治寓言的味道。唯一美中的小疵是敘述觀點與敘述口吻有一點「無形的差池」，即最後一段文字中，表明敘事者「我」其實已經是大人，大人當然可以講述小時候所看到的殺狗與殺人事件，並且說出當年天真無知的感覺和想法，可是「我」在敘述這些情景的當下，應該不會再以小孩的口吻來說了。也許作者可以始終不必讓「我」表明已經成人的身分，或者改變最後一段的內容，讓「我」所述故事是好幾年前的回憶式自述或日記式獨白，應該就不會有這個敘述上的小矛盾。不過瑕不掩瑕，誠如小說中的「刣狗」掩不了阿山官兵「刣人」，這篇小說的水平應屬甲級下等或中等，道道地地是篇佳作。

〈紅牡丹〉更短，僅約三千多字，也是以間接方式寫二二八，反映當年「國軍」殺害老百姓的暴行。寫法更怪異，走山路加深距離感，作者以台灣民間傳說的靈異俗信來表現主題、情節，小說裡的主角「阿美」，也是敘事者「我」，覺得自己好像在做夢，二〇〇七年的三月八日，她可能被鬼魂附身或被鬼魂牽走，失蹤三天，被一個青年「俊雄」載到基隆港邊的一家名叫「花井」的飲食店和另外四個高中青年聚會，一起吃麵，然後街上有放炮聲，其實是槍聲，六個人就出去觀看，當阿美被老闆娘拉回店裡後，五個青年其實已被兵仔抓走了。阿美等到睡著，做一個噩夢，夢中，場景換到基隆港，夢見這些青年和許多人被鐵鍊穿

---

22. 收入這三本短篇小說集的所有作品皆未標注寫作或發表時地，雖出版時間是二〇一〇年春，但據友人說三書皆是二〇〇五至二〇〇六年間就已整理完成，因此未收入二〇〇六年以後的作品。

掌，再聞槍聲大作，人們倒下掉進港口，一顆子彈打到阿美胸口，她才醒起，忽然俊雄跑回店中叫阿美把一張字條趕快送去俊雄家中給俊雄的父親……。最後阿美按字條的地址找到俊雄的家，始知俊雄已經死於六十年前的二二八事件。

前述情節只是小說的一部分，了解二二八事件的讀者應知這些情節寫的就是基隆屠殺的情形，小說中的五個青年及花井店老闆娘其實是鬼魂，包括花井店的街景槍聲都是幻相夢影。本文的怪異處並非以鬼魂當角色和幻相當場景，而是她的一種特殊的魔幻寫實——把現實與魔幻混淆在一起的敘述方式。敘事者阿美是人，也可能是鬼魂，因為小說最後揭開六十年前有個受俊雄託付去送字條的女子也是「阿美」，那個阿美應該也被殺了，於是「古阿美」的靈魂因未能完成付託而縈迴人間，尋找另一個「今阿美」來送達，或者又轉世為「今阿美」？而那些青年也因慘死非命，或不得家人來收屍超渡，或某種原因，每年這個實為忌日的「生日」相聚在已經改為「林森老茶行」的「花井」飲食店，總之，小說人物如真似幻，情節也虛實難辨，末節出現的賣冰小姐及阿婆應該是人，但也未必，阿美的姊姊為了求證，載著阿美去找花井這件事的人、物，我想也是可實可幻。這篇小說，從魔幻寫實的觀點來看，分清角色是人是鬼？辨明情節或真或假，應該已不重要，重要的是這樣怪異的安排和敘事方式是否達到作者想要表現的效果，我想：是有——小說主題除了反映二二八時阿山軍的血腥之外，應該將那些枉死的鬼魂叫做「二二八冤魂」，祂們的怨念依舊得不到安慰，作者也許含有隱喻二二八真相未明、真兇未受制裁，所以冤魂永在。「見若三月八日下晡，偎黃昏西照日的時，基隆港的水色無張無弛變做紅紀紀若牡丹。」這句景象描寫是雙關，也是隱喻。因此本篇應有「甲級中等」水平。但是如果從單純反映二二八的寫實觀點來看，人物的真實幻假以及部分場景的不合理安排，會使作品出現差錯，就可能變成只有「甲下」或「乙上」的評價。這個主觀與偏好的差別，筆者無法定於一，就留給讀者去見仁見智一番吧。

我們已分兩階段探討過陳雷的前、後期小說，對陳雷的作品有了一個約略的審美印象，即不論早期寫的，還是近期寫的，他的短篇小品幾乎都比中、長篇好，尤其五千字以內的小短篇，筆者評為佳作的五篇都屬這類作品，五千字以上的短篇，水準逐漸下降，到了萬字以上的小說，庶幾都出現結構鬆散的大缺陷，白描概述的文字也增多，降低情節的場面效果，這個問題在中、長篇作品中尤其嚴重，筆者認為這和題材與表現方式有關，我想，作者如果能在一篇作品中減少母題（motif）的數量，並慎選能和主題相搭調的母題，應能大大改善這個缺失。

第三節　新秀與拾遺

有潛力的新秀

二〇〇一年到二〇一〇年間發表並已出版的小說集，筆者還看到一本，初讀其中一篇就覺得作者有寫小說的潛力，這本短篇小說集叫《倒轉》（2008），作者劉承賢（一九七五－，台北人），筆名「大加臘（Vovu Taokara Lau）」，是位二〇〇〇年之後開始寫台語小說的新秀。在讀到《倒轉》之前，筆者曾聽說劉承賢的小說不錯，有人甚至認為比胡長松的作品好，心想既是總評台語小說，自不能錯過這位新秀的作品，今年初，筆者在搜集手頭上欠缺的台語小說集時，朋友告知他有《倒轉》一書並願意借我，取書時，筆者向他請教一下他對劉承賢小說的看法，以及「若欲省時間，應該看佗幾篇？」朋友因曾閱讀的時日已久，只說平均印象是「中中仔」，又說「你會當先看……」同時邊想邊在目錄上勾了四篇。接著我們就依朋友的建議來看這四篇，篇數雖僅十二分之四，但篇幅幾近全書一半。

由於筆者所能看到的一百多年來的台語小說，已出書的作者裡，只有劉承賢的作品，筆者尚未看過任何一篇，因此開始動筆寫作本書之前，優先閱讀《倒轉》，而這本小說集是筆者手頭上最慢出版的一本，初讀之時距今輪到評述本書業已超過半年之久，內容已模糊了不少，現在只能憑記憶及當初記寫在頁白處的眉注來寫以下文字，因未重讀，不敢權充評論，就當讀後感。而所以不想再重讀的原因是，筆者當時讀後，確也感覺作品的平均水平是「中中仔」。

〈走犯〉是一篇意識流小說，主角「王抱徹」是個好幻想或不知不覺會陷入幻想的人，為一個主題或某個觀念而幻想，本文主要在寫主角自甘矛盾又無法自拔的心理狀態。表現法不同於一般小說，簡單說可歸納出三個特點：

《倒轉》同名小說的主題很好，寫台灣人在民族認同上的轉變，具有歷史與民族這兩種意識的內涵。作者劉承賢在〈倒轉〉一文中設計的小說人物很有台灣人族群的代表性。

1. 以半虛寫實寫外在事件，比如已離婚或與妻子分居中的主角，他與「阿如」間的無法自然相處的愛情半虛寫實，這種半虛寫實的表現方式貫穿全篇，只有在主角與自己小孩相處的一段才出現全實的敘述，這一段當然也破壞全篇的氣氛。

2. 純心理的事物以全虛表現，像主角的夢中自責又自認沒錯的情節有如全虛幻境。

3. 以描寫外景來襯出主角孤獨的哀傷。

筆者曾寫下讀後感：「作者有寫小說的才華，善用技巧，又想到創新，然不夠成熟、自然，有些地方顯得造作，因抽象式寫法沒處理好，使主題茫茫霧霧，如王漁洋所謂太『隔』。」

〈目 tsiu〉（目睭）這篇的重點內容是寫一六四四年一個荷蘭軍官率兵攻打北路諸平埔番的經過。作者以這位軍官於一六六二年的荷鄭戰爭中，受傷倒地的臨死前，回憶那次北征來敘述故事，在那次北征的殺戮中，水裡社紅姨的一段用荷蘭話吶喊的咒唸和「目睭」的神色深深烙印在他的心裡，祟著他，使他多年不能心安，直到臨死，其言也善而深深為自己扮演外來侵略者的行為感到悔罪：「希望恁興旺，莫擱成做過海的獵人的食物，看見麗斗的土地佮子孫仔的祖靈啊！求你赦免我這個汙穢的靈魂。」紅毛軍官引述記憶，自我唸完這段話後，在期望紅姨的讖語（按：指外來敵人的種種強制措施終會被唾棄，及受難的平埔族人「會永遠徛置茲」的宣示）快快成真時死去，末句軍官的「目睭逗逗仔契去」與紅姨的「目睭」有對比、有合一兩種效果。

初讀這篇時，覺得她寫得「平平」無奇，這可能是這篇小說的文字比較平鋪淺白以及有些敘述是我認為具歷史的知性錯誤，因此沒給予較高的評價，由於這篇比較短，只有四千字左右，我就再讀一次，讀後，統整而現的印象直覺這篇是美的，她的主題與形式（包括敘述方式、情節安排與修辭描寫）配合得宜，雖然她的歷史的知性錯誤仍然存在，但我的想像的直觀作用脫離論理的智力作用，已不在意這篇小說所患的知性錯誤。筆者所稱這篇小說具歷史的知性錯誤，是指小說的敘述有些不合史實、不合邏輯，比如荷據時代，台灣北路的平埔社番不可能有人會講荷蘭話，荷蘭人最早出現要教士著學習荷語的構想是一六四三年，大員長官及其評議會與巴達維亞總督及其評議會往來的函文才開始提到這種想法[23]，在此之前都是身兼地方行政職的荷蘭傳教士在學士著的語言，成立於一六三六年的台灣史上第一所公立學校的教學用語就是西拉雅族的「新港語」[24]，因此小說中的一六四四年，連與大員官方關係最密切的台南新港社人都不大可能會講荷蘭話了，半線水裡社的紅姨怎可能會用荷蘭話？又如兵荒馬亂、殺聲震天的背景之下，一個瀕死的人能回憶那麼多內容且想得那麼清楚嗎？不過，這篇的主題不在歷史，而文學所要表現的「真實」只要合乎事件的「可然」就算成立，非要一定是「必然」或「已然」的事物才屬真實，這是自亞里士多德以來的文學批評家所了然並奉行的看法，因此這篇小說所患的知性錯誤就變得無關緊要，此時，筆者再讀〈目tsiu〉時的審美過程應是單純應用直觀，義大利美學哲學家克羅齊（Croce）認為「直觀（intuitive）就是對於真實的知覺和可能事物的單純心象之未分化的統一」[25]，他又說：「批評家之批判作品，也貴能撇開理論和抽象，而直接憑直觀去下判斷。」[26]沒想到筆者在二十七年前細細啃讀的美學理論突然發揮作用。雖然這篇達到佳作水準，但是心理層面的動作，深度仍稍嫌不足，筆者認為她頂多只能處在甲級下等的位置。

朋友勾選的第三篇是〈走閃會社〉，這是全書最長的一篇，約一萬七千多字，分十三個節段，主要內容在寫「走閃公司」如何幫助影視紅星、政治要員等名人閃避記者狗仔隊的追蹤，以及幫忙掩護這些人的隱私，特別是掩護這些名人不欲為人知的醜陋勾當，最後「走閃會社」的頭兄為了更大利益，利用自己獨家的資訊及方便，變成惡整名人、威脅最大政黨主席、聯合政壇惡棍對付政敵的隱形人魔。

〈走閃會社〉以全知觀點敘述，具政治影射，有些角色似在投影某些現實人物，筆調全屬寫實的，卻有許多天馬行空的虛構情節，不知作者是否有意將內容寫得像小說裡的八卦雜誌，讓讀者覺得刺激而無真實感，處理事件虎頭蛇尾和無頭無尾，事件之進行多數靠說明，約在篇幅的三分之一後，情節結構就解體了，這篇是很失敗的丙級作品，筆者不想舉例說明。此外還有一個遣詞造句上的缺點，就是故作標新立異，胡亂創造新詞。一般說來，寫台語文需要夾用羅馬字，最根本的原因是不知漢字怎麼寫，或是以直接標音讓會講台語又會拼音的讀者容易讀出該拼音字的字義，因此所用的拼音字必需是口語化的字彙，但作者顯然故作新奇，有些地方不用大家習知的口語詞，而自創新詞，於是不少羅馬字還要外加漢字注解，比如「khia 風」（筆者按：徛風，即把風）、「thai khiau 柴」（筆者按：刣曲柴，即談

---

23. 詳見《荷據下的福爾摩沙》（*Formosa Under the Dutch*），甘為霖英譯，李雄揮中譯，台北前衛出版社，二〇〇三，第二八四頁。
24. 同前注，第一九六頁。
25. 引自克羅齊著《美學原論》，傅東華譯，台灣商務印書館，一九八一，第六頁。
26. 同前注，第二頁。

判）、「phah-tat」（筆者按：拍踢，即打算）等等，這些新奇羅馬字讀來拗口頡牙，這個現象也反映在作品的命題上，「走犯」、「走閃會社」應是故作神秘的命題結果。

〈倒轉〉可能是作者最在意或最得意的一篇，所以用來當小說集的名稱。〈倒轉〉的主題很好，寫台灣人在民族認同上的轉變，具有歷史與民族這兩種意識的內涵。作者設計的小說人物很有台灣人族群的代表性，主角的家族——賴家——正反映台灣人的祖先是唐山公與平埔嬤的歷史事實，甚至可以說來自母系的平埔血緣要濃於父系的唐山血緣，但是主角「賴永達」的漢人意識特別強，一直把唐山當做父祖之國、把福建（安溪）當做祖籍祖鄉，而當平埔族都漢化後，台灣人無論血緣如何，一律自許為「漢人」，過著全然漢文化的生活，所以當一八九五年日本領台始政後，賴永達不願當天皇子民被「日本番管」，更無心奉待「日本番」，便趁日本政府給台灣人選擇國籍的時機，變賣家產，帶著漢化的平埔族裔妻子「李怨」渡海回到他心裡的「正港e源頭」——唐山，可是當他見到「祖國」的落後及在半途遭遇一些不愉快的人事後，翻然頓悟台灣才是自己的祖厝、自己的故鄉，就又回到溫暖親切的台灣。作者藉這篇小說反映中國意識之空幻與台灣意識之實質的現象，小說的最後一句的歸結語：「我想，我真愛永遠徛置台灣，賴家置台灣生枝發葉，阮的根，萬代年前已經釘置茲。」是明示主題，可能也意有所指的暗諷今日許多被迫喝國民黨奶水長大的台灣人的認同錯失的現象。小說除了民族意識由虛歸實這個主題外，當然還有其他副題，像平埔族在漢化之前曾經受到基督教文化洗禮，像中國人並不真心接納台灣人；覺悟後的台灣人同時也會滋生有一天能當家做主的理想。

這篇小說，作者很講究表現方式，表面上是以第一人稱「我」當敘事者，實際上是在

「我」的自述中間，插入一大篇以「我」當「作者」的第三人稱旁述，關於「我」的曾祖賴永達的故事及賴家簡史主要是由旁述寫成的，篇幅佔約全文的十分之八，這些旁述內容是「我」聽「a-pah」（筆者按：阿爸）講的，因此「阿爸」也是隱藏作者之一，甚至是真正的第三人稱旁述者，當然這一大篇旁述也可以視為是真實作者以第三人稱的全知觀點寫的，只有第一段及最後三頁的文字才是「我」的自述。

這篇小說既有深度的主題及不錯敘述模式，如果善加經營絕對可以成為甲級佳作，只是小說文字泰半以概述方式交待賴、李兩家的歷史往事，也就是說賴家先人的奮鬥事蹟及反映李家先人由平埔番變成漢人的文化轉折幾乎都靠說明來呈現，如此，深層的民族性主題就無法深刻反映，因為情節概述缺乏具體動人的感染力，尤其寫意識型態的東西不能單靠概述。而本文比較具有場面呈現的情節大約是在寫永達離開台灣到福建後的遭遇，可是這些寫唐山治安不好的情節編得太粗糙簡略，一個唐山意識那麼根深蒂固的人豈會旅宿客棧時，只因鞋子被偷及夥計態度很兇就把永達的父祖情懷擊碎並激發他產生唐山非信美兮的覺悟？其間毫無掙扎和轉折的心理描寫，於是乎這段場面事件就顯得鬆弛平常，不具逆境突轉的情節張力。這篇小說之所以情節膚淺、現實感不足，除了概述文字過多及事件簡陋之外，還有一個原因很可能是作者採用第一人稱自述及由第一人稱蛻轉成的第三人稱旁述，卻以全知觀點敘事，全知觀點敘事法雖然可以方便作者編造情節，卻也容易造成情節的不合理和不實感，如果作者能以限制觀點寫作本文，即使中間的旁述也能把「擬全知觀點」的敘事嚴格控制成限制觀點的敘事，並多加深入描寫角色的心象，相信這篇小說會寫得很成功，但看小說倒數第二段：

置夢裡[27]，我恰若看見阿祖用手挲查某阿祖的頭鬘，查某阿祖長長、細置頭殼頂的頭鬘，目一聶變做山邊規遍的苦苓舅，擱化做水潭邊長長的蘆竹仔，月光突然間跨過窗仔唇，熗查某阿祖的面幼白擱紅霓紅霓，色水像玉山頂的司公嚷仔花，大武山鬧天，擱深深釘根置地裡，八通關的草埔青青，風給山坑裡的水潭捙甲起泱，溫純的泳，奈奈仔敲岸，輕輕仔出親像喘氣的聲。（《倒轉》第二七六頁）

這段以擬人法描寫台灣景象，讓「查某祖」與「台灣是母親」的形象合一的「精緻文體」優美動人，筆者覺得作者也應有描寫心象的能力，可惜作者沒把這個能力用在這篇應當心象重於表象的小說，使〈倒轉〉只有乙級約中等至上等間的水準。

劉承賢的小說大約如前所述，其餘各篇可能真的都不如〈目 tsiu〉、〈倒轉〉兩篇，筆者就暫且按下不表了。而據筆者閱讀前述四篇的感覺，再綜合自賴仁聲（〈An-nia e Bak-sai〉1924）以降至劉承賢（《倒轉》2008）等人的作品印象，在這些使用「全羅字」或大量夾用羅馬字書寫台語文的作者當中，劉承賢最具實力寫作高模仿的虛構型敘事作品，只要他再多加觀摩好的精緻作品與寫作練習，使敘事技巧更圓融成熟，並注意敘事觀點及情節的合理性，還得加強人物性格的刻畫，至少主要角色必須是扁平型或圓整型人物，以及有必要創造新詞彙時多利用漢字，一定能寫出成功的高模仿小說，不過恐怕也還需再勤奮多年才能趕上胡長松目前的成就。

微型與極短篇

林央敏（一九五五—，嘉義縣人）是戰後台語文學的第一代作家，著作甚多，除了有文學領域的詩、散文、小說及評論等書冊之外，還有非文學領域的政治、文化、語言、教育方面的論集及音樂創作。一九七二年即有中文新詩發表，一九八三開始嘗試台語詩寫作，在一九九二年出版第一本台語作品集之前已出版了包括小說集在內的十本中文著作了，到目前為止，他是台語創作及理論發表最多、作品類型和寫作技巧也最多樣的作家，可是要談台語小說，他就屬後出新人了，到二〇〇五年才有極短篇發表，即使將他的史詩作品《胭脂淚》都當做台語小說，也是二〇〇二年了，比崔根源、胡長松還要晚。二〇〇九年初夏，他的劇本集《斷悲腸》出版，裡頭主要收錄四篇台語劇本，有詩劇、歌劇和一般的散文劇，其中有一篇散文劇〈還鄉斷悲腸〉，依作品類型及內容文字來看，作者將她稱為「劇本小說」，宋澤萊也認為她的「場景描述是小說性的……異於一般的劇本」[28]，這篇雖然可以被當做形式特異的小

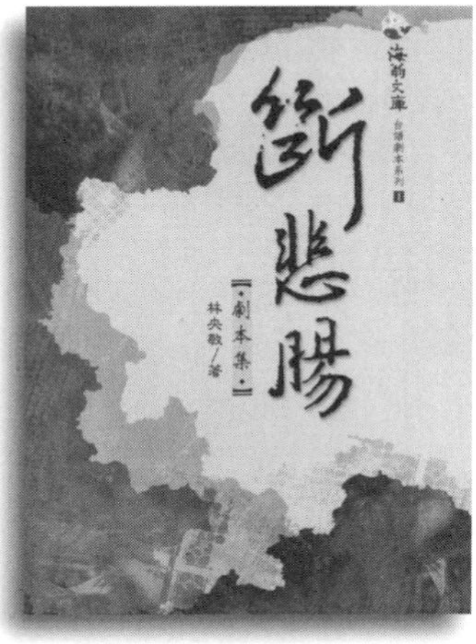

林央敏的劇本集《斷悲腸》中，除了收錄一篇劇本型態的「劇本小說」外，另附兩篇微型小說〈剿城記〉與〈一蕊紅〉，是台語小說的最小品。

27. 本段引文，作者的原書文字夾用了五十九個羅馬拼音的音節，筆者基於打字方便，引用時都一一改以音義相對應的漢語文字，如有讀者不知某個漢字的台語音，請自行對照原文的注音字。

28. 詳見宋澤萊作〈評林央敏有趣的台語黑色幽默劇本「還鄉斷悲腸」〉，原載二〇〇九年十二月，《海翁台語文教學月刊》第六期。

說，但她的外表既是與一般劇本無異，我們只好將她排除在小說之林。不過該書在劇本之後還夾帶兩篇小說類的特小品就合乎本書的範圍，一篇是不滿三百五十字的超微型小說〈剿城記〉、一篇是字數僅一千出頭的極短篇〈一蕊紅〉，她們可能是戰後至今出自作家手筆的兩篇最短的台語小說。她們雖然極短，但結構與修辭並不同於通俗文學的筆記小說，〈剿城記〉像現代詩，〈一蕊紅〉像現代小說。

〈剿城記〉寫一個好賭的男人，賭到債台高築，最後不知是被逼到跳河自盡，還是遭到債主謀殺，主角的城牆雖然毀了，社會上仍有人樂此不疲，在繼續賭博。這篇小說從頭到尾沒寫到一個關於賭博的字樣，全篇由一個借喻式的情節構成，作者把「跋繳」（賭博）的「戲麻雀」（麻將）比做圍城之戰，「磚仔角」與「城牆」都暗指「麻雀只仔」（麻將牌子）、「疊磚仔角」和「造城牆」是指牌局的進行動作……，每一句都是只有喻依，沒有喻體的動作比喻，好像一篇有情節的散文詩，或者可稱她是一首微型「小說詩」。「剿城」不只是打勝仗，還要剿滅對方，每個賭徒無非都有這種全贏的心理想望。按文末所記，這首微型「小說詩」是作者二〇〇二年翻閱到自己寫於一九八〇年的一則文思初稿加以改寫的，因故閒置到二〇〇五年才發表，不過，她的出現總算為台語小說增添一類掌上型。寫法上，作者將賭博玩牌與敵我爭戰做意象聯結，在台語文學中算是一種想像的創造，後來我們才知道古詩人早有類似的寫法，十八世紀初葉英國大詩人亞歷山大・波普（Alexander Pope, 1688-1744）的「仿擬史詩」《秀髮劫》（*The Pape of the Lock*）裡就有一段把牌戲當戰爭、牌桌當戰場、牌子當將士的描寫。

〈一蕊紅〉寫法官宣判時的法庭現場，案由起於一次財務糾紛，歡場（酒家）老闆「張鎮定」夥同姘婦「劉麗容」（花名「蘇珊」）向名為「生死之交」，實為酒肉朋友的「洪雲飛」討債，兩個男人在爭執扭打間，蘇珊為了助情夫解困，情急之下刺殺了洪雲飛。小說以蘇珊為敘事立場的主角，內容由作者的描述、主角的回憶與悔不當初的心理念頭及法官的判決交織而成，曾是全市最紅的酒女蘇珊，明天還會再當一日「全市上紅的煙花」。

以上兩篇這麼短的小小說，給讀者當茶餘飯後的佐茗則可，要讓嚴肅的文學批評來論斤秤兩顯得太輕，沒有多少內容好說，除非台語文壇的這類極短篇出現很多時，將她們歸納在一起，使成一類，從中篩拾出一些屬於極短篇的比較客觀的審美標準，才能給予恰當的評量。

當本書即將進入尾聲時，有朋友看到本書的首章初稿已在台語文學的雜誌先行節錄發表，知道本書評論的範圍及對象是二〇一〇年之前已收入書籍的台語小說，好心來電告知並詢問筆者是否有藍春瑞的台語小說集，筆者孤陋寡聞，不知藍春瑞是何人而答以闕如，於是一個月後，另一個朋友順道路過寒舍，很熱心的把這本書名叫《無影無跡》的小說集帶來借我，我想，本書既為「作品總評」，朋友們大概不希望我有所遺漏吧？

這本《無影無跡》（二〇〇九出版）短篇集有三百頁之厚，我以為收錄不少篇，粗心翻看一下才知只有寥寥四篇，包括一個五萬字的中篇及三個篇幅也不短的短篇，都是作者在二〇〇七至二〇〇八年間寫的，想來，一個小說新人能在短短兩年間就寫出這麼多創作性文字，要是有甲級佳作就很不簡單。

接著我打算先行選讀一篇，細心一看，發現其中的〈豬腳 kho〉是筆者在三、四年前曾經讀過的，原來藍春瑞（一九五二－，台北人）是〈豬腳 kho〉的作者「藍阿楠」的本名。〈豬腳 kho〉的情節雖已不復記憶，但仍依稀記得她的語言及寫法，很像一篇素人創作版的台語民間通俗故事，形式又像七字仔結合章回平話的講古，差別在她的內容講的不是古代的民間事，而是二十世紀後期的台灣市井事，感覺上〈豬腳 kho〉也屬「台語不少，文學不多」這類型的作品，不過要比同類型的大部分作品好一些。有此印象後，筆者便不再急著閱讀這本集子。兩週前，筆者與提供這本書的兩位朋友異地相逢，當面向他們請教關於《無影無跡》的「一句讀後感評」，並問是否有值得評介的？他們都認為其餘三篇與〈豬腳 kho〉差不多而未特別推薦，只建議我：本書的性質既然好壞作品都有所評論，那麼《無影無跡》是已出版的小說集，又符合本書的評論範圍，也應該交待一下。所以關於《無影無跡》，筆者就交待至此。幸有朋友告知，才沒讓她在台語小說史裡失蹤。

以上是台語小說進入成熟期後（2001-）到二〇一〇年為止，所有已被收在作者別集中並且已出版的小說的狀況，由此可知，並非台語小說進入成熟期後，所有作者都能寫出佳作，也不是一個成熟的作家都能下筆皆佳，這是舉世皆然的現象。筆者認為：台語作家處在台灣如此惡劣的台語環境中，他們的小說作品能有這等成績已值得讚賞及尊敬。

本文最後還需檢視一下其他被收錄在一些選集中的小說作品，她們是文學獎得獎作品集[29]、台語文學的年度選集[30]、個別雜誌的作品選集[31]及主題專輯的選集[32]。理論上，這種屬於眾家文學選或文學獎作品集裡頭的作品，應該全屬佳作或大多是佳作才對，實際上據筆者過去幾年的閱讀經驗，發現這些選集仍有優劣參雜的情形，因此為了節省精力及時間，此番閱讀，只能優先選擇其中兩類評閱：

首先是已有台語小說集出版的作家作品，這些作家的入選作品中的佳作，筆者都已一一補述在前文中屬於該作者的章節裡了，像胡長松、陳雷等人的散篇（按：指尚未收在作者個人著作的作品）佳作。

其次是以漢字寫的作品，這類作品包括全漢字寫的和只夾用極少量羅馬字的漢字為主的作品。為何以此優先，將在下一章再補充說明。

職是之故，選集中的大量夾用羅馬字的作品和全羅字的作品（尚無這類作品），除非她們屬於優先選讀的首類作品（指已出版台語小說集的作家的作品），否則筆者只能暫且按下。在前述第二類（多漢字體）被收入某種選集的作品中，有林央敏的〈訣別情愛赴劫品〉、〈進出風雨品〉及陳金順的〈目降鬚鼈〉值得一讀，但〈訣別情愛赴劫品〉與〈進出風雨品〉只是長篇小說《菩提相思經》的單章節錄（第二章與第五章），這部長達三十萬字的台語小

海翁台語文學獎得獎作品集，自二〇〇四年—二〇〇八年共出版五冊。

29. 筆者只收集到海翁台語文學獎四冊（不全，應有五冊）、台灣文學獎一冊。
30. 二〇〇六年起才有專門選錄台語文學的年度選集，筆者只收集到其中三冊（不全，到二〇一〇年應有五冊）。
31. 筆者只有《台文戰線》雜誌社出版的五年作品選集一冊，其他台文刊物似乎尚無此類選集。
32. 此類主題專輯且有收錄台語小說的選集，筆者只收集到二冊以二二八事件為主題的選集。

說要到二〇一一年初夏才有完整面目現世，到二〇一〇年為止也僅發表不到三分之一的篇幅，其完稿成篇及出版時間都已在本書的評論範圍之外，這裡就不談了，因此我們要看的只剩〈目降鬚鼇〉。

陳金順（一九六六—，桃園縣人）近年發表不少小說，〈目降鬚鼇〉（2010）是新近的一篇，寫鄭成功登陸台灣，攻佔熱蘭遮城（按：即古之赤崁、今之台南市）後，直到荷蘭人離開普羅民遮城（按：即古之台灣、今之安平）當天，這段將近十個月的日子裡，鄭荷雙方往來交涉的情形。主角叫「Coxinja」，甘為霖譯為Koxinja，即「國姓爺」鄭成功，標題「目降鬚鼇」就是在形容鄭成功的外貌及行事風格，故事由荷蘭人「Meij」敘述，Meij是長駐台灣的資深土地測量師，赤崁陷落後，除了被鄭營派去測量土地外，還被任命在鄭（熱蘭遮）荷（普羅民遮）之間傳遞訊息，因此雙方議和談判的內容及自各的行為反應，敘事者相當清楚。本篇儼然是歷史小說，內容想必是取材自十七世紀駐台荷蘭人寫的《熱蘭遮日誌》及法蘭汀（Francois Valentyn）寫的《新舊東印度誌》。這兩本歷史文獻中關於荷蘭人在台灣的最後一年的記述，本就比一般歷史書寫得具體生動，作者應是取其中的部分內容，特別是記述鄭成功較多的部分加以組織編寫，再加上自己的想像描述而成，雖然敘述結構並不複雜，先寫「結尾」，再倒敘主要內容，最後再複

陳金順的〈目降鬚鼇〉寫鄭成功攻佔台灣（今之安平）的情形，收錄在作者小說集《Formosa時空演義》中。

述一次開頭的「結尾」，中間的主要內容像是情節概述，但因有用心描寫人、事、物，比如關於軍容的細部描繪、人物外表及動作的刻畫，文字頗具場面效果，讀者從中可以感受到主角的性格、信念，把鄭成功殘忍的一面（代表漢文化的不人道特質）充分反映出來，這正是〈目降鬚鼞〉的主題所在。筆者認為這篇有甲級下等的水平。

這篇小說除了一些專有名詞以適應荷蘭時代及荷蘭人敘事者的需要而使用荷語式羅馬字之外，全以漢字書寫，敘述語言也相當「純化」，台語的原汁味完全不輸給多數夾用羅馬拼音的漢羅體小說，而且還能產生一種散文式的文字黏稠感，時下多數漢羅體小說通常無法兼具台語味與較高的文字黏稠度，但漢字體的〈目降鬚鼞〉兼而有之，筆者細究她的語式，應是使用漢字寫作，自然而然的將一些不必要的口語虛音去除了，使語法趨向緊密，才產生文字黏稠感，這篇小說的語言是散文的，所以就只產生散文性質的文字張力與黏稠感。這是書面語與口說語的基本差別，我想，這篇是研究台語散文式書面語不錯的樣本。

其他如曾江山的〈凱達格蘭希望之樹〉、陳金順的〈竹篙鬥菜刀〉也不錯，都有接近佳作的乙級上等水準，而林貴龍的〈失落的寶藏〉、吳國安的〈烏色e日頭〉稍遜一些，大約乙級中等。這幾位作者如能在小說的敘事結構上更講究一些，強化情節的緊密度，應能寫出佳作。

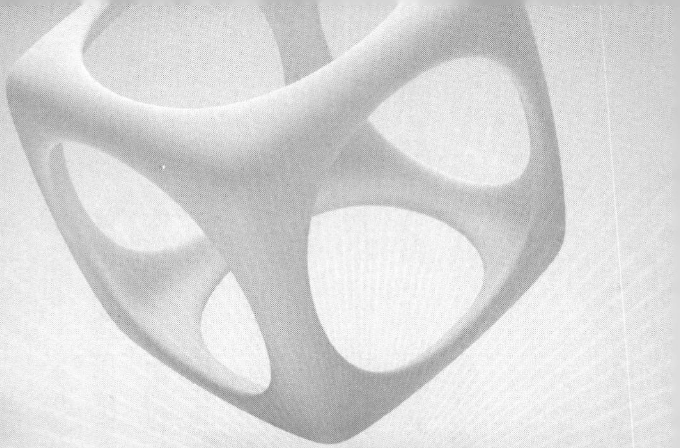

第七章

回顧後的補充

第一節　優先選讀漢字作品的原因

漢字夾用羅馬拼音的基本原則

在前章的「新秀與拾遺」一節中，筆者曾提到關於二〇〇一年之後的零散作品，本書目前只就一些選集裡的「漢字作品」優先閱讀，這裡所謂「漢字作品」包括兩類：一是全漢字寫的台語小說，二是只夾用極少量羅馬字的漢字為主的小說。後者所謂「只夾用極少量羅馬字」不易說個數據，到底多少才叫「極少量」並無客觀的衡量標準，因為目前使用「漢羅體」書寫台語的文本，雖然表面看起來都是漢字為主，但夾雜羅馬字的比例人人互異，即哪些語彙要使用漢字？哪些語彙要使用拼音？都不一致；同一作者的不同文章也常有混雜無章的情形，甚至僅僅同一篇文章，有些作者在書寫同一個語彙時，時而漢字、時而拼音，缺乏一套「漢羅夾用」的原則，幾乎到了大量而混亂的地步。因此本書所謂「只夾用極少量羅馬字」是憑筆者主觀判斷的，筆者發現從十九世紀末的「教會白話字」到目前的「台灣閩南語拼音」（所謂「台羅」）的使用者，他們不管是使用全羅書寫，還是漢羅書寫，他們書寫台語時的羅馬拼音其實都只是用來當漢字的注音而已，並非真正在拼寫台語字彙，換句話說他們寫的台語羅馬拼音並不是拼音字，而是每個漢字以單音節唸時的單字注音，本質上仍然還是錢鍾書小說裡所稱的「拉丁化的漢字」[1]，比如：

1.「m̄ thang kiân lâi tsit king siong-sim ê tsíu-tìam」、

2.「野人因為 kap（kah）外人 tsih-tsiap，mā 開始 theh-tioh tsit-kúa tshing 枝」[2]

3.「毋通行來這間傷心的酒店」、

4.「野人因為敨（佮）外人誌接，嘛開始提著一寡銃枝」

以上所列第一、二例句裡的羅馬拼音其實都只是第三、四例句裡的漢字單音節台語發音的注音。

至於後來有人改良台語羅馬拼音的書寫方式，將部分語彙中的連字符號（*hyphen*）及音節的調號省略，使拼音更像文字，而其注音的標調方式也不再以漢字單音節為準，改以語彙詞句的實際讀音為準標記正確的調號（即未必標單音節漢字的本調），比如：

5.當注音時：「m̄-tāng giān lāi zit-gīng sīong-sim ē ziu-diạm」[3]、

6.當文字時：「m-tang gian lai zit-ging siongsim e ziudiam」，

這是前列第一例句改用「通用拼音式」標記後的樣貌，第五例句是純粹注音，仍可清楚看出單音節，不過已脫離單音節漢字的束縛，而是台語的語詞字句的注音了。第六例句看起來更像拼音字，因為它有單音節字，也有複音節字，不再是單純靠漢字來拼音了。可是羅馬拼音無論是教羅、台羅或通用，也無論是做為注音之用還是文字之用，目前在字義（語意）的理解上似乎仍要依賴漢字的字義，就以「siong-sim =

1.「拉丁化的漢字」，語出錢鍾書（一九一〇—一九九八）的小說〈靈感〉的第三段。

2. 本句引自劉承賢小說〈目睭〉的第三節第四段。

3. 通用拼音好像將中平調（台語舊式第七調）的橫槓標在字母下方，筆者電腦打不出，因此一律改標在字母上方。

sīong-sim = siongsim」和「tsiú-tiàm = ziu-diạm = ziudiam」這兩個詞為例，讀者在閱讀時，前一個詞也許可以比較快地由語音直接理解語意，因為「傷心」已經是眾所習知又聽慣的台語詞了，但第二個詞恐怕會有很多人要先透過漢字的形象、含義才能知道它的字義就是「酒店」，要是同時聯想到其他同音異義的字、詞，而在語法上難以辨別時，更是非要經由漢字思考一下才能理解。職是之故，目前的台語羅馬拼音本質上都還只是漢字的注音，既然只是漢字的注音，就表示台語羅馬字只具輔助台語漢字的書寫功能，因此「漢羅夾用」應該要有一些原則供使用者遵循才不致混亂、不致造成語意理解的困擾，筆者認為漢羅夾用的基本原則是：當某些語彙的相對漢字如屬目前台文界較少用或仍不知、或教育部未推薦、或寫作者不會、或電腦無法打出時，寫作者才考慮是否以羅馬字來權宜替代漢字。相信凡是本著這個原則所書寫的漢羅體作品，她需要夾用羅馬字替代漢字的數量應已不多，大約在〇・一%～三%之間，這就是筆者所謂「只夾用極少量羅馬字」的比例，雖然「極少量」仍會因人之識字多寡而有異，但應都不會超過三%。凡超過三%乃至五%以上者，應屬大量夾用羅馬字的作品了，這類作品就不算本書所稱的「漢字作品」，也許應歸納到「羅馬字作品」或稱之為「半羅馬字作品」。

為何羅馬字寫的漢語白話文較少文學佳作？

筆者在最後的散篇拾遺之所以優先閱讀漢字作品，除了順乎國人及個人的普遍閱讀習慣及對漢語文字的熟識習慣之外，主要原因還是基於筆者讀了自古至今所有台語小說後所得的基本印象使然，這個印象是漢字作品的文學性高於羅馬字作品。台灣自十九世紀末開始有創作性質的全羅式台語書寫，以及二十世紀末開始有漢羅式台語書寫以來，到二〇一〇年為主，以全羅字和大量夾用羅馬字的台語文章中本就很少文學性作品，其中的文學作品，佳作很少，好小說的比例也很低。

理論說來，以全羅方式或漢羅方式書寫任何一種漢語，絕對比使用全漢字的方式書寫容易得多，亦即當一個作者熟悉任一套拼音字母後，用它來拼寫台語，或者大量用它來輔助漢字書寫台語，應該會比全用漢字或少量夾用羅馬字的漢字體來書寫台語簡單，因為他遇到不會寫或不知怎麼寫才正確的字彙都可以注音替代，不必受困於漢字的學習和選擇。筆者認為，任何一個台語人或華語人，縱使是小學畢業的市井小販，只要他沒忘記ㄅㄆㄇ注音符號的拼法，當他用漢字寫信而寫不來時，告訴他可以注音就好，他應該就會寫台語文[4]或華語文了。羅馬字母拼音就有相等的，乃至更完備的功能，所以用羅馬字母拼寫台語文應該是更簡單的事，然而為何全羅體和羅馬字多的台語作品反而比漢字體或漢字多的作品較缺乏佳作？或者說較少文學性高的作品？究其原因，主要在作者之異，而非書寫體之別。

自古至今，多用羅馬字寫作者大多不是文學作家，他們——

1. 或可能本來就比較缺乏文學才賦？比如較缺乏想像力、故事結構力、文字操控能力等等。

---

4. 需用增訂版的ㄅㄆㄇ注音符號才能完整及準確的書寫台語，因為台語的音素及聲調比華語多。

2. 或可能本就不怎麼了解文學藝術？甚至不大懂文學，誤以為把口語如實記錄下來就是文學，再誤以為文句語彙很有台語味就是好的文學作品，於是只因漢羅文體簡單易寫就寫了，自然無法寫出好作品。

3. 或可能疏於文字的學習及講究？試想，連基本的文字都懶於學習，乃至學不會的人，他會有興趣或有心去學更難、更高深的文學修辭及其他技巧嗎？

4. 或可能對文學較沒興趣而很少觀摩好的文學作品？這方面他可能較少閱讀好的台語文學作品，其他語言的好作品也讀得不多。或者他可能把不佳的作品當做佳作在閱讀、在觀摩學習，自然不易有進步。自古以來，台灣人的文字書寫主要是以漢字為工具，無論是創作的、翻譯的，一般人要閱讀好作品，通常都要透過漢字，但有些人可能不喜歡漢字或閱讀漢字文章的能力有所不足，因此錯失好作品。

5. 或可能本來就志不在純文學創作？這方面，不論以全漢字、全羅字、漢羅夾用式書寫台語，既已志不在創作文學，大概寫作時也就不在乎文學性，有些文章甚至要避免文學性。因此對這類文章，我們自不能以文學作品看待。

6. 或可能僅是文學的初習者，尚欠文學寫作的磨煉？

7. 或可能其他因素？比如羅馬字不是漢語的傳統文字，又缺乏使用環境，因此無法創造詞彙、創新語法，於是顯得較貧乏，無法表現較高深層次的內涵。

此外，不知是否因為使用拼音書寫台語更簡單了，而且任何同音異義字都可以拼用相同的注音，因此不必耽心有不會寫的「字（注音）」，甚至也不必耽心拼錯音，寫作時很順利記錄思惟，於是寫作者就疏於雕飾文句了？

筆者也知，多用羅馬字寫台語文的做法，有些人是本著其他理念性與技術性的理由，非直接關乎文學，至於與文學創作有關時，主要不出上述原因。

以上部分原因當然也適合任何書寫體式的作者，比如以全漢字或幾乎全漢字寫作的人要是有上列前六種狀況之一也是寫不好。不過，多用漢字寫作者很多本來就是文學作家出身，較沒有前列的種種「或可能」的情形，自然更有能力寫出好作品，無論他們使用漢字或多用羅馬字都一樣，而作家出身的作者幾乎都習慣以「全漢字體」或「多漢字體」寫作，這且不在話下。至於，半路出家的漢字型作者，因漢字書寫較難，但他們仍想克服文字以利書寫，這樣的人，絕對比遇到難字就拼音替代的人更願意付出較多心力去學習，去熟悉語言、文字及文藝技能，一旦克服漢字之難後大多已有相當程度的文學底子和磨煉了，寫作起來自然進步較快、較講究文學的要素，也就比較能寫出佳作。另外就是台灣的漢字教育及學習環境普遍，而且漢字本就是台語（漢語之一）的傳統文字，用它書寫台語較能創造詞彙，增加台語表現力，進而使台語的文學語言精緻化，這也是筆者優先選讀漢字作品的另一個主要原因。

以上是台語的漢字小說與羅馬字小說到目前為止所呈現出來的一般現象。至於未來，假定台語可以完善的做到全面羅馬字化，並且全民普遍學習使用，作家也必須使用台語羅馬字創作文學時，可能會有另一番景象。

第二節　通俗或精緻的語言純化與書寫

本書從第一章起就多次談到作家或作品的語言問題，但所說的多半和作品的審美無關，而是單純的詞彙與語法的問題，筆者也曾指出這部分和作品的文學性關連不大，之所以一再觸及是因這個低層次的語言問題與判斷該文章是否屬台語作品、是否可以稱為台語小說有最直接的關係。本來文學鑑賞所關心的語言問題在於詞章文藻的修辭效果與作家的文字風格，而非語文的「純化」問題，但因台語文缺乏標準化，又非國人普遍使用的書寫工具，台語文的寫作者一直都是靠自力在學習、摸索，因此作品的語言「純化」問題才顯得重要，甚至有一些人誤把它當成鑑定作品好壞的要件，先是把使用到較多中文詞彙或者語法上有點中文化的台語作品當做不好的作品；接著誤認漢字無法完整書寫台語，所以必須採用拼音符號（羅馬字母）輔助台語寫作；最後誤認以漢羅夾用體書寫的作品台語較純，也就較好。到了這種見解時，可說已幾近完全偏離文學的審美批評了。不過，拿台語文的語言純化程度做為鑑定該作者的台語能力倒具有一定程度的可靠性和參考性，比如某人寫一篇台語文章，我們也清楚他的書寫符號（漢字或羅馬字）的台語發音時，可是用台語讀起來卻很不順暢，應可判知某人的台語能力不佳，而台語能力不佳者，要能寫出好的台語作品恐怕也是緣木求魚。

語言原本就沒有真正的「純化」現象，因為它會不斷演進、發展，有些舊語會死去，有些新詞會生出，甚至語法也會悄悄的改變，而處於被壓抑的弱勢語言還會有死得快、生得慢的問題，其演化速度和時代的變化以及被文化殖民的程度成正比，不過要有明顯的差異總要幾十年，乃至幾百年的功夫，所以雖沒有真正而永久的「語言純化」現象，但仍有相對的、或長期存在或短期存在的純化現象。估舉三個句子為例：「明仔載你咁有冗？」、「明仔載你有冗否？」與「明天你有閒嗎？」前二句是純正的台語，第三句就顯得不純。不過當一種語言由口語變成書面語，再由通俗走向精緻後，所謂的「語言純化」（「純台語」）概念就沒有意義，因為一篇台語文只要用台語唸讀起來很順暢都是「純台語」。不過唸讀者本身的語文能力（比如台語程度和識字程度）會影響唸讀的順暢度，但這與語言純化沒有關係。我想，關於台語的語言純化問題，應做如是觀才不致偏差。至於把書寫符號看成和語言的純化問題有直接關連就錯了，那是教育、學習與運用的問題，而不是符號會造成寫作者的語文或純或不純的問題。認為通俗文體以及夾用很多台語拼音的文章比較有台語味純然是一種錯覺，羅馬字其實也可以拼華語文、日語文……，一篇全羅體的台語其實也可以用到中文詞彙、日文詞彙……，我們不能偏頗的說台語吸取日語詞彙、夾用英語詞彙是反映時代的語言現象，而台語吸取華語詞彙就叫中文化或台語不夠純化，其實語言純化與否，和「詞彙的口語化」及「語感習慣」有很大的關係，一篇文章無論是全漢字寫的還是全羅字拼寫的，假定使用的全是台語本有的詞彙，若這篇文章的語言結構很平常，缺乏美化、陌生化，則讀她時大約只感受到她的語言及文字的直接意義，所以會以為她的語言比較純粹；可是一旦經過詩人作家美化、精緻化，成為一種文學書面語後，讀她時的最終感受是辭章之美與文字的弦外之音，高明的讀者甚至還會感受到或發現該辭章被作者新鮮化的創造過程——寫作技巧，於是語言最初的淺層感受就不再強烈。前文中筆者曾指出，黃元興的早期小說用全漢字體寫作，但讀起來很有「純正」又原汁的台語味，而早他七十年的賴仁聲或鄭溪泮，都使用全羅馬字體寫小說，文中已參用（或吸收了）不少北京話的語詞。但我們不能據此認為全漢體比全羅體的台語更純，反之全羅體或漢羅體的台語味也未必強於全漢體，筆者閱讀洪錦田、林錦賢、楊照陽、邱文錫、紀傳洲、崔根源、陳金順……等人的漢字作品（含夾用極少量羅馬字的作品）也是台語味十足，胡長松的短篇〈金色島嶼之歌〉有不少詩化的描寫文段，而林央敏的長篇《菩提相思經》有更多詩化的精緻文體，又創造許多台語警句，讀起來都不失台語味，只是台語味在這類精緻型的小說中已不大重要。

書寫系統無關台語純化

這裡再實舉兩段文字為例，來證明書寫系統與台語純化沒有關係。這兩段文字分別出自兩篇筆者新近才讀到的小說：前者是全漢字體寫的；後者是漢羅夾用體寫的，而且羅馬字用得比漢字還多：

（1）一九四二年正月初一透早，田中正雄佮他多桑、卡桑作伙去神社參拜。轉來了後，他多桑田中勝三捾（kuann）一罐屠蘇酒做伴手，掣伊去向安藤桑拜年。新正年頭啉屠蘇酒，聽講是唯宮廷流傳到民間的風俗，若佇這一工啉屠蘇酒，一冬內挺（thing）好無病無疼、消災解厄。（引自陳金順作〈尾聲〉）

（2）Li tsai^{n}-iu^{n} beh ke--i？人講，娶某大姊坐金交椅，Hibalih 嫁 hit-e tsa-po-e，to 有 i e 緣份、理由：「I，我思慕 e 人。」Li si gua su-bo e lang。Hibalih to 有影 ke 人 e 歲，你無看榮福伯坐 ti 圓桌 a 後 ping，kui-e 面 tiam-tsih-tsih！Hit-e tsa-po 是 gua 思慕 e

人，起頭 ti 台中 leh 賣鞋，tsit-tsam-a leh 學車床，講 beh ka-ti 做。雖然講 iau 1 kho 人 liu-liu……[5]（引自施俊州作〈Hibalih 姑娘〉）

筆者選擇這兩段，只是看到該兩段印在該兩篇小說的A4紙本上都只有四行字，以為字數差不多就選取了，沒想到一經打完字，後者多了一行。以下我們試著揣摩該兩位作者的書寫方式和用字，分別將這兩段文字換上對方的外衣：

（1）一九四二年正月初 1 tau-tsa，田中正雄 kah in to-sang、kha-sang tso-hue 去神社參拜。Tng 來了後，in to-sang 田中勝 三 kua^{n} 1 罐 Toosoo- 酒做 phua^{n}-tshiu，tshua i 去向安藤 sang 拜年。新正年頭 lim Toosoo- 酒，聽講 si ui 宮廷流傳 kau 民間 e 風俗，na ti tsit 1 kang lim Toosoo- 酒，1 冬內 thing-ho 無病無疼、消災 kai-eh。

（2）妳怎（tsai^{n}）樣欲嫁伊？人講，娶某大姊坐金交椅，ひばり嫁彼个查甫的，叨有伊的緣份、理由：「伊，我思慕的人。」你是我思慕的人。ひばり叨有影加人的歲，你無看榮福伯坐佇圓桌仔後爿，規个面恬寂寂！彼个查甫是我思慕的人，起頭佇台中咧賣

5. 兩段引文皆為原作文字，但其中的羅馬注音和拼音字母中，有部分字母帶有調號，因不易打字，一律省略，又第二段引文中，有四個 o 字母的上面本有一點，相當於「台羅式」拼音的又用符號「oo」，因無法打出該符號，也省略了那一個小點。

鞋，這暫仔咧學車床，講欲家治做。雖然講猶一箍人溜溜……

前者的有些字也許還要改成羅馬拼音才完全符合後者的書寫方式，比如三個日本名字，但因漢字也是日本字，我們就保留原樣。這兩段文字互換外衣後，讀起來都與穿著舊衣（原作的書寫符號）時的內容、音義一模一樣，前者不因夾用了許多拼音字而增加台語純度，後者也沒因變成全漢體而少掉台語原味。由於兩段都是散文平述句，所以改換書寫方式幾乎不影響辭章的文字張力和美感經驗。要是精緻文體的詩化段落，把漢字體改成大量夾用羅馬字的漢羅體，不只會增加語意理解的障礙（比如將前段中比較少在口語上聽到的「宮廷」也改為「kiong-ting」或「king-ting」），還會減少辭藻間蘊藏的美學含量，如意象、張力、美感、多義性等等；反之把漢羅體改為漢字體，會相對增強文字的質量密度，筆者在前一章曾引用劉承賢小說〈倒轉〉中的一段屬於精緻文體的文字，為了打字方便，筆者在打字抄錄時同步將它翻成全漢體[6]，就有這種效果，因該段文字的原文大部分仍是使用漢字表達，尤其一些具意象作用的關鍵字詞都使用漢字，所以全漢體與漢羅體原作的文學性差別不大，要是將那些關鍵字詞如「目」、「舅」、「窗」、「唇」、「釘根」、「起泱」、「出親像喘氣」等都改為注音字的話，詩意的文字密度將喪失不少。接著再引一段文句詩化而文意深奧的精緻文體，原文是全漢字，筆者模仿前引第二段的（施俊州式）漢羅體方式直接將它改成超大量的夾用羅馬字的外貌，而且部分同一語彙有時用漢字、有時用拼音，（拼音法延用原作的美語kk音標式，標調法改用台羅拼音式，其實兩式的拼音法除調式外，功能與效果無異），如此一改，書寫符號會影響文學的理解、欣賞與文字內涵的問題就很清楚的顯現出來了，這段文字，若不參照漢字原文，恐怕很難讀出字義：

……pà^{n}-kang ê 拳頭母 sī zing-kū sī 明妃 sī kong-hîng- 母，結實 ê zíng- 頭 -á sī zing-tŭi sī勇-hū sī 金剛 -chú！-Gúi-huan 思量，hiông-hiông 感覺碧天寺 ê 護身 gong-dà veh-sū hō 悟明 zing 破，名聲變 gah 濁 giak-giak，jiök 魔 jiök 魔子 jiök 魔女 jiök 魔民 jiök 為魔所 dih 者由 lök-gài 第六天 hun-hun 降落枕雲山來侵犯 iêkùn-miândán 擾 iêzē-siâm 抽亂 iê 六根 ho-huániêgì-dìsiá^{n}-mí 人造 ê 四大多苦多難 siá^{n}-mílângzìmê 春花 huat-gàgik- 酒 sián-mílâng 唱 êhua 非 huavū 非 vū（按：省略部分）…… m 知 sī 夢中 ê zē-siâm ah sī 坐禪 ê vîng-sióng：釋一愁聽 dìerh ka 骨 chè 草枝 ê 聲 chì-chì 叫聽 dìerh 柔 lng 幼秀 ê 音色 sai-nai 叫 ūi 洞外輕輕流過（按：以下省略）[7]

行文至此，縱看戰後的台語小說，全羅體及「多羅體」的小說，絕大多數的作品都呈現「通俗文體」，即口語化及散文化的文字樣貌，相較於全漢體及「少羅體」的小說，「多羅體」的作品比較少「精緻文體」的篇章文段，不知這是作者本有的文字風格？還是有意採用

---

6. 該段引文見本書第六章第三節。
7. 本段引自林央敏著《菩提相思經》第十六品「心魔情業破戒品」。原作之部分文字是：「有空的拳頭母是春臼是明妃是空行母，結實的指頭仔是樁槌是勇父是金剛杵！幾番思量，洶洶感覺碧天寺的……釋一愁聽著跤骨擦（chè）草枝的聲嗤嗤叫聽著柔軟幼秀的音色腮妮（sāi-nāi）叫位洞外輕輕流過（按：以下省略）」。完整引文的原作文字可參閱《菩提相思經》（草根，二〇一一版）第四三二—四三三頁。

通俗文體表現低模仿的題材？也不知這個現象是否和台語書寫系統的體式有關？也許三者都是原因之一，不過筆者認為作品文字呈現通俗化或精緻化，與書寫系統比較沒有直接關係，而是取決於題材表現的需要、作者的文學理念及作者的寫作才華，這三者的綜合將呈現作者的文字風格，至少是某一作品的文字風格。

雖然作家各有個人的文字風格，但進入成熟期的台語小說，寫作者一方面應該復育可用的固有語彙，一方面也應該使作品文體朝向精緻化，創造詞彙，加強寫作技巧、豐富台語的表現力、提昇文字的美學境界、擴大寫作題材、細膩而深刻的反映人生百態和人生哲學等等。如前所見，到二〇一〇年為止，可臻於甲級中等的佳作數量還是太少，希望二〇一一年之後，台語小說由成熟初始再進一步發展，邁向另一階段的成熟豐收。

第三節　台語小說最具後殖民性

一九八〇年代後期，國際間興起一股後殖民文學的理論與實踐的浪潮，這個浪潮源於非洲阿爾及利亞獨立運動的革命家法農（Frantz Fanon）在一九五二年出版的《黑皮膚、白面具》（*Black Skin, White Masks*）一書，法農是阿爾及利亞旅法的精神科醫師，他以精神醫學的方法分析非洲被殖民的黑人社會的病理，探索被殖民國家所面臨的認同危機、殖民異化與文化迷失等問題，對殖民地的受迫族群的「殖民創傷」與「精神異化」有深度敘述，後來以實際行動抵抗法國殖民主義。到了一九七八年美國學者巴勒斯坦裔的薩依德（Edward Said）發表《東方主義》（*Orientalism*）一書，後殖民論述開始引起東、西方學術界的爭論和重視。薩依德以傅科（Michel Foucault）的「知識／權力」概念，即（掌握詮釋）真理帶來權力的理論及新馬克思主義者葛蘭西（Anthony Gramsci）的「文化霸權」理論為本，論述東、西方的文化互動，尤其著重「殖民與被殖民」分析解構，批判西方強權對外的語言與文化的殖民式輸控。在法農與薩依德之間，其實已有不少論述涉及「殖民與被殖民」的問題了，進入一九八〇年代，後殖民主義的理念又與女性主義、後現代主義、解構主義、馬克思主義等等結合，發展成文學的、文化的、語言學的、政治學的、社會學的一系列後殖民理論，地理範圍擴及歐、美、非、亞四大洲，舉凡曾被殖民而獨立的國家幾乎都成為後殖民理論研究的對象或重鎮，而她們的文學、文化與語言政治都受到後殖民理念的影響，據《逆寫帝國》（*The Empire Writes Back*）[8]這本「後殖民文學的理論與實驗」（Theory and practice in post-colonial literatures）的專書所列，到一九八九年為止，單就後殖民文學這部分的論著就有大約三百五十冊之多，就連新加坡的詩歌都受到國際學者關注而成為後殖民文學的範例之一。

台灣文學界／學術界大約在一九九〇年代中期也開始出現後殖民文學熱，可是台灣的後殖民文學論者，大多只談及台灣的華語文學及日治時代的日語文學，頂多向前追溯東寧、滿清時期的舊文學，殊少以台語文學當台灣後殖民文學的文本，其原因除了這些人可能因為看不懂台語的書寫系統（文字），以致無法順利閱讀作品，只好加以忽略之外，另一原因是有些人根本就反對台語文學，而且他們的後殖民論其實是參入部分後殖民表象的新殖民主義的

8.《逆寫帝國》又譯為《帝國反寫》，原著初版於一九八九年的倫敦與紐約出版，由阿希克洛夫特（Bill Ashcroft）、格里菲斯（Gareth Griffiths）、海倫・蒂芬（Helen Tiffin）三位合撰。

偽裝。

後殖民文學理論是可以幫助讀者了解文本的語言及內容，但對文學的審美批評幾近無能為力，因此本書無意多加引述，由於台語文學作品是台灣文學史上最具有後殖民文學面相的文本，卻為台灣學界所忽視，筆者才需要稍為提到後殖民文學的理論。如果筆者的理解沒錯或沒有偏離太多的話，後殖民文學的理論在於兩個反抗殖民主義的核心理念及一個寫作上的語言策略。這兩個核心理念：一個是「去中心化」（decentring），主張二元或走向多元，反對一元化的中心霸權，進一步為被邊緣化的民族、文化重構主體性；另一個是「去殖民化」（decolonization），解除殖民統治所加諸於殖民地的種種壓制，最徹底的主張反映於印度的後殖民文學，主張從殖民語寫作回歸到本土母語寫作，甚至回復到殖民前的文化狀態。將這兩個核心理念運用到寫作上就是重置語言（re-placing language），語言是文化的核心，更具權力的中介作用，因此「要求後殖民寫作奪取位於中心的語言，重新把它設置於完全適應殖民地的話語，以定義自己。」重置語言包括兩種過程：棄用（abrogation）與挪用（appropriation）。「棄用意謂拒絕帝國文化的類別」，「棄用或否定『中央英語』的優惠。」「挪用是語言被拿來使用，以承受一己文化經驗的重擔的過程。」[9]挪用是棄用之前的過程，或者說是達到去殖民之前的過渡。

真偽後殖民論

儘管所有的後殖民論者都認同去中心與去殖民的核心理念，但在語言的重置使用上，仍存在迥異的差別，有的人僅止於挪用，即雖然繼續以帝國帶來的殖民語言寫作，但不再接受帝國制定的語言標準為標準，以英語來說，即不再將殖民者或英國的「中央英語」當做標準英語，而致力於以在殖民地發展的有別於中央英語的「地方英語」寫作，同時引入殖民地的本土語言，使地方英語更加本土化，更適於在地特色；有的主張棄用，挪用只是一時權宜的過程，最後仍需棄用殖民語，完全回復到被殖民前的本土母語寫作，頂多是將殖民語引入本土母語中，這是本土語挪用殖民語，而非僅是殖民語挪用本土語（地方語）。**就寫作語言的主張和實踐上，筆者將後殖民論者大致概分為三派：**

1. 外語（殖民語）為主，將受本土語影響的殖民語看成本土化的「新語言」。中、南美洲及非洲的後殖民論者大多屬這一派。
2. 外語為主，用以表現多元社會現象，重構殖民地獨立後的價值觀點。美、加、紐（紐西蘭）、澳（洲）等曾是英國殖民地及非洲曾是法國殖民地的國家的後殖民理論比較偏向這一觀點。
3. 本土語為主，殖民語則逐漸讓出主導地位。似乎只有在印度及非洲才有這種聲音。

三派都強調反殖民、反一元中心的精神，主張雙語或多語文化。

筆者過去在閱讀一些後殖民論述時，曾覺得後殖民論述所說的現象和觀點幾乎完全適用

9. 本段落中的四個引句，引自前注《逆寫帝國》一書，劉自荃譯，香港駱駝出版社，一九九八，第四十一頁。

於台灣文學，而將台灣的所謂「後殖民文學作品」及「後殖民文學論述」分成三種以相對於前述三派：

1. 半調子的後殖民性（Post-coloniality）作品及理論。這類作品及作者的中文寫作，不排斥挪用台語詞，甚至積極使用台語詞彙。

2. 偽裝及失根的後殖民性作品及理論。這類作者或論者之主張台灣文學應以中文寫作的態度與印度某些人主張並維護以「印度英語」寫作的見解如出一轍：「（英語寫作）並不絲毫阻礙該作品深刻地關注印度式的（思想方式），及本質上豐富地複製印度社會及思想方式。這是被其他後殖民文學的豐饒所證實的。澳洲文學、加拿大文學、西印度群島文學、南非文學——全都以英語寫作，但都互有不同，跟美國有異於英國文學，不遑多讓。印英文學也可以在其自身的印度情境下，作為獨立的整體。（穆克基一九七七）[10]」台灣有一些作家及後殖民論者同樣認為中文寫作也可以表現台灣精神、抒寫台灣特色……，也是不同於中國文學的文學獨立體。他們與印英文學的維護者之差別，大概在於印英文學的維護者並不反對印度母語文學的復興，但他們卻反對台語寫作及反對發揚台灣的母語文學，當中有人甚至把「反台灣意識，及諷刺（批判）台灣人具日本情結，而反抗中國統治的小說」當做台灣的後殖民文學。這樣的觀點或立場要不是投降於中國殖民主義，就是筆者前述的「參入部分後殖民表象的新殖民主義的偽裝」，這種新殖民主義的作品只能算是「殖民後（after）文學」。

3. 完整的後殖民性及理論。這是指台灣的母語文學，其中尤以台語文學的作品及理論，可說完整具備後殖民文學的內涵。無論詩、散文、小說、劇本，台語文學作品本就比其他台灣文學作品寫了更多、更深刻的反殖民、去中心化的內容，台語作品中又以小說最具後殖民性，從本書所評述的小說文本中看，幾乎從每篇或每本作品中都可以看到後殖民文學的影子，例子之多不勝枚舉，單就台語寫作這件事已是後殖民文學中去殖民與棄用殖民語的最具體的實踐，其寫作語言既挪用日語、又挪用華語，也有挪用英語的現象，但都維持台語的主體性，這才是真正的「後殖民文學」。

第四節　簡述作品的分量

偉大作品的內涵與條件

本書在這裡應該進入尾聲了，筆者幾乎已把早期口傳的民間故事及一四〇年來的所有台語小說都看了，當評應評的也多少評了，內容已如實的寫在以上各章節裡，每篇小說筆者都給予一個表示水平級等的評價，這個評價自然含有主觀成分，但總是確實讀過才敢加以臧否，讀者或作者認同與否就見仁見智了。其中評在同級同等的作品，在文學分量上還有高低之分，而且有時差別極大，這裡所謂「分量」是指作品的「重要性」，乃至「偉大性」，通

10. 同前注《逆寫帝國》，香港駱駱出版社，一九九八，第一三三頁。

常甲級中等的短篇不如同級等的中篇，更不如同級等的長篇，而同級等又篇幅差不多的作品，也是有分量之別，她們的分量主要見於作品的內容，即主題和題材，但也不能單純的以題材（寫作素材）做劃分，因為題材是死的、無機的，必須作者以高明的手段賦予「精神」，作品才有靈魂、才有生命，不是光寫一些所謂的大事件，作品就變得有分量，比如古來不少通俗演義的書，說的儘管是歷史上的大人物和大戰役，但只有故事的殼，沒什麼引人深省的思想內涵，也比較缺乏詞藻之美，她們在文學上就沒什麼分量可言。相反的，小人物的事蹟，要是能反映某種人性的普遍性或具深刻的哲學觀、人生觀等等，也能成為「大作品」，比如〈古詩為焦仲卿妻作〉（孔雀東南飛）一詩，筆者就認為她是重要作品，在漢語古詩中應該可以稱得上偉大作品。至於什麼樣的內容較具重要性或偉大性？這個問題最好從一些抽象原則來看，依筆者多年來的心得淺見，凡重要作品的內容大約可歸納出三種內涵：

1. 能表現歷史感，含帶某種歷史意識的作品；
2. 能表現時代感，含帶某種哲學觀、價值觀……的作品；
3. 能表現社會感，批評人生，反映普遍人性的作品。

以上或具其一或兼具多種表現的好作品都應屬重要作品。她可以是浪漫主義的，也可以是現實主義的、象徵主義的，甚至可以是後現代主義的……，她們經過時間洗禮都可能成為一種古典（classical），有的作品甚至不待時間禮讚就散發經典的（classic）特質，具有偉大作品的條件，而什麼是偉大作品的條件？通常是：

（1）反映大主題、敘寫重要題材，亦即具有上述三種內涵的內容，而且
（2）內容與形式結合得很恰當，成為緊密完整的有機結構體，再加上
（3）修辭佳，所謂「修辭佳」大約可以從五個地方看出來：理想的敘事結構、精緻的語言風格、細膩的描寫能力、優美動人的文句構詞，以及創造深刻的警句、佳句、智慧句。這就是筆者在本書第五章中說的能綜合體現「美麗文體」與「細膩文體」的「精緻文體」，它的文字如果讀來感覺格調高昂、稠密矯健就包含了「雄偉文體」的成份而成為「雄偉文體」（或譯為「崇高文體」）。這裡的「文體」都是指文字與內容的結合體，前兩種文體是筆者的主張，第四個統合性的文體名稱與內涵是第三世紀羅馬古典主義批評家郎介納斯（Longinus）的說法，他認為使文體格調高昂的來源有五種：

1. 形成偉大觀念的能力，
2. 受靈感鼓舞的強烈情感，
3. 形成各類語象（figures）的能力，
4. 高雅的詞藻，
5. 高尚而雄健的結構。

前兩種是指作者的心靈本質，既來自作者心靈，就可能反應到作品裡面，後三種屬於藝術本質。朗介納斯的說法與筆者差不多，他多了一項強烈情感，確實，情感是所有藝術所必需的，他大概特別強調情感要強烈，也是指帶給讀者強烈的感覺，亦即文體的感染力強，

「格調高昂的語言，及其施諸於讀者的效果，不是說服，而是騶化（transport）」[11]。

　　一般說來，要同時具備這些內涵或條件，需要長篇作品（長詩或長篇小說）才做得到，但長篇作品不易達到筆者所列的第(2)、第(3)兩項的要求（條件）。尤其是使用被壓抑到奄奄一息的語言又沒有很多好作品觀摩學習的台語創作。這部分關於文學分量與台語創作的問題需要更多篇幅的專文才能說清楚，這裡就不細談了。本書也僅止於作品水準的評價，並未做分量的評量，而可確定的是，一篇作品必須先是好作品，才能進一步談分量。

第五節　本書評論範圍外的成品

林央敏的史詩型長篇小說

　　本書之寫作，原本只構想萬把字一篇來小談台語小說的部分佳作，起筆於二〇一一年三月，於是將評論的時間範圍設定到二〇一〇年為止。因此二〇一一年才出版的小說集就被排除了，除非裡頭的作品已完稿且發表於二〇一〇年之前，而且筆者來得及看到該小說集才會加以評賞，崔根源的短篇小說集《人狗之間》（2011.4出版）便是，至於林央敏的長篇小說《菩提相思經》（2011.5出版）

林央敏的《菩提相思經》長約三十萬字，故事內容以鹿窟事件及一九五〇、六〇年代的政治白色恐怖及台灣社會為背景，她的問世，台語文學才有史詩型長篇小說。

雖然也來得及看到，但她是二〇一一年春才完稿的作品，而且在二〇一〇年之前只發表不到四分之一的章節，自然不具《人狗之間》的資格可以被本書歸入評論範圍，不過已有其他評論家如胡長松[12]、應鳳凰[13]、番仔火[14]等人對這部長篇發表評介，喜歡閱讀台語書評的人要是覺得本書有此缺憾——沒有評賞《菩提相思經》，他們的文章恰可彌補這個缺口，雖然評論之筆可能與本書迥異，惟《菩提相思經》長約三十萬字，故事內容以鹿窟事件及一九五〇、一九六〇年代的政治白色恐怖及台灣社會為背景，她的問世，台語文學才有史詩型長篇小說，台語小說發展到這裡，從最短小的微型、極短篇、短篇、中篇、長篇，到最大型的大長篇等各種長、短型態的小說作品才完整具備，顯示用台語來創作文學，也和世界所有主要的文學語言一樣，都有無限可能，台語也同樣能達到文學藝術的美學要求。

林央敏寫了最短的台語小說〈剿城記〉，但也寫了最長的台語小說《菩提相思經》。旅美學人胡民祥認為：「參史詩《胭脂淚》共款，《菩提相思經》小說是經典的台語文學作

---

11. 本句引語與雄偉文體的五種來源，出自郎介納斯著《論雄偉文體》（*On the Sublime*）。本書間接引自衛姆塞特（W. K. Wimsatt）、布魯克斯（C. Brooks）著《西洋文學批評史》（*Literary Criticism : A Short History*），一九五七。顏元叔譯，志文出版社，一九七二，第六章。
12. 胡長松作〈革命、愛情的悲劇與修行——導讀《菩提相思經》〉，附錄於《菩提相思經》書後，又載於二〇一一年七月《台文戰線》第二十三期。
13. 應鳳凰作〈亂世煉情——記《菩提相思經》聆賞〉，載於二〇一一年六月五日《人間福報》，http://www.merit-times.com.tw/NewsPage.aspx?Unid=228290
14. 番仔火作〈寫出台灣母語的感情、台灣真實社會的一斷章——林央敏長篇小說《菩提相思經》〉，載於「前衛出版社部落格」，http://avanguardbook.pixnet.net/blog/post/58382056

品，故事悽美迷人，文學語言極水（按：美），活用外來語，豐富台語文學的語彙。[15]」引句所言「故事悽美迷人，文學語言極水」是讀者一閱即可感知的，至於評為「經典」，因該作品不在本書評論範圍，既未經析論便不予評斷，不過《菩提相思經》誠如評論家陳建忠說的：「篇幅與成績都堪稱是台灣白話文書寫的新里程碑」[16]，這裡所謂「台灣白話文書寫」大概是指「台灣的台語白話文書寫」的意思，於文學上應該就是指「台語文學」。筆者以為文學的里程碑是指具有某種標竿意義的作品，她的意義可以是具有劃時代的代表性、技巧或形式超越且適於表現主題內容、篇幅特大且內容豐富……等等性質或作用，足以啟發未來創作的作品。因此〈抗暴个打貓市〉、《菩提相思經》是台語小說的里程碑；〈毋通嫌台灣〉[17]、《胭脂淚》是台語詩的里程碑，甚至《槍聲》、〈金色島嶼之歌〉、〈天使〉、〈虱目仔e滋味〉、〈講一句罰一元〉（林宗源詩作）、〈我的台窩灣擺擺〉（方耀乾詩作）等作品也在某方面具有台語小說或台語詩的里程碑的意義。未來筆者如有餘力使本書隨著台語小說史的腳步向後延伸，比如以十年為一階段增修本書，馬上就會看到這座史詩般的巨型路觀牌，屆時如果不避諱「同性相斥」與「自身解剖」，又能繼續維持冷靜客觀的批評態度，將以評論之筆剖析這部史詩型的長篇。

此外陳金順的歷史短篇小說集《Formosa 時空演義》（2011.11出版）當中有的作品寫於二〇一一年，半數作品在二〇一一年才發表，情況類似《菩提相思經》，自然也在本書評論範圍之外，其中有一篇〈目降鬚鬕〉因為有被收入台語文學的選集，筆者已在前一章中加以評賞了，《Formosa 時空演義》中另有兩篇雖未出現在某些選集中，但其水準和〈目降鬚鬕〉差不多，她們是〈天落紅雨〉及〈尾聲〉。

因筆者未必搜全所有讀本，而且手頭上的選集中大約二〇〇七年以後以全羅馬拼音或夾用大量羅馬拼音書寫的作品也來不及讀，再加上僅刊載於雜誌的台語小說，筆者收集不易，大概也沒全部看到，因此很可能有遺珠未在本書中出現，但望有高明告知或提供，日後有幸閱讀到，或能再做續貂之章。

外國人寫的台灣小說

戰後台語文學創作，本來以小說和戲劇最弱，但二〇〇〇年之後，台語小說突飛猛進，水平直追台語詩，也許因為這樣，閱讀台語小說的人口比較多了，因此有人願意把外國人寫

---

15. 見胡民祥作〈探討六家台語政治小說〉，原載二〇一二年七月《台文戰線》第二十七期。

16. 見陳建忠作〈台灣製造的文學品味——二〇一一年的台灣小說〉，原載二〇一一年十二月《聯合文學》第三二六期，該段較完整的原文是：「《菩提相思經》……主角陳漢秋逃亡多年後終於遁入空門，則宗教與哲學的話語更使這種悲劇呈現出莊嚴氣氛。當然，主要是小說以漢羅混搭的形式寫成，篇幅與成績都堪稱是台灣白話文書寫的新里程碑」，引文中指這部「小說以漢羅混搭的形式寫成」，當屬書體文字上的認知差異或誤解，實際上《菩提相思經》當歸屬全漢字體的小說，小說本文中部分文字之後的括號裡所夾注的羅馬拼音是前面漢字的台語注音，而非當做文字使用的台語羅馬字，這與一般所指「漢羅夾用的書寫體」不同。

17. 〈毋通嫌台灣〉，林央敏詩作，原題「嘸通嫌台灣」，一九八七年發表後曾有二十四位音樂創作者為這首詩譜曲，也獲得當年度自立報系、台視、中廣聯合舉辦的新時代歌詞創作獎首獎及一九九一年度金曲獎第一屆方言歌曲的最佳作詞人獎，此詩合音樂家蕭泰然的曲於政治、文化解嚴後在海內外台灣人所在的音樂廳、教堂、電視台、街頭……等地傳唱，後來被編入中、小學音樂課本，對催化台灣人意識及民主運動具有深遠的影響，詩作本身被譽為「當今台語詩詞的經典之作」（見網路「奇摩知識」陳國群醫師給「為什麼台語沒有文字？」所提供的長篇回答，http://tw.knowledge.yahoo.com/question/question?qid=1305100109621），這樣的作品當然是台語詩的里程碑。

的小說譯成台語，其中比較特別的一篇台譯小說是美國人史耐德（Vern Sneider, 1916-1981）的長篇《一桶蚵仔》（*A Pail of Oysters*，五分珠譯，前衛出版社，二〇〇五），作者於第二次世界大戰時服役於美軍的太平洋戰區，曾到過台灣，戰後再度來台，《一桶蚵仔》是他取材台灣二二八事件後，以國民黨開始軍事統治為背景的小說，內容寫一九五〇年代台灣人處於中國進犯的威脅，及遭到外來統治的苦境；同時表現台灣人的勇敢、堅韌和純樸的民風。作者比台灣作家更早書寫國民黨流亡政權加諸於台灣的白色恐怖，也更早點出台灣人的平埔族血統。如果不知這部小說的原著是美國人以英語寫的，她便是戰後台灣文學中最早的反抗文學和政治小說。可惜她是翻譯小說，不屬本書範圍，所以不予評論。但如果依某些人的看法，認為不分寫作語言，甚至也不分作者身分，只要以台灣為背景、為題材的作品都是台灣文學的一部分，那麼這部美國人寫的英語小說是不是也可以包括在台灣文學之內？就像旅台日本作家以日語寫台灣的作品、流寓台灣的中國文人以華語（古文或白話文）寫台灣的作品。

第八章 台語小說的坎坷路

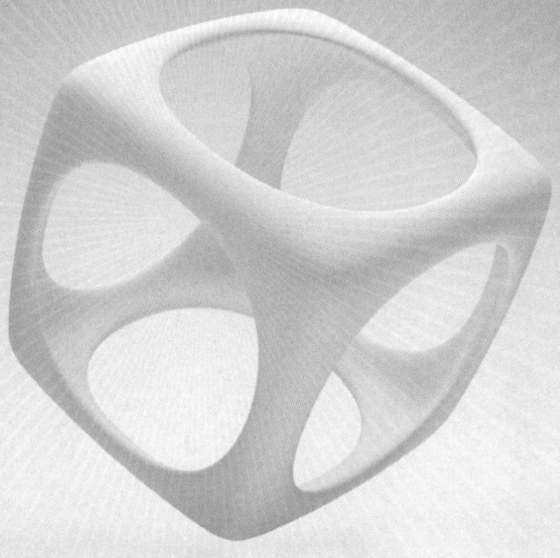

台語小說植在台語文學的園地，台語文學的園地需要台語寫作來耕耘，而台語寫作的能力又寄在台語的命運裡，這些是互為唇齒的，台語興則台語文學旺，反之，台語滅則台語小說亡。在這互為因果，環環相扣的情況中，作家必須做的就是台語寫作，正常又理想的狀況是一般台灣人都有能力使用台語寫作，但在一般大眾仍缺乏這個動能時，作家更該有捨我其誰的覺悟。

台灣人為何當用台語寫作？

為什麼台灣人要用台語寫作？理由很多，讀者如有興趣可以參考拙著《台語文學運動史論》，裡頭有談到很多關於台語文學的理論，這裡筆者只想簡述二點。

文學總是要記錄這個民族、這個所在所發生的人事、思想、感情，它是語言文字的藝術，凡有較大價值的作品必然和社會、和人民脫不了關係，才會成為這個所在的民族文學。若不是用社會民眾的語言來寫絕對無法完整又貼切地呈現這個社會的文化風貌，所以翻譯作品不管譯得多好都沒有原作的味，因為外來語只能表現一些意識、想法及粗糙的感情而已。咱台灣人若沒用台語寫作，老是用外來的、不是民族母語寫作，台灣人的情思意念就得不到完整地表達，因之台灣文化將失去傳承而走向消亡。

其次就是要「言文合一」，說話與書寫儘量趨向一致，言文合一的好處是一方面可以簡化書寫，使社會大眾容易寫作；一方面可以提昇語言的品質，使語言精緻優美。兩者不斷相互作用的結果，語言和文字都會豐富化，增強表現能力。中國古代用文言文寫作，為什麼要改成白話文，主要原因就是為了「言文合一」。西方國家在文藝復興以前都是用拉丁文寫作，後來各國陸續改用自己的在地方言來寫，終於創造出各民族國家的文學，而且當初的「方言」現在已成為「國語」，譬如義大利文學，從但丁聯合一群新詩人用佛羅倫斯的崗蒂斯方言寫作，開啟歐洲文藝復興的序幕後，義大利人最主要的方言母語——崗蒂斯語成了如今所謂的義大利語。以前，英國的知識分子都用拉丁語和法語寫作，他們曾經把英語當做沒水準的方言土話而看輕英語，從喬梭（G. Chauser, 1340-1400）用敦倫方言寫《坎特布里故事集》後，劍橋大學的教授也開始提倡改用英語寫作，到了十六世紀莎士比亞的年代，方言文學終於成為英國的正統文學。英格蘭人日常是用英語在講話，當然應該用英語寫作，其他俄羅斯、德國也是這樣；西班牙的塞萬提斯（M. Cervantes, 1547-1616）也是。

其實「方言」是正港的民族母語，可以完整表達民族心聲的語言，而台灣話是台灣人最重要的民族母語和大眾語言，在台灣這塊土地上，至少母語是台語的族群理所當然應該用台語來寫作。咱台灣話及台語文學要是一直處於台灣文學的邊緣地位，表示台灣一直是殖民地，被外來文化殖民的 MARK（標誌）就一直永遠存在。

台語寫作的坎坷路

雖然台語小說已經進入成熟期，但未來發展仍舊困難重重，目前了然可見的，這條路坎坎坷坷，甚至比台語詩更難走，因為她的篇幅大，身長體重比台語詩高大很多，走起路來自是更吃力。台灣的學校、台灣的囝仔要是一直無法正常讀台語、受台語教育，這條路就永遠是一孔一琦。幾百年來台灣人用台語的口傳作品及用台語寫下來的詩歌作品有一牛車，七字仔情歌、七字仔古很多，可是小說作品很少！筆者以為台灣人若是沒有正統的台語教育，已有的作品也會不斷流失，縱使留存下來，也僅是被塵封的古董。而祖先的智慧財產失去傳承，恰是台灣人一種很大的損失。

台語文學的路及台語本身的前途，要看台灣人是否珍惜自己的族語，珍惜的話，就不應鄙視台灣話，還要覺得很光榮。除了自己平時有在講之外，還要讓小孩學習講，因此除了家庭教育，還必須要求政府落實母語教育，台語教育只要有做到華語教育一半的普及度和確實度，不出十年，大家的台語寫作能力一定嗄嗄叫。不止母語要教育，做為台灣最大族群的語言，也應提昇地位，成為官話的一種，至少在台語本族區內，台語具有區內第一官話、優先使用權的地位。而身為作家，應比一般人更有責任守護和繁衍自己的民族語言，就像俄羅斯作家屠格涅夫臨終前對學生說的：「做一個俄羅斯作家最光榮，也最重要的使命，就是要將咱民族的俄羅斯語一直傳下去。」一般人只有一張嘴可以「傳話」，作家還多一枝筆，這枝筆要能吐民族的話語——寫出台語文學，這樣台語、台語寫作、台語文學、台語小說的路才會寬廣起來，變成一條坦途。要是上述這些要求都做不到，在台語環境日漸萎縮的情況下，台語寫作這條路，恐怕會像「水崩山」後的橫貫公路，封山不修，就愈來愈崎嶇難行，到連步行也完全不通時，便是台灣語文化斷根命喪的時刻，想到台灣話竟在台灣這塊母土斷根消失，這是台灣人的慚愧與悲哀。

二〇一一年三月起筆至二〇一一年十月二十六日全書初稿完稿

二〇一一年十二月十四日修訂

附錄

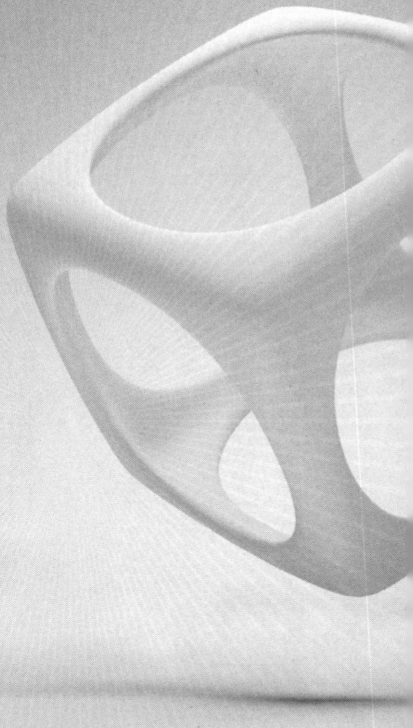

本書使用書目

本書的評論未參考其他書籍與論文，因此本書沒有「參考書目」，但有三類書籍、小說作品或論文是本書所使用到或舉例說到的：

其一是本書主要評論的對象，即台語小說作品，包括個別作者的小說集、文學選集及部分單篇作品。

其二是本書附帶論述到的作品，包括本書評論範圍之外的台語、非台語的文學創作。

其三是本書有談到，或引述到內文的書籍、論文，這部分另標注解，附在該頁左側的注解欄。

這裡將這三類書籍篇目分別條列在所屬的書籍篇目中。（林央敏編）

一、本書主要評論的書籍篇目

〈丁蘭孝母〉、〈白賊七仔〉、〈邱罔舍〉、〈好鼻獅〉、〈林投姊〉、〈雷公佮閃電〉、〈水鬼做城隍〉、〈郭光侯抗租〉、**〈近視目比賽目睭金〉**、〈林大乾兄妹〉、〈戇子婿〉……等民間故事共約一百五十篇。

川合真永編《臺灣笑話集》，一九一五。

含〈趁錢的法度〉、〈戇亦著有一個款〉……共五十篇。

方耀乾．吳正任．陳明仁合編《二〇〇七台語文學選》，二〇〇八。

方耀乾．林文平．胡長松．陳秋白編《台文戰線文學選二〇〇六—二〇一〇》，二〇一一。

含胡長松作**〈鳥鼠夾仔〉**，二〇〇七。

胡長松作**〈金色島嶼之歌〉**，二〇〇九。

胡長松作**〈雨佮戰鬥〉**，二〇一〇。

陳金順的〈竹篙鬥菜刀〉，二〇〇七。

陳金順的**〈目降鬚鷺〉**，二〇一〇。

王貞文著《天使》，二〇〇六。

含**〈天使〉**，一九九六，本篇已同列在《台語小說精選卷》一書、

〈自由時代〉，二〇〇一、

〈欲吃 phang〉、

〈橄欖情〉、

〈門前有大樹的病院〉、

〈鳳凰飛到溫泉頂〉、〈阿母過身的早起〉、〈麻油雞佮芳草橄欖雞〉……共十一篇小說及〈熱天的墓〉、〈行佇結冰的湖面〉二篇散文。

《台灣府城教會報》，一八八五—一九六九。

含編輯室選譯〈Jit-pún ê Kòai-sū〉（日本的怪事），一八八六。

Chiu Pō-hâ（周步霞）作〈Pak-káng Má ê Sin-bûn〉（北港媽的新聞），一八八六。

Giam Sian-si^{n}（嚴先生）作〈Tai-pak e Siau-sit〉（台北的消息），一八九五。

佚名作或台譯〈An-lok ke〉（安樂街），一八九○。

佚名著《天妃顯聖錄》，一八七○。

佚名著《天上聖母源流因果》一九一七。

宋澤萊編《台語小說精選卷》，一九九八。

含賴和作**〈一個同志的批信〉**，一九三五、

黃石輝作〈以其自殺，不如殺敵〉，一九三一、

宋澤萊作**〈抗暴个打貓市〉**，一九八七、

陳雷作**〈美麗e樟腦林〉**，一九八七—一九九四、

陳雷作**〈圖書館e秘密〉**，一九九五、

陳雷作〈大頭兵黃明良〉，一九九二、

陳雷作〈起siau花〉（起痟花），一九九五、

王貞文作**〈天使〉**，一九九六，共八篇短篇小說。

何信翰．蔣為文．王貞文編《二○○九台語文學選》。

含吳國安作〈烏色e日頭〉……。

周華斌．丁鳳珍．呂興昌編《天．光》——二二八本土母語文學選，二○一○。

含胡長松作**〈監牢內外〉**，二○○八。

吳國安著《玉蘭花》，一九九八。

含**〈玉蘭花〉**及其他散文。

林央敏著《斷悲腸》，二〇〇九。

含微型極短篇〈**剿城記**〉、〈一蕊紅〉及〈還鄉斷悲腸〉、〈珊瑚紅淚〉……等四篇劇本。

胡民祥作〈華府牽猴〉，一九八七。

胡長松著《燈塔下》，二〇〇五。

含〈**燈塔下**〉、
〈**偷**〉、
〈**死e聲嗽**〉、
〈**茄仔色e金龜**〉、
〈**貓語、烏布合貓e民族**〉、
〈一條手巾仔e故事〉、〈矮仔吳文政〉……等九篇。

胡長松著《槍聲》，二〇〇五。

含〈**槍聲**〉、
〈**金鋪命案**〉、
〈**死亡證明**〉、
〈**只要放伊出來**〉、
〈**阿貓不孝e故事**〉、
〈**請問，阮阿爸……**〉、
〈**人力車夫**〉、

〈總司令最後 e 春天〉等八篇。

胡長松著《大港嘴》，二〇一〇。

胡長松．張德本．陳秋白編《火煉的水晶》——二二八台語文學展，二〇一〇。

含陳雷作**〈Thai 狗〉**（刣狗），二〇〇六。

陳雷作**〈紅牡丹〉**，二〇〇七。

洪惟仁修錄**〈子是翁某的蟣絲釘〉**，民間故事。

洪錦田著《鹿仔仙講古》，一九九五。本書含有敘事小品。

含〈水仙王〉。

郁永河著《稗海紀遊》，一六九七。

清文著《虱目仔 e 滋味》，二〇〇六。

含**〈虱目仔 e 滋味〉**、

〈查某孫仔〉、

〈Phah 面者〉、

〈khiang 姆仔 beh 起行〉、

〈米國 e「巧克力」〉、〈生 kap 死 e Melody〉、〈勝吉 e 離緣書〉共七篇。

連橫著《雅堂文集》，約一九二〇。

含**〈書陳三姊〉**。

許丙丁著《小封神》，一九三一、一九五一。

陳光耀修作《包公案》，一九一〇。

陳雷作〈李石頭 e 古怪病〉，一九九二。

陳雷著《永遠 e 故鄉》，一九九四。含詩、文、小說合集。

陳雷著《陳雷台語文學選》，二〇〇一。

含**〈痣〉**，二〇〇〇。

陳雷作〈鄉史補記〉，一九九八，短篇。

陳雷作〈鄉史補記〉，二〇〇〇，中篇。

陳雷著《鄉史補記》，二〇〇四寫，二〇〇八出版，二部長篇合集。

含1.〈西史補記〉，二〇〇八。本篇由〈學甲公〉、〈吳大獅〉、〈賴蔥〉、〈阿月母戀〉、〈阿餘毛龜〉、〈大武山魂〉、〈阮 hia 菜寮溪〉、〈飛車女〉等短篇合併、改寫。2.〈東史補記〉，二〇〇八。本篇由短、中篇〈鄉史補記〉改名、增修。

陳雷著《阿春無罪》，二〇一〇。

陳雷著《無情城市》，二〇一〇。

陳雷著《歸仁阿媽》，二〇一〇。

陳明仁著《A-Chhun》，一九九八。

含〈詩人 e 戀愛古〉、〈Babuja〉、〈二二八事件〉、〈海口故鄉〉……共收錄十一個短篇及劇本。

陳明仁著《路樹下 e too-peh-a（的肚伯仔）》，二〇〇七。含五個短篇和一個中篇。

陳金順．施俊州編《二〇〇六台語文學選》，二〇〇七。

黃元興著《關渡媽祖》，一九九二。本書於一九九六年改名《關渡地頭真麗斗》，又於二〇〇六年改名《關渡地頭》。
黃元興著《彰化媽祖》，一九九四。
黃元興著《台北杜聰明》，二〇〇七。
黃元興著《紅磚仔厝》，二〇〇九。
張聰敏著《阿瑛！啊》，一九九九。
張春凰著《夜空流星雨》，二〇〇四。
　含〈入厝〉（1995）及其他散文。
第一屆《海翁台語文學獎作品集》，二〇〇四。
第二屆《海翁台語文學獎作品集》，二〇〇五。
第四屆《海翁台語文學獎作品集》，二〇〇七。
　含曾江山作〈凱達格蘭希望之樹〉。
第五屆《海翁台語文學獎作品集》，二〇〇八。
　含林貴龍作〈失落的寶藏〉。
崔根源著《水薸仔的夢》，二〇〇三。
　含〈天烏了欲創啥〉，一九九八作，二〇〇一發表、
〈呷著甜〉，一九九九作，二〇〇二發表、
〈四輦駛倖三輦〉，二〇〇〇、
〈呷飽等死〉，二〇〇一、〈娶婧某〉，二〇〇一、
〈小林哥去中國住遊〉，二〇〇二、

〈水薸仔的夢〉，二〇〇二。等七篇短篇。
崔根源著《倒頭烏佮紅鹹鰱》，二〇〇七。含兩篇中篇。
崔根源著《無根樹》二〇〇八。長篇。
崔根源著《回顧展》，二〇一〇。長篇。
崔根源著《人狗之間》，二〇〇六—二〇一〇發表，二〇一一出版。
含〈人狗之間〉，二〇一〇、〈大員人死好〉、〈食糜・ㄉㄡˋ ㄐㄧㄤ・
Hamburger〉、
〈沙馬仔空〉、
〈一字之差〉、
〈烏甲會發光〉，二〇〇六。共六篇短篇。
蔡秋桐作〈帝君庄的秘史〉，一九三〇—一九三一。
蔣為文著《海翁》，一九九六。
含〈鬼仔洞〉、〈囝仔伴〉及其他詩文。
鄭溪泮著《Chhut Si-soan》（出死線），一九二六。
劉承賢著《倒轉》，二〇〇八。
含**〈目tsiu〉**、
〈走犯〉、〈走閃會社〉、〈倒轉〉……等十二篇。
賴仁聲作〈Sip-ji-ke e Ki-ho〉（十字架的記號），一九二四。
賴仁聲作〈An-nia e Bak-sai〉（俺娘的目屎），一九二五。

賴仁聲著《Chhi-a-lai e Pek-hap-hoe》（刺仔內的百合花），一九五四。本書為〈十字架的記號〉之改名、增修版。

賴仁聲著《Thia^{n} Li Ia^{n}-kue Thong Se-kan》（疼你贏過通世間），一九五五。

含〈M si Siau-suat〉（毋是小說）

〈Hiap-lik Hong-hian〉（協力奉獻）……等四篇及一篇翻譯小說。

賴仁聲著《Kho-ai e Siu-jin》（可愛的仇人），一九六〇。

藍春瑞著《無影無跡》，二〇〇九。

含〈豬腳kho〉、〈無影無跡〉……等四篇。

二、本書附帶論述的書籍篇目

王泰澤著《母語踏腳行》，二〇〇四。

佚名著，**《荔鏡記》**，一五六六。

李昂改寫〈閹雞〉劇本，原作為張文環小說。

林央敏著《胭脂淚》，二〇〇二。

林央敏著《菩提相思經》，二〇一一。

東方白著《浪淘沙》，一九九〇。

東方白著《雅語雅文》，一九九五。

含〈孝子〉……。

施俊州作〈Hibalih 姑娘〉，二〇一一。

陳金順著《Formosa 時空演義》，二〇一一。

含〈尾聲〉、〈天落紅雨〉、〈二九暝的火熲〉、〈總統女士〉等十篇小說。

陳建成作〈決戰西拉雅〉，二〇一〇。

黃連著《愛恨一線牽》，一九九七。

葉石濤作〈紅鞋子〉、〈牆〉、〈鹿窟哀歌〉。

痟婆仔著《白木耳》，二〇一一。

鄭坤五著《鯤島逸史》，一九四二。

蕭麗紅著《白水湖春夢》，一九九六。

Qahunx（楊嘉芬）著《JINGCIU DINGW EE QONGQINGW》（榕樹頂的光景）一九九八，含三個短篇、《SI'ANGW TAII SIW GUANW JEXHUX》（啥刣死阮姊夫）一九九九，含三個短篇、《JIT XEE SENSNILANGG EE 1997》（一个先生人的一九九七）二〇〇〇，一個短篇、《SIR JIXMUE》（四姊妹）二〇〇〇，含四個短篇、《angg ho lyc dirr cingsanlo》（紅雨落佇青山路）二〇〇一，一個中篇。

藍鼎元著《東征集》，一七二二。

三、本書引述的書籍篇目

干治士（Rev. G. Candidius）、尤羅伯（Junius, R）等著《荷據下的福爾摩莎》（*Formosa Under the Douth*），甘為霖英譯，李雄揮中譯，一六二八－一六六二。

大江健三郎著《静かな生活》（《靜靜的生活》）。

大江健三郎著《燃燒的綠樹》。

方耀乾作〈台窩灣擺擺〉，二〇〇二。

尤里披底斯（Euripides, 480-407 B. C.）著《特洛伊婦女》（*Troian Women*）。

元稹作〈會真記〉（鶯鶯傳）。

巴赫金（Bakhtin, 1895-1975）著《巴赫金全集》。

赫拉巴爾（Bohumil Hrabal, 1914-1997）著《過於喧囂的孤獨》（*Prilis hluena samota*）。

必麒麟（William A. Pickering, 1840-1907）著《歷險福爾摩沙》（*Pioneering in Formosa*）。

史蒂瑞（Joseph Beal Steere, 1842-1940）著《福爾摩沙及其住民》（*Formosa and Its Inhabitants*）。

史耐德（Vern Sneider, 1916-1981）著《一桶蚵仔》（*A Pail of Oysters*）。

片崗巖編《台灣風俗誌》，一九二一。

左拉（Emile Zola, 1840-1902）著《娜娜》（*NaNa*）。

布萊克（William Blake, 1757-1827）著《耶路撒冷》。

布朗提（Charlotte Brontë）著《簡愛》（*Jane Eyre*）。

本揚（John Bunyan, 1628-1688）著《天路歷程》（*Pilgrim's Progress*）。
弗萊（Northrop Frye, 1912-1991）著《批評的剖析》，陳慧、袁憲軍、吳偉仁譯，中國百花文藝出版社，一九九七。
田山花袋著《蒲團》。
白樺著《遠方有个女兒國》，一九八八。
米斯卓爾（Mistral, 1830-1914）著《米累兒》（*Mireille*）。
米契爾（Margaret Mitchell）著《飄》（*Gone With The Wind*），一九三六。
米蘭．昆德拉（Milan Kundera, 1929-）著《生命中不能承受之輕》（*The Unbearable Lightness of Being*），一九八四。
拉封丹（Jean de La Fontaine, 1621-1695）寓言。
佚名及馬太、馬可、路加、保羅……等人合著《聖經》（*The Bible*）。
佚名作〈古詩為焦仲卿妻作〉（孔雀東南飛）。
《列那狐》（*Renart the Fox*），法國動物史詩。
宋澤萊作〈論台語小說中的前衛性與民族性〉，一九九八。
宋澤萊作〈弱小民族〉，一九八七。
宋澤萊作〈評林央敏有趣的台語黑色幽默劇本「還鄉斷悲腸」〉，二〇〇九。
貝克特（Samuel Backett）著《無名者》（*The Unnamable*）。
亨利．鮑爾（Heinrich Boll）著《一言不發》（*Cund sagte kein einziges Wort*），一九五三。

但丁著《神曲》。

杜光庭作〈虬髯客傳〉（紅拂女與虬髯客）。

杜思妥也夫斯基著《罪與罰》。

杜思妥也夫斯基著《卡拉馬助夫兄弟》。

克羅齊（Croce）著《美學原論》，傅東華譯。

李寶嘉著《官場現形記》。

李獻章編《台灣民間文學集》，一九三六。

含懶雲（賴和）改寫〈善訟的人的故事〉、黃石輝改寫〈林大乾兄妹〉、愁洞（蔡秋桐）改寫〈無錢打和尚〉、朱鋒改寫〈林投姊〉、朱鋒改寫〈郭光侯抗租〉、廖漢臣、楊守愚、朱點人、李獻章共同改寫〈邱罔舍〉……共二十二篇。

李喬著《情天無恨》。

李喬著《埋冤一九四七埋冤》，一九九六。

李勤岸作〈白話字小說呈現e台灣人形象kap文化面貌〉，二〇〇九。

李勤岸作〈平埔族主體性論述e重現：以陳雷e長篇小說《鄉史補記》做例〉。

呂赫若作〈冬夜〉。

努易茲（Peiter Nuytes）作〈長官被囚記〉，一六二七。

孟子著《孟子》離婁篇〈齊人〉，與連橫台譯〈齊人〉。

屈原著《離騷》。

邱家洪著《台灣大風雲》。

周鍾瑄、陳夢林編修《諸羅縣志》，一七一七。
拉伯雷（François Rabelais, 約1493-1553）著《巨人傳》。
佛斯特（E. M. Forster）著《小說面面觀》（*Aspects of the Novel*）。
吳敬梓著《儒林外史》。
法蘭汀（Francois Valentyn）著《新舊東印度誌》。
法農（Frantz Fanon）著《黑皮膚、白面具》（*Black Skin, White Masks*），一九五二。
波普（Alexander Pope, 1688-1744）著《秀髮劫》（*The Pape of the Lock*）。
阿希克洛夫特（Bill Ashcroft）、格里菲斯（Gareth Griffiths）、海倫・蒂芬（Helen Tiffin）合撰《逆寫帝國》（*The Empire Writes Back*），一九八九。
東年著《我是這樣說的》。
東年著《地藏菩薩本願寺》。
林央敏作〈第一封信〉，一九八二。
林央敏著《台語文學運動史論》，一九九六，一九九七。
林央敏作〈控告書〉，一九八二。
林央敏著《不該遺忘的故事》，一九八六。
林央敏作〈誰是秦尼斯〉、〈大統領千秋〉，一九八七。
林央敏著《蔣總統萬歲了》，二〇〇五。
林央敏作〈毋通嫌台灣〉，一九八七。
林宗源作〈講一句罰一元〉，一九八一。

柏拉圖著《理想國》。

亞里士多德著《詩學》（*Poetics*）。

郁永河著《裨海紀遊》，一六九七。

范咸、六十七合撰《重脩台灣府志》，一七四六。

洪惟仁修錄〈蛇郎君〉、〈虎姑婆也〉，民間故事。

施耐庵、羅貫中合著《水滸傳》。

施博爾作〈五百舊本歌仔冊目錄〉。

施惠敏編《種子落地——台灣小說專集》，陳萬益、李昂、林雙不、林央敏、陳錦玉合著，一九九八。

韋勒克（R. Wellek）．華倫（R. P. Warren）合著《文學論》，一九六三。王夢歐、許國衡合譯，志文出版社，一九七九。

哈謝克（Jaroslav Hasek, 1883-1923）著《好兵帥克》（*The Good Soldier Schweik*）。

荷馬著《伊利昂之歌》（*Iliad*），音譯「伊利亞德」。

荷馬著《奧德賽》（*Oddyssey*）。

托名荷馬著《埃賽俄比亞英雄》。

索福克利斯（Sophocles, 495-406 B. C.）著《安提絳》（*Antigone*）。

索福克利斯著《奧狄帕斯王》（*Oedipus the King*）。

莎士比亞著《哈姆雷特》。

莎士比亞著《羅密歐與朱莉葉》。

莎士比亞著《安東尼與克麗奧佩特拉》。

莫泊桑著《脂肪球》。

島崎藤村著《破戒》。

格拉斯（G. Grass, 1927-）著「但澤三部曲」（《錫鼓》、《貓與鼠》、《狗年月》）。

莊子著《莊子》。

徐坤良作〈可愛的仇人〉，一九三六。

高行健著《靈山》。

唐人著《金陵春夢》。

黃石輝作〈怎樣不提倡鄉土文學〉，一九三〇。

黃凡作〈賴索〉。

葉石濤作〈紅鞋子〉、〈牆〉、〈鹿窟哀歌〉。

陸伯克（Percy Lubbuck）著《小說技巧》（*The Craft of Fiction*）。

舒暢（舒揚）作〈傳說〉，一九七六。

馮夢龍編〈杜十娘怒沉百寶箱〉。

普希金（Pouchkine, 1799-1837）著《奧尼堅》（*Eugene Onieguine*）。

連橫著《台灣通史》，一九一八－一九二〇。

連橫作〈吳鳳傳〉，一九一八。

連橫著《雅言》，一九三〇。

連橫著《台灣語典》，一九三三。

都德（Alphonse Danudet, 1840-1897）著《達達林三部曲》。

塔索（Torquato Tasso, 1544-1595）著《被解放的耶路撒冷》。

喬叟（G. Chaucer, ?1340-1400）著《坎特伯里故事集》（*Canterbury Tales*）。

喬伊斯（J. Joyce）著《尤里西斯》（*Ulysses*），一九二二。

賈平凹著《秦腔》，二〇〇五。

衛姆塞特（W. K. Wimsatt）、布魯克斯（C. Brooks）合著《西洋文學批評史》（*Literary Criticism : A Short History*），一九五七。顏元叔譯，志文出版社，一九七二。

魯迅作〈狂人日記〉（1918）、〈阿Q正傳〉（1921）。

海澄・懷特（H. White）作〈歷史主義、歷史與修辭想像〉。

福爾斯（John Fowles）著《法國中尉的女人》（*The French Lieutenant's Woman*）。

陳明仁著《抛荒的故事》。

陳映真著《華盛頓大樓》。

陳映真著《萬商帝君》。

陳映真作〈第一件差事〉。

陳建忠作〈台灣製造的文學品味——二〇一一年的台灣小說〉，二〇一一。

黃叔璥著《台海使槎錄》，一七二四。

黃勁連選譯《台灣鄉土傳奇》，二〇〇九。

張春凰著《冬節圓》，二〇一〇。

張大春作〈將軍碑〉、〈牆〉。

張潔著《方舟》。

張潔著《只有一個太陽》。

張潔著《無字》。

廖輝英作〈油麻菜籽〉。

塞萬提斯著《唐吉訶德》。

蔣毓英、季麒光、楊芳聲合撰《台灣府志》，一六八五。

鄭坤五作〈就鄉土文學說幾句〉，一九三二。

錢鍾書（1910-1998）作〈靈感〉。

霍雷斯（Horace, 65-8 B.C.）著《詩的藝術》（*Arts Poetica*）。

霍桑著《紅A字》。

歐威爾（George Orwell, 1903-1950）著《動物農莊》（*Animal Farm*）。

薩依德（Edward Said）著《東方主義》（*Orientalism*），一九七八。

羅貫中著《三國演義》。

佚名合著《熱蘭遮日誌》，一六二四—一六六二。

劉家謀作〈海音詩〉，一八五五。

韓非子著《韓非子》之「外儲篇」。

華萊斯（Lewis Wallace, 1872-1905）著《賓漢》（*Ben Hur : A Tale of the Christ*）。

顯克維支（Henryk Sienkiewicz）著《你往何處去?》（*Quo Vadis?*）。

彌爾頓（John Milton, 1608-1674）著《失樂園》（*Paradise Lost*）。

本書人名一覽表

這裡所列人名是一次或多次出現在本書中的人名，分台灣與外國兩部分，外國人名也依其漢字或漢字譯名的筆劃順序排列。這些人之所以會出現在本書中，包括下列幾個因素或因素之一：1.本書評論到他們的作品；2.本書爰引到他們的作品或看法；3.本書因某種範例的需要而談論到他們的作品；4.在台語文學及台語小說的發展過程中，他們的文學事業因其重要性或代表性或其他原因，與本書意旨有所相關而被本書敘述到。

一、台灣

筆劃	姓名（以・間隔兩人姓名）
02	丁鳳珍
03	小城綾子
04	六十七・王貞文・王禎和・王詩琅・王泰澤・方耀乾
06	朱點人・朱鋒（莊松林）・向陽・江寶釵
07	沈光文・宋澤萊・李昂・李喬・李雄揮・李勤岸・李獻章・吳正任・吳國安・吳瀛濤・何信翰・呂興昌
08	林文平・林央敏・林宗源・林貴龍・林錦賢・周步霞・周定邦・周華斌・周鍾瑄・范咸・季麒光・東方白・東年・邱文錫・邱家洪
09	郁永河・胡民祥・胡長松・胡萬川・洪惟仁・洪錦田・紀傳洲・施俊州

筆劃	姓名（以・間隔兩人姓名）
10	徐坤良
11	陳夢林・陳光耀・陳定國・陳金順・陳明仁・陳秋白・陳益源・陳雷（吳景裕）・陳建成・陳建忠・連溫卿・連橫・許丙丁・葉石濤・葉漢章・張文環・張大春・張春凰・張德本・張聰敏・清文・崔根源
12	黃叔璥・黃石輝・黃呈聰・黃元興・黃春明・黃凡・黃哲永・黃勁連・黃連・黃樹根・番仔火・曾江山・董育儒・舒暢（舒揚）
13	楊守愚・楊芳聲・楊嘉芬・楊照陽
14	蔣毓英・蔣為文・蔡培火・蔡秋桐・廖漢臣・廖輝英
15	劉家謀・劉茂清・劉承賢・鄭坤五・鄭溪泮・慧子
16	賴仁聲・賴和・賴賢穎・蕭麗紅
17	應鳳凰
18	藍鼎元・藍春瑞・簡國賢
20	嚴先生

二、外國

筆劃	漢文姓名或漢文譯名（以・間隔兩人名字）
03	干治士（Rev. G. Candidius）・川合真永・大江健三郎
04	尤里披底斯（Euripides, 480-407 B. C.）・尤羅伯（Robertus Junius）・元稹・史蒂瑞（Joseph Beal Steere, 1842-1940）・巴赫金（Bakhtin, 1895-1975）・片崗嚴・史耐德（Vern Sneider, 1916-1981）

筆劃	漢文姓名或漢文譯名（以・間隔兩人名字）
05	本揚（John Bunyan, 1628-1688）・布萊克（William Blake,1757-1827）・布魯克斯（C. Brooks）・必麒麟（William A. Pickering, 1840-1907）・左拉（Emile Zola, 1840-1902）・甘為霖（William Campbell, 1841-1921）・田山花袋（1872-1930）・布朗提（Charlotte Brontë）・弗萊（Northrop Frye, 1912-1991）・史耐德（Vern Sneider, 1916-1981）・白樺
06	米斯卓爾（Mistral, 1830-1914）・米契爾（Margaret Mitchell）・米蘭-昆德拉（Milan Kundera, 1929-）
07	但丁（Dante, 1265-1321）・李寶嘉・吳敬梓・杜光庭・杜思妥也夫斯基・克羅齊（Croce）・努易茲（Peiter Nuytes）・貝克特（Samuel Backett）・亨利-鮑爾（Heinrich Boll, 1917-）
08	孟子・屈原・柏拉圖・拉封丹（La Fontaine, 1621-1695）・拉伯雷（François Rabelais, 約1493-1553）・波普（Alexander Pope, 1688-1744）・法蘭汀（Francois Valentyn）・法農（Frantz Fanon）・佛斯特（E. M. Forster, 1879-1970）・阿希克洛夫特（Bill Ashcroft）
09	亞里士多德・韋勒克（R. Wellek）・哈謝克（Jaroslav Hasek, 1883-1923）
10	荷馬・索福克利斯（Sophocles, 495-406 B. C.）・莊子・莎士比亞・華萊斯（Lewis Wallace, 1872-1905）・華倫（R. P. Warren）・莫泊桑・島崎藤村・徐志摩・唐人・高行健・格拉斯（G. Grass, 1927-）・海澄-懷特（H. White）・格里菲斯（Gareth Griffiths）・海倫-蒂芬（Helen Tiffin）
11	都德（Alphonse Danudet, 1840-1897）・陸伯克（Percy Lubbuck）・張潔
12	馮夢龍・喬叟（G. Chaucer, ?1340-1400）・喬伊斯（James Joyce）・塔索（Torquato Tasso, 1544-1595）・普希金（Pouchkine, 1799-1837）・葛蘭西（Anthony Gramsci）・傅科（Michel Foucault）・痟婆仔
13	賈平凹・福爾斯（John Fowles）
14	赫拉巴爾（Bohumil Hrabal, 1914-1997）

筆劃	漢文姓名或漢文譯名（以・間隔兩人名字）
15	魯迅・衛姆塞特（W. K. Wimsatt）
16	霍雷斯（Horace, 65-8 B.C.）・霍桑・歐-亨利（O. Henry, 1862-1910）・歐威爾（George Orwell, 1903-1950）・穆克基・錢鍾書（1910-1998）
17	韓非子・彌爾頓（John Milton, 1608-74）・謝活利（M. Abel Chavalley）・薩依德（Edward Said）
23	顯克維支（Henryk Sienkiewicz, 1846-1916）

林央敏著作簡表

詩集

書名	出版社	出版年月	開本	頁數	備註
睡地圖的人	蘭亭書店	1984.4	32	212	華語
駛向台灣的航路	前衛出版社	1992.5	25	244	台華對照
故鄉台灣的情歌	前衛出版社	1997.10	25	158	台語
胭脂淚	真平（金安出版社）	2002.9	25	464 精裝	台語史詩
希望的世紀	前衛出版社	2005.1	25	188	台語
一葉詩	前衛出版社	2007.2	25	176	台華對照
台灣詩人選集——林央敏集	國立台灣文學館	2010.4	25	128	莫渝編選
田園喜事	童詩，部分發表，整理中			將台華對照	

散文集

書名	出版社	出版年月	開本	頁數	備註
第一封信	禮記出版社	1985.2	32	248	華語
蝶之生	九歌出版社	1986.1	32	222	華語

書名	出版社	出版年月	開本	頁數	備註
霧夜的燈塔	晨星出版	1986.4	32	215	華語
惜別的海岸	前衛出版社	1987.8	32	231	華語
寒星照孤影	前衛出版社	1996.3	25	238	台語
悲傷河	10萬字已發表，已結集未出版				華語

小說集

書名	出版社	出版年月	開本	頁數	備註
不該遺忘的故事	希代書版公司	1986.8	新25	224	華語短篇
大統領千秋	前衛出版社	1988.3	32	285	短篇
寶島歌王葉啟田人生實錄	前衛出版社	2002.2	25	236精裝	長篇傳記
陰陽世間	開朗（金安出版社）	2004.7	25	267	華語短篇
蔣總統萬歲了	前衛出版社	2005.7	袖珍	308精裝	華語短篇
菩提相思經（附唸讀CD）	前衛出版社	2011.5	25	584	台語長篇

劇本集

書名	出版社	出版年月	開本	頁數	備註
斷悲腸	開朗	2009.3	25	250	台語

評論集

書名	出版社	出版年月	開本	頁數	備註
台灣民族的出路（曾被禁）	南冠出版社	1988.4	25	166	民族論
台灣人的蓮花再生	前衛出版社	1988.8	25	248	文化論
台語文學運動史論	前衛出版社	1996.3	25	253	文學論
（前書修訂版）	（同上）	1997.11	25	270	
台語文化釘根書	前衛出版社	1997.10	25	238	語言論
台語小說史及作品總評	印刻出版社	2012.12	18	328	文學史評
展論台語文學	12萬字	預定2013			作家作品論
愛與正義的實踐	10萬餘字發表，未結集出版				文化短論及雜論集
台灣文學散論	10萬餘字發表，未結集				作家論

合集

書名	出版社	出版年月	開本	頁數	備註
林央敏台語文學選	真平（金安出版社）	2001.1	25	379平裝	文學大系之四
（前書新版）	（同上）	2001.10	25	精裝	

編選集（主編）

書名	出版社	出版年月	開本	頁數	備註
語言文化與民族國家	前衛出版社	1998.10	25	203	論述選
台語詩一甲子	前衛出版社	1998.10	25	267	詩選
台語散文一紀年	前衛出版社	1998.10	25	235	散文選
台語詩一世紀	前衛出版社	2006.3	25	219	詩選

其他類

書名	出版社	出版年月	開本	頁數	備註
簡明台語字典	前衛出版社	1991.7	25	320	字典
TD台語電腦字典查閱系統	前衛出版社	1991.7		電腦軟體	磁碟片
TD使用手冊	前衛出版社	1991.7	25	51	

影音類

品名	出版者	出版年月	規格	備註
懷念的小城市	新台唱片	1993.1	CD	詞曲
台灣詩人一百影音：林央敏輯	國立台灣文學館	2006.12	DVD	生平唸詩

INK PUBLISHING
文學叢書 341
台語小說史及作品總評

作　　者　林央敏
總 編 輯　初安民
責任編輯　何宇洋
美術編輯　林麗華
校　　對　林央敏　何宇洋

發 行 人　張書銘
出　　版　INK印刻文學生活雜誌出版有限公司
新北市中和區中正路800號13樓之3
電話：02-22281626
傳眞：02-22281598
e-mail: ink.book@msa.hinet.net
網　　址　舒讀網http：//www.sudu.cc

法律顧問　漢廷法律事務所師
劉大正律師
總 代 理　成陽出版股份有限公司
電話：03-3589000（代表號）
傳眞：03-3556521
郵政劃撥　19000691　成陽出版股份有限公司
印　　刷　海王印刷事業股份有限公司

港澳總經銷　泛華發行代理有限公司
地　　址　香港筲箕灣東旺道3號星島新聞集團大廈3樓
電　　話　(852) 2798 2220
傳　　眞　(852) 2796 5471
網　　址　www.gccd.com.hk

出版日期　2012年12月　初版
ISBN　978-986-5933-50-0

定　價　360元

國家圖書館出版品預行編目資料

台語小說史及作品總評 / 林央敏著；
--初版，--新北市中和區：INK印刻文學，
2012.12　面；17 × 23公分（文學叢書；341）
ISBN　978-986-5933-50-0（平裝）
1.臺灣小說 2.臺語 3.臺灣文學史 4.文學評論
863.097　101021946